吉田恭教

凶眼の魔女

実業之日本社

実業之日本社文庫

目次

プロローグ

気がつくと漆黒《しっこく》の空間にいた。

まるで墨汁《ぼくじゅう》の海を泳いでいるかのように、自分の手足さえも闇に溶け込んで全く見えない。身体に纏《まと》わりついている、この得体の知れないものは何なのか？　ここはどこだ？

……にく……。……い……。

誰だ？

――憎い……。

憎い？　確かにそう伝わってくるが、声ではなかった。しかし、不思議と理解できるのだ。この纏わりついている何かが肌を通して訴えかけてくる。

突然闇が照らされ、同時に赤い塊《かたまり》が見えた。

宙に浮かぶ波打つ液体――。

それは一滴また一滴と滴《したた》り始め、瞬《また》く間に断崖《だんがい》を駆け落ちる赤い瀑布《ばくふ》となって闇を飲み込んでいく。跪《ひざまず》き、足元の赤い液体に触れてみた。

このどろりとした感触は――紛《まぎ》れもなく血だ。

わけが分からぬまま真紅へと変貌した世界でもがき続けるうち、遥《はる》か彼方に何かが見えた。目を凝《こ》らすと青白く淡い光だった。ゆらゆらと揺れながらこっちに向かってくるではないか。身体に纏わりついているものはその粘り気を増し、身体の自由までも奪い始める。やがて金縛りに遭《あ》ったように動けなくなり、瞼《まぶた》さえも閉じられなくなってしまった。

例えようのない恐怖が膨れ上がる中、青白い光は更にこちらに近づき、目前で静止したかと思うと形を変えていった。頭が形作られて両手が伸びていく。

人か……。女だ。

だがすぐに、それが人にあらざることを思い知らされた。生気を失った青白い肌、振り乱した髪、吊り上がった血走る目、そこから流れる赤い涙、噛み締《し》められた唇から滴る血、首筋に刻まれた大きな傷。帯は半分解《ほど》け、赤く染まった着物の裾《すそ》も乱れている。両手を胸の前でだらりと下げて、こっちを睨《にら》みつけているのだった。

考えるまでもなかった。間違いなくこの世の者ではない。亡霊だ。

だが、この女は誰だ？　どうしてここに現れた？

女の唇が動く。

憎い――。憎い――。

歯軋《はぎし》りまで聞こえてくる。

背筋に走る悪寒に耐えつつ『くるな!』と叫ぼうとしたが、どういうわけか声まで出ない。

四肢に力を入れ、渾身《こんしん》の力を振り絞ってこの状況から逃れようと試みるが、纏わりつく得体の知れないものがそれを許してはくれなかった。だがその時、得体の知れないものの正体を悟った。怨念《おんねん》だと――。

くるな! あんたなんか知らない、消えてくれ!

声にならない声で懇願《こんがん》した刹那《せつな》、遠くで女の声がした。耳を澄《す》ますと、狼狽《うろた》えたような声で『あんた!』と叫んでいる。同時に身体までもが揺れ始め、ぼんやりと誰かの顔が見え始めた。

麻子《あさこ》――。

何故《なぜ》かこっちの身体を揺すりながら、不安げな目で見下ろしている。

「また酷《ひど》く魘《うな》されていたわよ」

夢だったのか――。

「あんた、島根から帰ってきてから変よ。あっちで何かあったの?」

心配顔の麻子に「何でもない」と答えた槙野康平《まきのこうへい》は、溜息《ためいき》をつきつつ上体を起こした。

寝汗で背中がぐっしょりだ。ベッドから起き上がり、渇いた喉《のど》を潤《うるお》すべくキッチンに向かった。

食器棚からコップを出して冷蔵庫の麦茶を注ぎ、一気にそれを飲み干す。

ようやく一息つき、改めてさっきの夢を思い起こしてみた。

あの絵のせいだ――。まさか、祟《たた》られたか？

今も目に焼き付いて離れない、言葉では表現しきれないほど悍《おぞ》ましい絵。あの絵を初めて見た時、少なからず嫌な予感がした。この絵には関わらない方がいいと、元刑事の勘《かん》が警鐘《けいしょう》を鳴らした。しかし、既《すで》に事態は動き始めており、槙野の一存で調査を中止することはできなかった。

あれはひと月前、六月中旬のことだった。


――


JR出雲市《いずもし》駅の下りホームには一両編成の電車が止まっていた。

通勤時間を疾《と》うに過ぎているからなのか、あるいは人口の少なさゆえなのか、ホームには旅行客と思《おぼ》しき若いカップルが一組と、自販機の前で缶コーヒーを飲む老人が一人いるだけだ。電車の中にも乗客はおらず、車両中ほどにある四人掛けの対面シートに陣取った槙野は、ボストンバッグを網棚に上げた。高架下のコンビニで買った幕の内弁当とお茶の缶をレジ袋から出す。

弁当を平らげると、ようやく四人の男女が乗り込んできた。だが、乗客はそれっきり現れず、結局、路線バスさながらの単車両は、槙野を含めた八人だけを乗せて出雲市駅を出発したのだった。車内アナウンスによると、目的の大田市《おおだし》駅までは四十分ほどとのこと。退屈する間もないだろう。

単線を走る電車に揺られるうち、右手に日本海が見えてきた。風もなく、群青色《ぐんじょういろ》の海は文字通りのベタ凪《なぎ》だ。漁船が数隻、白い糸を引きながら西に向かって航行《こうこう》している。遥か北に見えるのは日御碕《ひのみさき》か。あそこの灯台は石造りだそうで、日本一の灯塔《とうとう》の高さを誇ると聞く。

やがて車窓の景観は海と内陸が目まぐるしく入れ替わり、各駅停車の車両にも徐々に乗客が増えていった。

大田市駅に到着したのは午後一時前、強まりつつある陽射しの中、槙野は数人の学生達と共にホームに降り立った。中年の駅員に切符を渡して外に出ると、そこは駅前とは思えぬほど閑散《かんさん》としていた。一緒に下りた学生達以外には人影もない。正面には商店街が続いているものの、見える範囲の店は軒並《のきなみ》シャッターを下ろしており、聞こえてくるものといえば、犬の鳴き声ぐらいのものである。ここが世界遺産・石見《いわみ》銀山の表玄関とは信じ難《がた》い。

活気の欠片《かけら》もねぇ所だなと独《ひと》りごち、目前に止まっているタクシーに足を向けた。だが、いつまで経《た》っても自動ドアが開かない。中を覗《のぞ》き込んでみると運転手が居眠りをしていた。

呑気《のんき》なもんだ――。

助手席側のサイドガラスを軽く叩《たた》くと運転手が目を覚ました。こっちを見るその顔は、バツの悪さそのものだった。すぐにドアが開いて「どうもすみません」の声も返ってくる。

後部座席に乗り込んだ槙野は「石見銀山まで」と告げた。

「はいはい」と愛想よく答えた運転手が車を発進させた。「お客さん。ご旅行ですか？」

「いいや。ちょっと仕事でね」

「そうですか。銀山のどの辺ですか？」

「龍源《りゅうげん》神社って所なんだけど」

運転手が頷《うなず》く。

「ああ、あそこね」

今回の調査依頼をしてきたのは、新宿御苑《しんじゅくぎょえん》近くで画廊を開いている江口英明《えぐちひであき》と名乗る初老の画商だった。依頼内容は、これから行く龍源神社で保管されている幽霊画の作者を探して欲しいというもので、江口は『あの作者は稀代《きだい》の幽霊画家だ。もし見つかれば新たに幽霊画を描いて貰いたい』とも話した。

しかし、幽霊画の落款《らっかん》に『天冥《てんめい》』とあるだけで、作者の素性に繋《つな》がる手がかりが何一つないという。只一つ分かっているのは、その絵が描かれたのが十年前であるということだけで、最初にそれを所有した先代宮司《ぐうじ》も既に他界していて手も足も出ないとのこと。そんなわけで、探偵事務所に依頼することにしたそうだ。

　幽霊画を見た切っかけだが、思わぬ偶然だったらしい。二週間ほど前たまたま石見銀山に旅行に出かけ、ガイドブックに掲載されていた龍源神社を訪れたことで目にしたそうである。龍源神社では茶道体験もできるらしく、『妻と二人で茶室に入ったところ、宮司から職業を尋ねられて画商をしていると答えた。すると、ちょっと見て欲しい絵があると言われて見せられたのがその幽霊画だった』とのことである。

『画商も知らないような落款だけを頼りに作者を探り当てるのは至難《しなん》の業《わざ》だ』と槙野は依頼を引き受けることに消極的だったが、所長の鏡《かがみ》は耳を貸さず、『お前も元刑事なら意地を見せろ。何とか探し出してこい』と、理不尽《りふじん》とも言える命令を下したのだった。

　市街地を抜けると道路はいきなり立派になった。島根県が観光客目当てに整備したに違いない。そんなことを思ううちに周りの景色が風情《ふぜい》あるものに変わり、「そろそろ銀山の入り口です」と運転手が告げた。

　槙野は大田市駅で入手した石見銀山のパンフレットを開いた。石見銀山の開発は一五二六年頃から始まり、朝鮮から伝えられた銀精錬技術である灰吹法《はいふきほう》を日本で初めて成功させて銀産出に大きく貢献《こうけん》し、その後、戦国大名の尼子、毛利、豊臣を経て徳川の直轄《ちょっかつ》地《ち》となり、一九二三年に閉山と書かれてある。最盛期の石見銀山には二十万人以上が生活していたそうだから、かつてこの道を、銀鉱石を担いだ無数の鉱夫達が行き交《か》っていたのだろう。

間もなくしてタクシーが止まった。

「お客さん。車だとここまでしか行けんのですわ。この先はそこの石段を上ってくれませんか」

サイドガラス越しに石段を見上げるが、傾斜が急なために鳥居の姿は確認できない。運転手に「ありがとう」と返し、料金を払って車を降りた。木々の梢《こずえ》が光を遮《さえぎ》っているからだろう。石段は苔生《こけむ》していて、いかにも歴史を感じさせる。

それにしても、どんな絵なのか……。

石段を上り切ると三〇メートルほど先に立派な鳥居があり、そこまで石畳が続いている。

鳥居を潜《くぐ》った先は玉砂利が敷き詰められた境内で、眼前に厳《おごそ》かな本殿がでんと構えていた。杉木立の手前には竹箒《たけぼうき》を持った袴姿《はかますがた》の男性もいる。まだ若そうだが、先代宮司が他界したと聞くから彼がこの神社の宮司か。その男性に歩み寄り、「あのぅ、宮司さんですか？」と声をかけてみた。

男性が即座に会釈《えしゃく》を返してくれた。

「そうですけど」

「どうもはじめまして」と返して軽く頭を下げた。名刺を差し出す。「私、こういう者なんですが」

宮司が名刺を見て眉《まゆ》を持ち上げた。

「探偵社の方？」

「ええ、そうなんです。実は、こちらで保管されている幽霊画のことでお話が」

「ああ、あれですか——。ですが、どうしてあの絵のことを？」

「クライアントが、どうしてもその絵の作者を突き止めたいと仰《おっしゃ》っていまして——。画商さんなんですけどね」

宮司が、合点《がてん》したといった表情で大きく頷いた。

「そういえば、あの絵を画商さんに見てもらったことがあります。どこで手に入れたのかとか、作者を知らないかだとか、いろいろと尋ねられましたよ。お名前を江口さんと仰ったかなぁ。ひょっとして、あの方の依頼で？」

「そうなんですよ」そこまで察してくれたのなら話は早い。「その絵を見せていただけませんか」

宮司がすんなりと頷いてくれた。

「いいですよ。どうぞ入って下さい」

「恐れ入ります」

促《うなが》されるまま本殿横の社務所《しゃむしょ》に入り、通された六畳間でしばらく待つことになった。風も清々《すがすが》しく通り、掃き出しの向こうの景観も風流で居心地の良い空間だ。このまま何もせずにぼんやりと過ごしたくなるほどである。

出された茶を啜《すす》るうち、宮司が細長い桐《きり》の箱を持って現れた。

「これなんですが――」

宮司が桐の箱を畳の上に置き、紫の房《ふさ》を解いた。蓋《ふた》を開けておもむろに中の物を摑《つか》み出す。

「ご先代が最初の所有者だと聞きましたが？」

「そうです。父が――。十年前になりますか。当時の私はまだ学生で大阪に住んでいて、帰省するとこの絵が本殿にあったんです。見た瞬間に鳥肌が立ちましたよ」

宮司の口ぶりから、かなり不気味な絵であることが窺《うかが》える。だが、こっちは元刑事だ。陰惨《いんさん》でむごたらしい遺体を嫌というほど見てきている。所詮はただの絵だと高を括《くく》り、開かれた絵を不用意に見た。

次の瞬間、思わず顔を背《そむ》けてしまった。あまりの不気味さに直視することができなかったのだ。肌も粟立《あわだ》ってくる。新聞紙片面ほどの日本画で、描かれているのは女性の幽

「不気味な絵でしょう？」

不気味を通り越して悍ましいほどだ。まるで冥界から迷い出てきたかのようではないか。今夜は悪い夢を見そうな気がする。「――ええ……」と答え、気が進まぬまま再び絵を見た。

瞬く間に、背筋に冷たいものが走る。足は描かれておらず、乱れ髪に浅葱色《あさぎいろ》の留袖姿《とめそですがた》。両手を胸の前でだらりと下げ、紫色の口から血を滴らせている。何よりも、血走った目には例えようもないほどに恨みの色が浮かび上がっていた。殺人事件の被害者達の中には、目を開けたまま死んでいる者もかなりいたが、どこかその目と通じるような雰囲気がある。恐怖、怨念、生への執着、それら全てが混ざり合ったような目で、じっと見つめていると魅入《みい》られてしまいそうだ。絵の細かい技術については素人の自分には分からないが、不気味さだけなら誰にも真似できないと断言できる。幽霊画の大家と言われている円山応挙《まるやまおうきょ》の絵を見たことがあるが、応挙でさえこの絵の作者には遠く及ぶまい。いずれにしても、見えない存在である幽霊をこれだけリアルに描くのだから、並外れた想像力の持ち主であることは確かだった。是《ぜ》が非《ひ》でも作者を探し出したいという江口の気持ちがよく分かる。江口の証言通り、落款は『天冥』となっている。一体どのような人物なのか。

「宮司さん。この絵の作者については何も分からないそうですね」

「ええ。『作者と話をして、これは放っておけないと感じた。だからこの絵を描かせた』と父は話していましたが、この通りの不気味な絵なもんですから、関わるのが嫌でそれ以上は尋ねなかったんですよ。父も翌年に亡くなってしまってね」

放っておけなかったとはどういうことか？　作者と先代宮司はどんな関係にあったのか？　情報は殆《ほとん》どないし、どうにも説明のできない嫌な予感もするが、仕事を受けた以上泣き言は許されない。どんなに骨が折れようとも作者を探し出さなければならなかった。

取りあえず写真を撮っておくことにした。

「写真を撮らせていただいても構いませんか？」

「どうぞ」と宮司が言い、槙野はショルダーバッグからデジカメを出して、「見つかってくれよ」と念じながら十数回シャッターを切った。


――――


「大丈夫？」

背中にかけられた麻子の声で現実に立ち返り、槙野はコップをシンクに置いた。

祟りなんぞあるわけねぇか――。

「心配すんな」と答えてキッチンを出た。

麻子がこの部屋に転がり込んできたのは一年前のことだった。彼女と知り合ったのは五年前で、槙野がまだ警視庁の組織犯罪対策部、通称『組対《そたい》』と呼ばれる暴力団関係の事件を専門に扱う部署にいた時のことだ。当時、新宿で暴力団とチャイナマフィアの抗争事件があり、槙野が情報屋として使っていた麻子の前の亭主が巻き込まれて死んだのだが、葬儀の時、亭主の亡骸《なきがら》の前で涙する麻子に『困ったことがあったら言ってくれ。できる限りのことはする』と声をかけた。

槙野はそのことをすっかり忘れていたが、一年前のある日、麻子が突然『助けて欲しい』と言って訪ねてきた。事情を聞いてみると、『派遣切りに遭って仕事がなくなり、家賃も払えなくなって部屋を追い出された。何とか友達の所に転がり込んだものの、その友達も派遣切りに遭って田舎に帰ることになった』という。その話を聞いて、『困ったことがあったら言ってくれ』と彼女に言ったことを思い出した。

社交辞令《しゃこうじれい》で言ったのではなかった。麻子が気の毒だったのは勿論《もちろん》のこと、情報屋のタレ込みのお陰で容疑者を追い詰めたことが何度かあったし、その借りを返さねばの思いもあってそう言った。だが、就職先の紹介とか、ヤクザ関係のトラブルが起きた時という想定で話をしたのであって、まさか住む場所もないほど追い詰められた状況で麻子が目の前に現れるとは思いもしなかった。

情報屋から聞かされた話では、麻子は捨て子で児童施設で育ったらしく、当然、頼るべき身内はいない。それで仕方なく自分を頼ってきたのだろうと悟った槙野は、言ったことを反故《ほご》にすることもできず、かといって部屋を借りてやる経済的な余裕もなく、『仕事が見つかって礼金敷金が貯まるまで』という条件で、３ＤＫのひと部屋を間借りさせてやることにしたのである。

麻子はレジパートの仕事を見つけて今もそこで働いているが、よほどこの部屋の居心地が良いのか、一度も引っ越す話はしてこない。槙野としても、掃除洗濯ばかりか食事の支度までしてくれる麻子がいなくなると、ここが蛆《うじ》の湧くような部屋に戻ることは分かり切っており、持ちつ持たれつの関係を続けている。何よりも、麻子の身体から離れ難い。

無論、麻子をここに住まわせると決めた時は、死んだ情報屋に対する義理立てもあって彼女をどうこうしようなどとは考えもしなかった。とはいえ、男と女が半年近くも同じ部屋で暮らせばそれなりに相手を意識するようになる。そしてとうとうクリスマスの夜、お互い酔った勢いもあって男女の関係になってしまったのだった。

「着替えてくる」

新しい肌着に着替えた槙野は再びベッドに潜り込み、『もう出てくるなよ』と祈りつつ瞼を閉じた。

第一章　変死体

1

一年後

七月十日　東京都中野区　午後二時——

青梅街道《おうめかいどう》を新宿方面に向かって走っていた槙野は、中野区の杉山公園交差点を右折し、次の信号を左折して狭い道を一〇〇メートルほど進んだ。『鏡探偵事務所』の看板を横目で見ながらウインカーレバーを上げ、四度目の車検を間近に控えた車を駐車場に滑り込ませる。

運転席のドアを開けるなり、サウナの如《ごと》き熱気が流れ込んできた。午前中は曇っていたからまだ良かったが、午後から晴れたせいで気温がぐんぐん上がった。

「クソ暑いな」とぼやきつつ車を降りた槙野は、脱いだ麻のジャケットを肩に掛け、カメラケースを提げて目前のレンガ外壁のマンションに踏み入った。

二階に上がって『鏡探偵事務所』と書かれたガラスドアを開けた途端、「お帰りなさい」と爽《さわ》やかな声が飛んできた。アルバイトで事務員をしている、所長の鏡博文《ひろふみ》の娘だった。名前は詩織《しおり》。『俺に似て美人だろ』と鏡は言って憚《はばか》らないが、槙野も確かにそう思う。眩《まぶ》しいほどの笑顔で、二年連続ミスキャンパスに選ばれたそうである。それにしても、あの鬼瓦《おにがわら》のような顔をした男に、よくもまあこれほど美形の娘ができたものだ。

ひょっとしたら父親は別人か？

「ただいま」と答えてカメラケースをカウンターに置くと、メモ帳の横に置かれているハガキが目に入った。「誰からだ？」

「暑中見舞いです。江口さんと仰る方から事務所宛に」

江口？　どこかで聞いた名前だが——。

ハガキの裏に書き込まれた挨拶《あいさつ》文を読み進むうち、江口の顔が像を結んだ。

思い出した。あの依頼人だ。

石見銀山の神社で保管されていた幽霊画が脳裏《のうり》に蘇《よみがえ》る。しばらく忘れていたが思い出してしまったではないか。またぞろ悪夢を見そうな予感がして、槙野はあの時のことを思い起こした。幽霊画を見てから半月後のことだった。


——

六月とは思えない暑さの中、島根県松江市の郊外でバスを降りた。

あの幽霊画が島根県大田市内の神社で保管されていたことから、作者の天冥も中国地方に住んでいるのではないかと推察して島根、鳥取、広島、山口県内の画廊を虱潰《しらみつぶ》しに当たったところ、一つの情報を得た。その画廊は広島市内にあって、主の画商は『この落款には見覚えがある。もう何年も前だが二度ほど絵を描いてもらったことがある。確か、作者の名前は秋田秀次朗《あきたひでじろう》。島根県の松江市郊外で暮らしていたはずだ』と教えてくれたのである。長引くと思い込んでいた調査だったが思わぬ情報を得て、足取りも軽く再び島根県に出向いてきたのだった。

メモに認《したた》めた住所を頼りに秋田の家を探し、『秋田』の表札を掲げる一軒の平屋の前で足を止めた。年季の入ったコンクリートブロックが敷地を取り囲んでいる。玄関前のスペースには砂利が敷き詰められ、そこに軽自動車が止まっていた。車があるということは誰かいるようだ。本人であってくれと心で念じ、インターホンを押した。

幸いにもすぐに男性の声がスピーカーから流れてきたが、無愛想《ぶあいそう》そのものの声だった。秋田秀次朗本人だろうか？　あんな不気味な絵を描くのだから常人とは少し毛色が変わっているだろうことは予想していたが、その予想が当たってしまったか。

「秋田秀次朗さんでしょうか」

《そうだけど》

ついている。いてくれた。

「私、東京の鏡探偵事務所の槙野と申します。少々、お話を伺いたくてお邪魔しました。お時間いただけないでしょうか?」

《探偵社だと——。新手の押し売りか!》

秋田が声を荒らげる。

随分と気が短い男のようだ。「違います。本当に探偵社の者なんです」となだめた。こうなったら依頼人の名前を出すしかない。画商からの依頼だと言えば、画家なら分かってくれるだろう。「新宿に画廊を構える江口さんの依頼できたんですが」

《画商からの依頼で?》

「ええ。江口さんが石見銀山にある龍源神社で幽霊画を見られて、作者を探して欲しいと当探偵社に依頼されたんですよ——。あの幽霊画、秋田さんが描かれたんじゃありませんか?」

《ちょっと待ってくれよ》

秋田の口調が穏《おだ》やかになった。

ややあって玄関のガラス引き戸が開き、ひょろりと痩《や》せた白髪頭《しらがあたま》の男が顔を出した。歳は六十前後か。目はぎょろりとして頬は痩《こ》け、思わず身構えるほどの威圧感がある。こっちを値踏《ねぶ》みするような目は修羅場《しゅらば》を見てきた者のそれに酷似しており、切った張ったの世界に身を晒《さら》す俠客《きょうかく》の目のようだった。

「はじめまして」

腰を折り曲げてから名刺を差し出すと、それをしげしげと見つめた秋田が、「確かにあの幽霊画は俺が描いた」と認めた。ここまで出向いてきた甲斐があったではないか。江口が喜ぶ顔が目に浮かぶ。

「それにしても、よくぞ俺が描いたと突き止めたな」

槙野は、情報をくれた広島の画商のことを伝えた。

「あの画商か——。長いこと会っていないが、俺のことをよく覚えていたもんだ。だが、あんたの依頼人は、どうして俺を探す気になったんだ?」

「商談があるそうです」

「ほう。仕事の依頼なら引き受けるのは吝《やぶさ》かじゃない。まあ、入ってくれ」

「失礼します」

通されたのは日当たりの良い六畳間で、掃き出しを挟んだガラス戸の向こうには家庭菜園らしきものが見える。促されるまま座卓に着くと、秋田は「茶を持ってくる」と言い残して部屋を出て行った。

出された不味《まず》い茶に口をつけると、秋田が畳の上にある吸殻《すいがら》が山となった灰皿を引き寄せ、開襟《かいきん》シャツの胸ポケットからタバコの箱を出した。

ものを欲しそうにしているように見えたのか、秋田が「吸うか?」と尋ねてくれた。吸いたいのは山々だが、ここで吸えば半年の禁煙生活が無駄になる。「結構です」と答えた。

秋田が、タバコを座卓で軽く叩いてから火を点けた。

「絵のテーマは?」

「新たに幽霊画を描いていただきたいとのことですが」

秋田が大きく煙を吐き出した。

「それなら容易《たやす》いことだ」

これで依頼の件は片付いた。東京に戻れる。

「ありがとうございます。私の顔も立ちますよ。それで、龍源神社の絵のことなんですが」

言った途端に秋田の表情が元の険しいものに変わった。しかし、構わずに質問をぶつけた。

「先代宮司の依頼で描かれたそうですね。どういう経緯があったんです?」

興味本位でした質問だったが、その一言が事態を一変させた。秋田の眉間《みけん》に深い皺《しわ》が刻まれる。額には青筋が浮かび上がって唇まで嚙む始末だ。抉《えぐ》れた眼窩《がんか》の奥から放たれる視線が痛い。

そんなに酷《ひど》い質問をしただろうか？

「何かお気に障ることでも？」

恐る恐る尋ねる槙野に、「そんなこと、どうして赤の他人のお前に話さなきゃならんのだ！」と秋田が怒声を浴びせる。

烈火《れっか》の如く怒るとは正にこのことだった。この場をどう収めていいか分からず、槙野は気まずい沈黙の時を彷徨《さまよ》った。『興味本位で』などと答えようものなら火に油を注ぎかねない。黙って秋田の怒りが収まるのを待ったものの、彼の怒りは一向に収まらず、遂には「帰れ！」とまで言われる始末だ。

謝罪も無駄な努力だった。「いつまでいる気だ！」と追い討ちをかけられ、降り注ぐ罵声《ばせい》の雨の中をほうほうの体《てい》で退散するはめになった。

どうしてあれほど怒り狂ったのか？

考えたところで何になる。秋田と会うことは二度とないのだ。最後に予想外の事態になってしまったが、幽霊画の作者を突き止めたことに変わりはない。『仕事は片付けたんだから落ち込むことはないさ』と自分に言い聞かせ、気分転換に今夜は美味《うま》い物でも食うことにした。宍道湖《しんじこ》には七珍料理《しっちんりょうり》なる郷土料理があると聞く。

暗澹《あんたん》たる思いを断ち切り、大通りまで歩いてバスに乗った。

——

あの男、何を思ってあんな気味の悪い絵を描きやがったのか――。

ドアが開く音がして振り返ると、鏡が汗を拭き拭き顔をしかめていた。

「お帰りなさい」と詩織が言った。

「麦茶くれ」

詩織が流し台の横に置かれた冷蔵庫から麦茶のペットボトルを出した。コップに麦茶を注ぎ、鏡にそれを差し出す。

鏡が麦茶を一気に飲み干して大きな吐息を洩《も》らす。

「あ～、生き返った。もう外には出たくねぇな。まるでサウナだ」

「所長。江口画廊のオーナーから暑中見舞いがきてますよ」

鏡が、槙野の正面のソファーに腰を沈めてハガキを受け取った。

「ああ、あの気味の悪い絵の調査依頼をしてきた老人か」読み終わり、鏡がガラステーブルにハガキを置いた。「ところで、そっちの浮気調査はどうなった？」

「依頼人の女房、やっぱ浮気してましたよ。ラブホにしけ込みやがって」

「じゃあ、報告書を作って依頼人に会いに行け」

「はい」

槙野は三年前、三十四歳で警察官の職を辞《じ》した。だが、辞職は認められず、懲戒免《ちょうかいめん》職《しょく》の憂《う》き目に見舞われた。元はといえば自分が悪いのだ。警視庁本庁勤務となってからはずっと組織犯罪対策部に籍を置いていたが、裏社会を調べる世界に長く身を置いていると暴力団関係者ともそれなりに顔見知りとなり、情報収集という面もあって彼らと持ちつ持たれつの関係ができ上がっていた。そんな時に運悪くギャンブルで負けが込み、サラ金に手を出したのが間違いの元だった。借りた金が焦《こ》げつき始め、毎月の返済にも事欠く始末。そんなこっちの足元を、ヤクザ連中は見逃さなかった。どこでどう調べたのか分からないが、『旦那、金《たま》を少し回しましょうか』の声に心が揺らぎ、一度だけならの思いで闇カジノへのガサ入れ情報を流したのである。結局、そのことが上層部の知るところとなり、辞表を受理されることなく、退職金も受け取れぬまま警察を去る羽目《はめ》になった。

失って初めて気づくことがあるというが、本当だと思う。それは妻の愛情だったり、あるいは仲間の信頼だったり、あるいは社会的信用だったり、あるいは自分が大きな組織に守られていたという事実。それら全てのことが、あの時のリークで消し飛んでしまったのだ。残されたのは絶望と後悔と懺悔《ざんげ》の念だけだった。

そんなわけだから、警官の再就職先としてポピュラーな警備関係の仕事にも就けなかった。警備関係の会社には警察ＯＢが数多くいるから、警察を裏切った男を快く迎えてくれるはずもない。従って、全く畑違いの職業を探さなければならず、職安に足繁《あししげ》く通う日々を送っていたところ、捨てる神あれば拾う神ありで、かつての上司で探偵事務所を開いていた鏡が槙野の噂《うわさ》を聞きつけて、『よかったらうちにこい』と声をかけてくれたのである。鏡も警視庁を辞めた口だが、槙野の場合とは大きく違う。ある事件で上層部の捜査方針に異を唱え、それが元で捜査から外されたことに激怒。辞表を叩きつけて警視庁を去ったという強者《つわもの》だ。国家権力を後ろ盾に逮捕権と拳銃の所持を認められた刑事と、何の後ろ盾もない、いつ潰《つぶ》れるかも分からない個人の小さな探偵事務所の違いは大きかったが、こんな自分を拾ってくれるという鏡に感謝して探偵という第二の人生を歩み始めた。無論、今はギャンブルから足を洗って宝くじさえ買わない。お陰で、多少なりとも貯金といえるものができるようになった。

槙野は教師をしていた両親の次男として、房総《ぼうそう》半島の最先端にある千葉県館山《たてやま》市で生まれた。教師の子供は勉強ができるという通説そのままに、七つ上の兄はエリートコースに乗って東大を卒業し、今では若いながらも大手自動車メーカーの本社営業部長を務めている。しかし、両親の優秀な遺伝子を全て兄に吸い取られたのか、あるいは三月下旬に生まれたというハンデからか、槙野は勉強が苦手だった。その反面、兄が不得意としていた運動で頭角を現し、野球少年として白球を追いかける日々を送り、中学生の頃には県下でもそこそこ名の知られるピッチャーとなった。そんなわけで、甲子園常連校からのスカウトを受けて高校に進学し、三年生の時には一八八センチの長身から投げ下ろすストレートを武器に甲子園のマウンドに立った。

チームは三回戦で敗退したものの、やはり甲子園のマウンドに立ったという実績は大きく、東京の私立大学からスカウトを受け、四年間を野球部の寮で過ごした。だが、そこで試練に見舞われた。三年生の時に肘《ひじ》を壊し、リハビリの甲斐もなくピッチャー失格の烙印《らくいん》を押されたのである。

ピッチャーが肘を壊してしまえばただの人。心機一転を図ってバッターに転向を試みたものの、これも上手くいかず、以来一度も試合に出ることなく、残りの一年半を裏方の雑用係に費《つい》やした。当然、不安のどん底に叩き落とされた。プロは元より社会人野球への道も断たれては一般人として生きる他はない。しかし、子供の頃から野球漬けで、勉強などろくにせずに大学生になったとなれば、今更勉学に力を入れたところで同級生達に追いつけるはずもなく、好条件の就職先など見つかるわけがないと覚悟しなければならなかった。

そんなこんなで悶々《もんもん》とした日々を送っていた時、たまたま大学のOBと酒を飲む機会があり、酒の勢いも手伝って将来の不安をぶちまけた。するとそれが幸いして人生の道が開けた。

そのOBも肩を壊した経験があり、槙野と同じ悩みを抱えたことがあると話してくれたのだ。更に話を聞いてみると、親戚の警察官から『警官になってその体力を生かしてみろ』と言われ、これからの人生を社会秩序の維持のために役立てようと決意したという。そして、『お前も警官にならないか』の誘いを受け、槙野も地方公務員の道を目指すことになったのだった。とはいえ、その時はOBのような志も、天下国家がどうのこうのという考えも一切なかったが――。

それからというもの、辞書を片手の生活が始まり、卒業論文も何とか書き上げて大学卒業を果たし、警察官採用試験を受けた。学生生活の三分の一近くを雑用係として過ごしたとはいえ、それまでに培《つちか》ってきた体力はそう簡単に衰えるものではなく、試験に楽々合格して警察学校で厳しい訓練を受けることになった。その間も法律の勉強は怠《おこた》らず、柔道も一年で二段を取得。

警察学校を卒業すると、まず、品川区にある第六機動隊に配属された。そこで四年を過ごす間に巡査部長に昇進し、小隊長という職階《しょっかい》も得た。

そんなある日、辞令が下りた。『本庁組織犯罪対策部に異動を命ず』と。

警察官生活を続けるうちに、『警官になった以上は一度くらい本庁勤務の刑事になってみたい』との思いが湧き、かねてより本庁への異動を申し出ていたのである。

それから七年、組対の水にどっぷりと浸かり、裏の世界の酸いも甘いも味わった。あのチョンボさえなければ今頃は、班の一つでも任される身になっていたかもしれないが、今更嘆《なげ》いたところで後の祭りだ。

報告書を纏めた槙野は「依頼人にこれを渡したら直帰しますから」と鏡に伝え、事務所を出てタバコを咥《くわ》えた。禁煙は半年前に挫折した。

写真を捲《めく》る依頼人の手が震えていた。僅かに妻を信じている部分もあったのだろう。だが、写真を突きつけられては妻の不貞《ふてい》を認めざるを得ない。肩を落とした依頼人は請求書の入った封筒を摑み、「明日、振り込みます」の沈んだ声を残して席を立った。

寂しげな後ろ姿を見て身につまされた。

警察をクビになったことで、槙野も妻に去られたのだ。刑事などしていれば家庭を顧《かえり》みないことばかりで、夫婦生活にも擦れ違いが生じていた。それに加えて夫がギャンブル好きで、それが元で仕事まで失ったとなれば、妻が愛想を尽かすのも無理からぬことだった。結局、結婚生活は五年で破綻《はたん》し、妻は七ヶ月後に再婚した。彼女が別れを切り出した時、既に再婚相手と付き合っていたのかもしれないが、お互い他人同士となった今では窺い知ることさえできない。

独り身になって身に染みたのは、例えようのない孤独感だった。風邪を引いて寝込んでも誰も看病してくれず、休みになれば家でテレビを見るだけの生活。探偵は女性との出会いも少ない職業であり、このまま再婚することなく年老いて、いずれは孤独死するのが関の山だろうと思っていた。だが、麻子の出現がそんな孤独な生活から救い出してくれた。予期せぬ来訪者が、予期せぬ救いの神になったと言っていい。

部屋の表札に麻子の名前を入れていないことから、彼女は近所で槙野さんの奥さんと思われているようで、槙野もそれでいいと思っている。わざわざ周りに説明するのも面倒だし、話したところで、近所の暇を持て余した主婦連中に『わけありカップル』と思われて井《い》戸《ど》端《ばた》会議のネタを提供するだけだ。事実、普通は妻がやってくれることを麻子はやってくれているのだから。

麻子のことで知っているのは、児童施設で育ったこと、情報屋の女房であったこと、一緒に暮らし始めてからのことだけで、児童施設を出た後はどんな暮らしをしていたのか知らないし、情報屋とどんな結婚生活を送ってきたのかも知らない。麻子も話そうとしないし、槙野も無理に訊《き》き出そうとは思わない。こっちだって脛《すね》に傷を持つ身で、警察をクビになった理由は話していないからお互い様である。麻子という女が確かに自分のそばにいて、孤独から解放してくれたという事実だけで十分だった。

「たまにはケーキでも買って帰ってやるか」と呟《つぶや》いた槙野は、レシートを持って立ち上がった。

2

七月十五日　東京都千代田区　警視庁本庁舎——

地下二階の駐車場でエレベーターが止まり、東條有紀《とうじょうゆき》は剝《む》き出《だ》しのコンクリートに囲まれた空間に足を踏み出した。できることなら冷房が効いた刑事部屋《デカべや》で一日過ごしたかったところだが、出動命令が下っては仕方がない。遺体発見現場を管轄している多摩中央警察署刑事課の話では、遺体は女性で無数の切創《せっそう》ありとのことだが——。

同僚の内山晴敏《うちやまはるとし》がしかめっ面《つら》で首筋を摩《さす》った。

「気が重いよなぁ」

「何がです?」と後輩の元木真司《もときしんじ》が訊く。

「昼飯前にメッタ刺しの死体《マンジュウ》を拝《おが》まなきゃなんないんだぞ。嬉しいわけねぇだろ」

刺殺体ぐらいで大袈裟《おおげさ》な。この暑さだから、遺体の腐乱《ふらん》状態の方がよっぽど気になる。絞殺体、刺殺体、撲殺体、それらは見続けるうちに慣れてくるが、腐乱死体だけは何度見ても慣れるということがない。変色してどろどろに溶けた皮膚、そこから流れる黄色い体液、体内で発生したガスによって膨《ふく》れ上がった腹部、何よりも強烈な悪臭だ。遺体に近づけば涙が出るほどのアンモニア臭に見舞われ、服に臭いが移ることもある。今日は新調したパンツスーツを着てきたというのについてない——。

内山とは腐れ縁である。警察学校の同期で有紀より半年ほど先に捜一に配属されている。ずんぐり体型の胴体にはこれまた丸い坊主頭がくっついており、二本の足は気の毒なほど短い。がに股で足が短いのは子供の頃から柔道をやっているからだと本人は言い張るが、殆ど遺伝によるものだと有紀は推察している。一度彼の両親を見たことがあるのだが、父親は顔も体型も内山と瓜二つで、母親も縦より横に長いと言っていいような体型だった。体型はさて置き、内山は性格に問題がある。たった半年の捜一経験をかさに着て先輩風を吹かすだけでなく、女はこうあるべきという偏《かたよ》ったポリシーを持っていて、事ある毎《ごと》に有紀の立《た》ち居振《いふ》る舞《ま》いに難癖《なんくせ》をつけるのだ。渾名《あだな》は小姑《こじゅうと》、警察学校時代につけてやった。大嫌いな人間のリストにも入っている。

一方の元木は童顔だが、三年前に二十四歳の若さで全日本剣道選手権を制覇しており、暇さえあれば竹刀《しない》を振っている剣道馬鹿だ。

目前の黒いセダンに大股で歩み寄って助手席のドアを開けると、元木が「俺も昼飯食えそうにないかな」と零《こぼ》して運転席に乗り込んだ。イグニッションを回してエアコンのボタンを押す。

有紀が助手席に乗ると内山も後部座席に乗った。

一足遅れでやってきた、捜査一課第四強行犯捜査八係第二班班長の長谷川正親《はせがわまさちか》が運転席の後ろに乗り込んだ。長谷川は四十二歳、階級は警部補である。痩せているせいで頼りなさそうに見えるが柔道五段の猛者《もさ》だ。続いて最年長の楢本拓司《ならもとたくじ》が内山を真ん中の席に押しやり、ごま塩頭を掻《か》きながら「元木、もっとクーラー効かせろ」と命じた。

後部ドアが閉められると同時に車が発進する。

やがて現場の多摩川河川敷に到着し、車はパトライトを点滅させる警察車両群の中で止まった。既に現場を隔絶《かくぜつ》する青いビニールシートが張られている。ビニールシートの周りには一足先に到着した鑑識課の連中がいて、地べたに這《は》いつくばって遺留品らしき物をビニール袋に採取したり、足跡の型を取るべく枠《わく》に石膏《せっこう》を流し込んだりしている。少し離れた所にいる私服姿の男達は多摩中央警察署刑事課の連中だろう。

有紀は助手席を降りて強烈な陽射しの中に立った。太陽が肌を焼き、一瞬で汗が吹き出てくる。

今日の予想最高気温は三十三度だが、疾うにその温度を超えているに違いない。何もかもが溶けてしまいそうなほどだ。蟬《せみ》達は残された命があと僅かであることを知っているのか、狂ったように鳴き叫んでいる。

「暑いなぁ」

長谷川がぼやく。

「堪《たま》りませんね」

楢本が相槌《あいづち》を打ち、手で庇《ひさし》を作って鑑識の連中を見た。

私服警官の一人が駆け寄ってきて敬礼する。

長谷川が敬礼を返し、遺体発見時の状況説明を求めた。

遺体を発見したのは犬を散歩させていた近所の住民だそうで、『犬があまりに吠えて引っ張るものだからついて行くと、毛布が見えてそこから人間の足が覗いていた』と証言したらしい。遺体は全裸で所持品はナシとのこと。

長谷川が「仏さんを拝ませてもらうぞ」とメンバー達に告げた。

白い手袋を嵌《は》めてビニールシートを潜《くぐ》ったが、あの独特の腐敗臭は漂ってこなかった。死んでからそんなに時間が経っていないということだ。ハンカチを鼻に当てる必要もなくなった。

遺体のそばに立っている鑑識の責任者が長谷川に敬礼し、「写真撮影は終わりました」と言って毛布を捲った。

元木は目を背けたが、有紀は遺体を直視した。

有紀を見た内山が、「こんなに酷い死体を目の前にしてるってのに、相変わらず平然としてやがる。恐れ入った女だよ」と嫌味《いやみ》混じりに言う。

有紀はその嫌味を完全無視《がんむし》した。遺体は仰向《あおむ》けで文字通り血に塗《まみ》れ、目は開かれたままだった。完全に開いた瞳孔はただの小さな黒い穴に見える。

長谷川が眉をひそめる。

「想像していたよりも酷いな。メッタ刺しなんてもんじゃない」

「これだけの傷なら、体内には殆ど血液は残っていないでしょう」と楢本も言う。

「切創は背中にもあって、全部で百ヶ所以上ありますよ」

鑑識の責任者が報告した。

だが、遺体に刻まれたのは切創だけではなかった。首にも索状痕《さくじょうこん》があるのだ。有紀はしゃがんで更に詳しく遺体を観察した。整った顔立ちで、左右の頰《ほお》にそれぞれ長さ一〇センチほどの切創。唇の左端が紫色に変色しているから殴打されたか。鼻血を出した形跡もある。首に切創はなし。一方、首から下は無残そのものだ。両の鎖骨下を皮切りに、下は恥骨までびっしりと切創がある。中でも鳩尾《みぞおち》から臍《へそ》にかけての傷が一番大きく、縦一文字に断ち割られている。下腹部はというと、これまた横一文字に割られて腸の一部がはみ出ている。残る傷はどれも長さ五センチほどだが、かなり深そうだ。刃物を垂直に刺した時にできる傷だった。問題は首の索状痕だが——。

「班長。索状痕の状態からすると死因は窒息死と考えられますが、いつ切り刻まれたんでしょうね？　生前か、それとも死後か」

内山が言う。

「後者であって欲しいがな。前者なら被害者が気の毒だ。激痛の中で絞め殺されたことになる」

「東條、足首を見てみろ」

楢本に言われ、有紀は視線をそこに向けた。両のアキレス腱が切られている。

元木が有紀の正面でしゃがみ、遺体の右踵《かかと》を持ち上げた。

「完全に切断されてますね。逃げられないようにしたってことかな？」

長谷川が遺体の口を開けて口腔内《こうこうない》を覗き込んだ。

「歯型照合はできそうだ。歯の治療痕がある。元木、遺体の背中を見せろ」

元木が遺体を裏返し、有紀は背中の切創を再び観察した。腹部側ほどではないが、それでも数十ヶ所ありそうだ。背中の中央には大きな×マークまで刻まれている。

「まるで落書きでもするかのように遺体を傷つけてますね」と元木が言う。「犯人《ホシ》はどういう神経してんだか」

「まともじゃないことは確か」

有紀は立ち上がって眉間に深い皺を刻んだ。犯人を取っ捕まえたら適当な理由をつけて公務執行妨害を宣告し、足腰立たないように痛めつけてやりたい。

遺体を離れると内山が近づいてきて、「分かり易い女だな」と言った。

「何が？」

横目で睨む。

「顔に出てるんだよ、お前の気の荒いところがな——。犯人を見つけたからって、前みたいに撃ち殺すんじゃねぇぞ」

「また蒸し返す気？　あれは正当防衛でケリがついたし、査問会でもお咎《とが》めなしの裁定が下ったっていうのに」

「分かってるよ、そうムキになるな。心配してやってるのさ」

「心配？」

「ああ。次にやらかしたら捜一クビになって内勤だ。どんな理由があろうと、二度も容疑者を撃ち殺した危ない女なんか現場で飼っておけねぇからな」

「余計なお世話」

警察学校時代からの腐れ縁だから、内山はこっちのことをよく知っている。気が荒いこと然《しか》り、笑わないこと然り、攻撃的なこと然り。厄介な奴と同じ班になったものだ。

「東條、遺体を新宿のK医大に運べ」と長谷川が命じた。

つまり、解剖に立ち会えということだ。「はい」

「俺達は現場検証だ。それが終わったら目撃者を当たるぞ」


K医大に移動した有紀は、本館から少し離れた場所にある三階建ての白い学舎の前で警察車両を降りた。連絡していたからか、白衣の男性二人が駆け寄ってくる。

有紀はリアゲートを開けた。

「遺体をお願いします」

二人が頷き、ストレッチャーを押して学舎の奥へと消えて行った。

有紀も学舎に足を踏み入れ、白衣を着た数人の男性達と共にエレベーターに乗った。

法医学教室がある三階で降りて廊下を右に進む。ここにくるのは半年ぶりだ。

勝手知ったる場所でもあり、慣れた足取りで教授室に辿《たど》り着いた。二度ノックしてドアを押し開くと、白衣を着た禿頭《とくとう》の老人がコーヒーカップを口に運ぼうとしているところだった。

「教授。お世話になります」

「やあ」教授が応接セットの横にあるコーヒーサーバーを見た。「コーヒー飲むかね？」

「いえ、結構です」

「早く解剖しろということか」教授が受話器を握り、内線ボタンを押した。「ああ、私だ。解剖を始めるぞ」

どうやら助手と話しているらしい。

教授室を出た有紀達は長い通路を南に進んだ。突き当たりを右に折れてそのまま真っ直ぐ進むうち、イソジンの臭いが鼻を衝《つ》き始めた。しばらく歩くと教授が足を止めた。彼の頭上には第一解剖室と書かれたアクリルボードがある。

教授が観音扉《かんのんとびら》を押し開くと、二つ並んだ解剖台の一つに白い布がかけられていた。中は二十畳ほどの広さで、解剖台の他には水回りとシンク類があるだけだ。いつ見ても寒々とした至極殺風景《しごくさっぷうけい》な部屋である。右の壁にはライトが点っていないシャーカステンが並んでいた。

そこへ、よれた白衣を着た無精髭《ぶしょうひげ》の男性が入ってきた。彼が助手を務めるようだ。

「オペ着に着替えよう」

教授が助手を促し、左手にある部屋に入って行った。

やがてシーツが外され、巨大なライトが無残な遺体を照らした。無数の傷が痛々しい。決して閉じられることのない目は極限の恐怖と犯人の顔を網膜に焼き付けているに違いないが、悲しいかな、その焼き付けられた映像を見る術《すべ》はない。

「アキレス腱まで切断するとは――」

「逃走防止のためにやったんだと思います」

教授が頷く。

「解剖の前に血液を採取して病理部に回そう」

助手が手術器具を乗せたワゴンに手を伸ばした。注射器を握って遺体の左腕に針を刺す。

鮮やかさを失ってどす黒く変色した血液が注射器のシリンダーに満たされていく。

教授がシャーカステン横の壁かけ電話の受話器を握った。

「……私だ。病理に回して欲しい血液があるから第一解剖室まで取りにきてくれ」

受話器を元に戻した教授が解剖台の右側に立った。その正面に助手が位置を取り、自分の右側に手術道具を乗せたワゴンを引き寄せる。有紀は助手の左側に立った。

すぐに若い女性が現れ、助手から血液サンプルを受け取って解剖室を出て行った。

教授が有紀を見据える。

「解剖が始まるというのに相変わらず平然としているな」

「もう慣れましたから」

「慣れる？　君は初めての解剖の時から平然としていたと記憶しているがね。解剖を見て吐くベテラン刑事もいるというのに——。刑事になどならずに、解剖医になった方が良かったんじゃないのか？」

「生まれ変わったらそうします」

生まれ変われるものなら生まれ変わりたい。もう一度人生をやり直したいが——。

「じゃあ、始めようか」

「お願いします」

有紀はボールペンを握り、教授の説明を事細かく手帳に書き込んでいった。

一通り説明が終わり、「体液は？」と事務的に尋ねた。

「待ってくれよ」教授が遺体の陰部を切開し、膣《ちつ》に溜まっているどす黒い血液をバットに掬《すく》い取った。「犯人の体液があれば、この血の塊の中に溶け込んでいるだろう」

「病理部に持って行きます」

助手がバットを持って解剖室を出て行った。

警視庁の正面玄関を潜ったのは午後六時過ぎ、八係の刑事部屋に足を運ぶと長谷川と楢本が言葉を交わしていた。

「戻りました」

「おう」と長谷川が答える。「どうだった？」

「やはり死因は、首を絞められたことによる窒息死でした。切創で生活反応があったのは、両頬の傷とアキレス腱の傷だけです」

「殺してからめった刺しにしたってことか。それがせめてもの救いだな――」

「はい。それと、被害者の膣から男性二人の体液が検出されました。DNA照合には二日ほどかかるそうです」

「男二人組の犯行か」

「それにしても、随分と大胆ですね」

楢本が言う。

「ああ。堂々と体液を残してるってことは、DNA照合されても怖くないってことだろう。警察に保管されているDNAデータに合致するものはないかもしれないな」

「おそらく」と答えた有紀は、デジカメをPCに繋ぎ、解剖室で撮った写真をプリントアウトして長谷川に見せた。

長谷川が写真の束を摑み、一枚一枚確認していく。

「酷いことしやがるな」

「全くです」と楢本が言う。「東條。歯型のレントゲンは？」

「後ほど私のPCに送られてくる手筈《てはず》に――。ところで班長、内山と元木は？」

「捜索願が出ている人物をチェックしているよ。ちょっと上に報告してくる」

長谷川がデスクに写真を置いて立ち上がった。

「楢さん。目撃者は？」

「今日は見つからなかった。明日も引き続き訊き込みだ」

長谷川は一時間ほどで戻り、解散の声で有紀は刑事部屋を出た。今日は官舎に帰らず実家に泊まる。姉の恵《めぐみ》の月命日で、この日だけは極力、仏前に線香を上げることにしているのだ。

電車に揺られるうちに荒川の鉄橋に差しかかり、密かに一つ、息をついた。ここを通る度《たび》にあの時の記憶が蘇ってくる。おりからの寒波で、東京が白銀の世界と化していた凍りつくような夜のことが――。

暗い車窓に視線を投げると、そこに恵の顔が浮かび上がった。

恵の遺体が発見されたのはこの鉄橋の真下だった。遺体は死後数時間を経過して殆ど凍りかけており、死後硬直と重なって手足を真っ直ぐにできない状態だったという。遺体は大学病院で司法解剖され、解剖後は同大学内の霊安室に安置されたのだった。

有紀がその凶報を受けたのは、高校のクラブ活動を終えた直後だった。着替える時間さえも惜しく、ジャージの上にダウンコートを羽織ってタクシーに乗り、大学病院に到着するまでの間、『お姉ちゃんのはずがない。きっと人違いだ』と自身に言い聞かせた。

しかし、霊安室の前で号泣する母と、母の肩を抱いて唇を強く噛みしめている父を目の当たりにし、恵の死が事実であることを受け入れざるを得なかった。

卒倒《そっとう》しそうなほどの動揺に耐えて霊安室に入り、「嘘《うそ》だ」と呟きつつ遺体にかけられた白い布を捲った。僅かな望みが打ち砕かれた瞬間だった。そこには血色を失くした恵の顔があり、頰には涙の跡がはっきりと刻まれていた。涙が滲《にじ》んで恵の顔がぼやけていった。

怖かったろう。無念だっただろう。まだ二十二歳の若さで、理不尽にもこの世を去らなければならなかった恵の心を思うと、かつて経験したことのない憤《ふん》怒《ぬ》で体中の血が逆流するかのようだった。両親に提示された司法解剖報告書には、『被害者の死因は頸部《けいぶ》圧迫による窒息死。右肘関節骨折と左肩関節脱臼の他、体中に残る無数の擦《さっ》過傷《かしょう》と内出血痕は、激しい暴行を受けたことによるものだと推察する。また、膣内には加害者のものらしき体液が残されており、血液型はB型。以上を以《もっ》て他殺と断定する』と記されていたという。

目撃証言がなく、捜査は困難を極めて現在に至っている。

恵は東條家の太陽だった。聡明で常に前を向き、両親にとっては自慢の娘で、有紀も両親より恵を慕っていたほどだ。そんな恵の突然の死は、長いこと東條家から笑顔を奪ってしまった。今では家庭内も明るくなったとはいえ、父も母も、恵が生きていた時ほど笑わなくなったし、有紀自身もそうである。何か楽しいことがあっても、恵が生きていればの思いが頭から離れず、心から笑うことができないでいる。だから、今でも犯人を憎んでいる。いや、憎悪の対象としている。殺してやりたくて自分を抑えきれなくなることもある。もしも犯人が割れ、拳銃を携帯している時にその犯人に偶然遭遇したら、間違いなく引き金を引くだろう。弾倉が空になるまで弾丸を撃ち込み、身内を殺された者の恨みは決して消えることはないと思い知らせてやるだろう。

有紀が遺体を見ても眉一つ動かさないのは恵のことがあるからだった。一般的な感覚からすれば、恵の遺体より無残な遺体は幾つも見てきたと言える。しかし有紀にとって、恵の遺体ほど哀れなものはなかった。彼女の頬に残っていた涙の跡は、どんな傷口よりも残酷だった。だから、他人が目を背ける遺体でも決して驚かない。

次の駅名を告げる車内アナウンスが流れ、有紀は現実に立ち返った。

※

七月十七日　午前八時半　東京都多摩市——

多摩中央警察署を訪れた有紀は、近くにいる女性警官に声をかけた。

「本庁捜査一課の東條です。大会議室はどこですか？」

「そこの階段で二階に上がり、廊下を右に真っ直ぐ行って下さい」

「どうも」

女性警官に会釈して、右手に見える階段に足を向けた。多摩中央警察署の刑事課が初動捜査を担当したことから、ここの大会議室に捜査本部が置かれることになったのだ。

それと、昨日の昼過ぎに被害者の身元が確認され、ゆうべは夜中まで防犯カメラの映像をチェックしていた。

二階に上がって廊下の一番奥まで歩を進め、『多摩川河川敷死体遺棄事件捜査本部』と書かれた看板を横目で見ながら大会議室に入った。

二班のメンバー達は一足先に到着していた。長谷川に挨拶して、二列に並べられた長机の一つに着いて捜査会議が始まるのを待った。

間もなくして大会議室の前のドアが開き、ピンストライプのスーツを着た痩身《そうしん》男性、ガタイの良い胡麻塩頭の男性、制服に肩章を着けた年配の男性が入ってきた。

瘦身男性は管理官、一方の胡麻塩頭の男性は第八係の係長だ。制服男性の身分は肩章から判断できた。ここの署長に違いない。

三人が雛壇《ひなだん》に着くや、長谷川が号令を発した。

「起立！　礼！　休め！」

捜査員達が席に着き、管理官が空咳《からぜき》を一つ飛ばした。

「では、第一回捜査会議を始める。長谷川、被害者《マルガイ》の身元から説明しろ」

長谷川が立ち上がる。

「捜索願が出されていた女性がおり、その女性の特徴とマルガイの特徴が似ていることから両親に身元確認してもらいました。既に報道されていますが、名前は峯村聖子《みねむらせいこ》、二十一歳。世田谷区経堂《きょうどう》にある私立啓明《けいめい》女子大学の四年生。実家は茨城県つくば市で、大学の近くにマンションを借りて一人暮らしをしていました。失踪日は今月十二日、『娘と連絡が取れない。大学も無断欠席している』と母親が世田谷警察署に捜索願を提出し、一昨日、マルガイの遺体が多摩川の河川敷で発見されました。死亡推定日は十四日です。失踪当日の午後八時過ぎ、小田急線経堂駅の防犯カメラにマルガイの姿が捉《とら》えられていましたが、その後、自宅マンションの防犯カメラに姿は映っていませんでした。駅から自宅マンションまでは徒歩で七、八分ですから、この短い時間で拉致された可能性が高いかと。駅から自宅マンションまでの道なんですが、商店街を通るので途中までは人通りがかなりあるものの、その先はめっきり寂しくなっていて目撃者はまだ見つかっていません。死因は細紐《ひも》で首を絞められたことによる窒息死。全身に百十五ヶ所の切創がありましたが、頬とアキレス腱の切創以外はいずれも生活反応が無かったことから、死後に切り刻まれたと結論されました。更に、膣からは男性二人の体液も検出されています。マルガイは小中高と地元つくば市内の公立学校に通い、実家はかなりの資産家です。では遺体の写真をご覧下さい」

雛壇横の大型ディスプレイに写真が映し出され、どこからともなく「酷いな」の声が上がる。

その後、マルガイの知人関係を当たれと管理官から指示があり、捜査会議は幕を閉じた。

峯村聖子の家族には長谷川が、彼女が借りていたマンション周辺の住民には楢本が、高校時代と中学時代の同級生達には内山と元木がそれぞれ事情聴取することになり、有紀は峯村聖子が通っていた大学を担当するよう命じられた。

「じゃあ、行きましょうか」と戸田幸平《とだこうへい》が言った。

戸田は多摩中央警察署刑事課の捜査員である。スポーツ刈りがよく似合い、色黒で白い歯がやけに目立つ。所轄《しょかつ》の管轄で起きた事件に本庁が介入した場合、捜査は本庁の捜査員と所轄の捜査員が二人一組となって行われる。そういうわけで、有紀は戸田と組むことになった。

二人は警察車両に乗って世田谷区経堂を目指した。

一時間ほどして啓明女子大学のキャンパスに足を踏み入れた二人は、まず事務局を訪れ、峯村聖子が受けていたゼミを訊き出した。幸い、今日は授業があるそうである。教室の場所を教えてもらい、そこで学生達がくるのを待つことにした。

やがて学生達が集まり始め、有紀はその中の一人を呼び止めた。ショートヘアーで目の大きな女性だ。警察手帳を提示する。

「峯村聖子さんのことでお話を——」

彼女は頷いてくれたが、何故か目が充血している。

「多摩川の河川敷で見つかった遺体、彼女だったそうですね。今朝、聖子のお母さんからも電話がありました」

母親から連絡がくるぐらいだから、峯村聖子とはかなり親しい関係なのだろう。目の充血も、訃報《ふほう》を受けて涙したからか。

「お気の毒です——。峯村さんとは親しかったようですね」

「はい。私以外にも、このゼミには聖子と親しくしていた子が五人います。全員茶道部で——」彼女が唇を嚙んだ。「刑事さん、絶対に犯人を捕まえて下さい！　でないと聖子が……」

彼女の怒りが伝わってくる。それは有紀も同じだった。犯人に対する憎悪が腹の底から湧いてくる。

「全力を尽くします。峯村さんはどんな方でした？」

「明るくて元気で、いつも笑っている子でした。誰からも好かれていて……」

そこまで言った彼女が言葉を詰まらせた。

「彼女の男性関係で何かご存じのことは？」

「男友達は何人かいたようですけど――」

「名前が分かりませんか？」

「三人ほど――。全員、共立大学の四年生って聞いてますけど、一人からは付き合って欲しいと言われていると話していました」

三人の名前を教えてもらった有紀は質問を続けた。

「男性関係でトラブルがあったという話は？」

「聞いたことありません」

「そうですか。じゃあ、さっき話された、茶道部の方々のお名前を」

名前を手帳に書き写すうちに髪の長い女子大生が近づいてきて、目に涙を浮かべながらショートヘアーの女性と抱き合った。彼女にも訃報が伝わったらしい。それから次々に女子学生達が集まってきて誰もが涙する。

しばらくしてようやく全員が落ち着きを取り戻し、有紀は峯村聖子に関する質問を続けた。彼女はアルバイトで女子中学生の家庭教師をしていたという。啓明女子大学はレベルが高く、簡単には入れないと聞く。そんな女子大に籍を置いていたのだから峯村聖子もかなり優秀だったのだろう。

「他にはありませんか」

すると、さっきの髪の長い女性が「聖子は絵画教室に通っていました」と言った。

そういえば――。

峯村聖子の部屋を調べた時、完成した絵やデッサン中の絵の他に、絵画道具などもあった。

「絵が趣味だったようですね」

「ええ――。彼女、高校は美術部でしたから。二年ほど前から自宅近くの絵画教室に通い始め、最近は、その絵画教室の講師の話をよくしていました」

「ああ、そうそう。そうだったわね」とショートヘアーの女性も言う。

「どんな方かご存じですか？」

髪の長い女性が首を横に振る。

「会ったことはありませんけど、小金井市にある帝都芸術大学の助教も勤めているそうで、聖子は『榎本《えのもと》先生って素敵なのよ』と話していました」

「榎本さんとおっしゃるんですね」

「はい。何度も名前を聞かされましたから間違いありません」

「その男性を好きだという話は?」

「していました。でも、付き合っているとは言いませんでしたけど」

片思いの相手ということか。いずれにしても、もう一人男性が浮かび上がってきた。

それ以後は男性の話は一切出ず、有紀は事情聴取を終えて長谷川に報告した。共立大学で事情聴取したら、絵画教室の榎本という講師からも話を訊くようにとの指示だ。啓明女子大学を出て練馬の共立大学に向かった。


共立大学の事務局で四年生の名簿を見せてもらうと峯村聖子の男友達三人の名前があり、彼らが受けているゼミを教えてもらって一人ずつ事情聴取することにした。

一人目と二人目は礼儀正しい学生でアリバイもあったが、三人目は茶髪にピアスという、いかにも軽そうな男だった。峯村聖子に交際を申し込んだという学生だ。

彼は喉が渇いたと言い出し、大学内の学食に移動して話を訊くことになった。

「峯村聖子さんに交際を申し込んでおられたそうですね」と有紀が訊く。

「うん。でも、ふられちゃった」

男が笑いながら、あっけらかんと言った。

「彼女が失踪した十二日ですけど、何をしていらっしゃいました?」

「嫌だなぁ。俺を疑ってるの?」男が宙を見つめる。「何してたっけかなぁ」

「覚えていませんか?」

「ちょっと待ってよ、思い出してるからさ。それより、喉が渇いたなぁ」

何か奢《おご》ってくれと言いたげだ。

察したようで、「戸田が「何か買ってきます」と言って席を立った。

「ああ、思い出した。授業が終わってから友達と六本木に行って、少し飲んでからクラブに」

「クラブの名前は?」

「そんなことより刑事さん。メルアドと携帯番号教えてよ」

下手な鉄砲も数打ちゃ当たる。そんな考えで誰にでも声をかけるタイプのようだ。

「質問に答えて下さい」

「ねぇ。教えてよぉ」

教えて欲しいのはこっちだ。そんなことより、こういう輩《やから》が多くて困る。刑事と知っていてナンパをしかけてくるのである。つまり、なめられていることを意味する。

「あんた、誰と話をしてるか分かってんの？」

自然と言葉が荒くなる。

「美人の刑事さん」と男が即答した。「刑事さんが皆、あんたみたいな女性ばっかだといいのになぁ。俺、毎日犯罪犯しちゃうかも。頼むからメルアドと携帯番号教えてよ」

ちゃんと躾《しつけ》ないといけないようだ。有紀はテーブルの下で、自分の爪先を男の靴に当てた。

「痛っ」

「え？　あんたの足が俺の足に当たったんだろ」

「私は足なんか動かしてない。暴力に訴える気？」

「だから、俺は何もしてないって――」

「テーブルの上に両手置いて」有紀は腰の手錠を抜いた。「公務執行妨害よ」

「じょ、冗談でしょ？」

「手ぇ出せって言ってんの！」

テーブルを叩くと、周りの学生達が一斉にこっちを向いた。

ようやく本気だと悟ったようで、男が「待って下さい」と敬語で言う。

「耳が悪いの？　早く手ぇ出して」

隣のテーブルのカップルが、「逮捕現場に居合わせるなんて思わなかった」とヒソヒソ声で話している。

男が血の気をなくして俯《うつむ》く。

「あの——軽口叩いてすみませんでした——」

有紀はテーブルに肘を突いて男の顔を覗き込んだ。

「あんたが交際を申し込んだ女性が殺されたってのに、どういう神経してんの?」

「——すみません……」

「何の生産性も持っていない、社会に貢献することもできないボンクラの分際で——。それでどうすんの?　私の質問にちゃんと答えるわけ?」

「はい。何でも答えます」

そこへ戸田が戻ってきて、有紀の耳元で「皆こっちを見てますけど、どうかしたんですか?」と尋ねた。

「いいえ、何も」と答えた有紀は、改めて男を見た。「どちらのクラブです?」

「ブラックマジックです。入ったのは七時頃で、日付が変わるまでいました。店の支配人が知り合いで、彼が証明してくれます」

「そうですか」後ほど確認だ。「ご協力、感謝します」

共立大学での事情聴取を終えた有紀と戸田は帝都芸大に進路を取った。

小金井市まで四十分余り車を走らせ、キャンパスの一画にある駐車場に車を止めた。

有紀は手帳を開いた。電話でアポを取った時に職員室の場所を教えられたのだ。B棟の一階の東奥とのことだが、キャンパスが広過ぎてそのB棟がどこにあるのかさえも分からない。

ちょうど近くを通りがかった男子学生を呼び止めてB棟の場所を訊き出した。

五分も歩いただろうか、蔦《つた》が絡まる三階建ての校舎に辿り着き、何とか職員室を見つけた。

榎本は痩せた若い男性だった。歳の頃は三十歳過ぎといったところで、彫りの深いマスクは、確かに女性受けすると言っていいだろう。物腰も柔らかで笑顔も爽《さわ》やかな印象である。差し出された名刺には『帝都芸術大学絵画学科助教　榎本拓哉《たくや》』と書かれている。

前置きは抜きにして、早速本題に入ることにした。

「今日は峯村聖子さんのことでお邪魔しました」

「昨夜のニュースで知りましたよ。多摩川の河川敷で見つかった遺体が彼女だったなんて……。捜索願が出されたという話は聞いていましたから心配していたんですが、まさか殺されるとは――」

「峯村さんはあなたの絵画教室に通われていたそうですが、どんな生徒さんでした？」

「とても筋のいい生徒でした。高校時代は美術部だったとかで、他の生徒さん達よりもレベルが二段階ほど上でしたよ。教室は週一なんですが、行方不明になるまで欠席したことは一度もなかったと記憶しています」

「あなたに好意を寄せていたようだと聞きましたが？」

「そうなんですか？　僕は感じませんでしたけど——」

榎本は驚くふうでもなく、あっさりとそう言った。峯村聖子も、友人達には榎本と付き合っていると言っていなかったようだから、単なる片思いだったのかもしれない。それに榎本はこのマスクだ。言い寄ってくる女は結構いるだろうから、女子学生の心の内までは与《あずか》り知らぬといったところか。

「ところで榎本さん。七月十二日は何をしておられました？」

「十二日というと——峯村さんが失踪した日ですよね」榎本が眉根を寄せる。「僕のアリバイってことですか？」

「お気を悪くなさらないで下さい。これも職務なもので」

「その日は通常の勤務をしていましたけど、急に教授のお供で大阪に行くことになりましてね。午後五時に大学を出て一旦自宅に戻り、用意を整えて新横浜まで行って、午後八時三十二分の『のぞみ』新大阪行きに乗りました」

「新横浜から乗られた？」

「ええ。僕の自宅は逗子市ですから、新横浜が新幹線の最寄駅です」

教授とは新幹線の車中で落ち合ってそのまま新大阪まで」

峯村聖子の姿は午後八時過ぎに経堂駅近くの防犯カメラに捉えられている。榎本の話が事実なら、峯村聖子を拉致してから午後八時三十二分に新横浜に行くのは無理だ。経堂から新横浜まで、どんなに急いでも一時間以上かかる。とはいえ、証言の裏は取らなければならない。

「大阪ではどちらにご宿泊を?」

「新大阪駅前の、オリエント大阪というビジネスホテルです。教授も同じホテルに」

「教授はどちらに?」

「三階の教授室にいらっしゃいますよ」

有紀は榎本の証言を手帳に書き込み、「この学科の職員の集合写真はありませんか?あればお貸しいただきたいんですけど」と頼んだ。榎本の証言の裏を取るにしても、本人の顔写真を見せないと話にならない。

「待っていて下さい。持ってきますから」

間もなくして榎本が戻り、有紀は「ご協力感謝します」と言って席を立った。

職員室を出ると、戸田が「教授にも会ってみますか」と言い、二人は階段を上った。

教授の年齢は五十八歳だった。髪が真っ黒だったから染めているのは間違いなかったが、実年齢よりもかなり若く見えた。そして、教授の証言は榎本の証言と全く同じだった。新横浜で榎本と合流し、そのまま新大阪まで。当日はオリエント大阪に宿泊して、翌日は依頼された講演を済ませたとのこと。行きと同じように、榎本とは新横浜で別れたそうである。

キャンパスを出て六本木に向かっていると、運転している戸田が「ねぇ、東條さん。あの教授ですけど、若く見えましたよね。五十八歳って言ってましたけど、四十代後半でも通りますよ。あの感じだと、あっちの方も元気なんじゃないですか？」と言った。

戸田が何を言いたいかピンときた。

「教授と榎本さんが口裏を合わせていると？」

「その可能性もあるかと――。だって、犯人は男二人でしょ。教授と榎本はそれに該当しますよ」

短絡的過ぎる気もするが、可能性がゼロとは言えない。二人が宿泊したというホテルで裏取りだ。

その後、六本木のブラックマジックで話を訊いたところ、峯村聖子が姿を消した時間、茶髪の共立大生は確かに店にいたと支配人が証言した。

捜査会議で報告を終えると、管理官がプロファイリングチームの見解を述べた。彼らの推理はこうだった。『犯人はいずれも二十代から三十代の男で痩せ型。独身、高学歴で普段は大人しいフリをしている。幼少時より残虐性の兆候あり。例えば虫の足を全て毟《むし》りとるとか犬猫の虐待。女性と目を合わせられない。女性が関心を示さないような外見で暗い性格。サイコパスの可能性も視野に入れなければならない等々』とのことで、動機については『性的嗜好《しこう》を満足させるためではないか』と推測している。だが最近は、ただ単に人を殺してみたかっただとか、内臓がどうなっているのか見たかったから解剖しただとか、わけの分からない、動機と呼べるものとは程遠い理由で人を殺す連中もいる。厄介な世の中だ。

捜査会議が終わり、多摩中央警察署を出た矢先に着メロが鳴った。メールだ。送り主は生田友美《いくたともみ》。

『予定より早く帰れそう』

すぐに、『了解。部屋に行く』と返信して最寄駅に向かった。

新宿行きの電車に乗って車両の真ん中辺りに腰かけ、ショルダーバッグから手帳を出して走り書きしたページを捲った。犯人達はどうしてあそこまで被害者の遺体をいたぶったのだろうか？　更に、自分達の体液を被害者の体内に残している。大胆というか、まるで捕まえてみろと言わんばかりではないか。

推理を巡らせるうちに新宿に着き、山手線に乗り換えた有紀は代々木駅で降りた。軽い足取りで階段を駆け降りる。足早になるのはいつものことだった。早く友美に会いたいという思いもあるが、心が急《せ》く理由はもう一つある。自分を縛る頸木《くびき》から一刻も早く解き放たれたいからだった。

友美のマンションに辿り着き、五階に上がって五〇八号室のインターホンを押した。だが返事がない。友美はまだ帰っていないようだ。合鍵を出してドアを開けた。

週に一度か二度、有紀はこの部屋を訪れる。ここだけが本当の自分に戻れる場所なのだ。暗い室内に明かりを点してエアコンを稼働させ、スーツを脱いでバスルームに駆け込んだ。

ブラウスを脱ぎ、キャミソールを脱ぎ、ブラを外してパンストとショーツを脱ぐ。普通の女性が当たり前のように身につける物、そのどれもが有紀に嫌悪感を抱かせる。シャワーのコックを目いっぱい開き、無数に打ちつける水滴に身を任せた。この瞬間から、有紀は誰からも干渉されない本当の自分になる。

有紀は男性の心と女性の身体を併《あわ》せ持っている。性同一性障害だ。

初期の胎児の脳は誰もが女性脳なのだそうだが、成長の過程で身体が男女に分かれ始めると、それに伴《ともな》って脳も男性と女性に分かれるらしい。つまり、有紀の脳と身体はその過程で何らかのトラブルに巻き込まれたことになる。だからこそ、女性の身体に男性の脳が備わってしまったのだろう。

性同一性障害者の中にはカミングアウトしたり、自分の身体に嫌悪感を持つあまりに外科的手術を受けて性転換する者も少なくない。それはそれでいいと有紀も思う。事情が許せば自分もそうしたいと思ったことが過去にあった。しかし思い止まった。姉のことがあったからである。長女をあんな形で亡くした上に次女までもが性同一性障害だと知ったら、両親はどれほど心を痛めるか。失意の底にいる両親に新たな悩みを与えるわけにはいかず、心は男のまま女性として生きる決意をしたのだった。

だが、全てを諦《あきら》めたわけではなかった。それならば、せめて子供の頃からの夢だけでも叶えよう、憧れの職業に就こうと思った。それが刑事だった。多くの刑事ドラマや映画を見て、男の心が滾《たぎ》った。止めどもなく、男としての闘争本能が湧き上がってきた。自分もああなりたいと願いに願った。今は女性の刑事も少なくない。努力すれば自分だって刑事になれると信じ、身体を徹底的に鍛えることにした。

トレーニングで特に力を入れたのがウエイト、俗に言う筋トレだ。筋トレにのめり込んだ理由は、ネットサーフィン中にたまたま見つけたサイトに衝撃を受けたからだった。そこに掲載されていた女性の肉体に目が釘付けとなったのである。割れた腹筋、発達した肩、細身の身体でありながらどの筋肉も十分に発達し、本当に女性なのかと目を疑うほどの肉体美で、トレーニング次第では誰もがこんなに凄い身体を手に入れられると説明されていた。女性フィジークのサイトだったのだ。部活はバスケ部だったからそれなりに身体は鍛えていたが、締まった身体といった程度のものだったため、その場でフィジーク転向を決断した。

　それからは寝ても覚めてもその女性の姿が頭から離れず、アルバイトの稼ぎをフィットネスクラブに注ぎ込んだ。母は娘の身体が激変していくことに異を唱え、『女の子のくせにバーベルなんか持ち上げるのは以《もっ》ての外』と大反対したが、そんな小言に耳を貸さず、遂には二十歳の時、ベンチプレスで八〇キロを挙上するまでになっていた。面白半分で腕相撲を挑んできた同期の男子学生を秒殺したこともある。そんなわけだから腹筋はシックスパックに割れ、通っていたフィットネスクラブの女性更衣室では、『お腹、触らせてもらってもいいですか？』と言われることも度々あった。その一方で、女友達は有紀の身体を見て、『幾ら何でも、そこまで鍛えなくてもいいんじゃない？』とも言っていたが――。

　そして体力面で十分な自信を培《つちか》い、大学卒業と同時に母の猛反対を押し切って警察官採用試験を受けた。身長は一七〇センチあったし、筋力も人並みの女性以上にあったから結果は見事に一発合格。だが、アスリート並みの肉体を手に入れて警察官になったもののの、いきなり刑事になれるわけもなく、警察学校を卒業して最初に配属されたのは大田警察署の生活安全課だった。しかし、夢を絶対に諦めないと誓い、男性警官が舌を巻くほど精力的に働いた。その甲斐あってか、やがて同署の刑事課に転属が決まり、管轄になった。

内で起きた殺人事件の捜査を受け持ったことが切っかけで本庁捜査一課に呼ばれること

『大田警察署の東條有紀巡査部長を本庁勤務に』と強く推薦してくれたのは長谷川だった。大田区管内で起きた殺人事件に本庁が介入し、その時に長谷川の補佐として大田警察署から有紀が選ばれたのだが、捜査中、偶然にも犯人と遭遇して追跡することとなり、格闘の末に取り押さえた。相手は自分よりも大きな男だったが怯《ひる》まなかった。鍛え上げた自らの肉体と、苦しい訓練の末に身につけた逮捕術を信じ、包丁を振り回す相手を力と技でねじ伏せた。そして長谷川は、精力的に仕事に打ち込んだ有紀の姿勢と勇気を高く評価し、警視庁上層部にかけ合ってくれたのである。それが三年前のことだった。

バスルームから出た有紀は男性用のトランクスを穿《は》いた。自分が男性であることを再認識するためでもあるが、理由はもう一つある。例えようのない下半身の解放感があるのだ。いつも小さなショーツの中に大きな尻を無理やり収めているからかもしれない。

上半身裸のまま冷蔵庫から缶ビールを出し、リビングのソファーに腰かけた。するとインターホンが鳴った。友美が帰ってきたのだろう。

玄関ドアの鍵を開けると友美が笑顔で入ってきた。友美は有紀の恋人であり、同じ性同一性障害という心の傷も持っている。有紀は友美のスレンダーな身体を抱きしめた。長い髪から放たれるシャンプーの匂いが心地よい。

友美と知り合ったのは六年前、有紀が警官になった矢先のことだった。ストーカー相談で友美が大田警察署の生活安全課を訪ねてきたのである。話を聞いて放っておけないと感じ、それからいろいろとアドバイスしたが、ストーカーは諦めることなく友美に付き纏い、有紀は最終的に引っ越しを勧めた。そして友美はこの部屋に居を移したのだった。気が合ったのか、二人は休みが合う度に会うようになり、様々な場所に出かけた。映画、話題のフレンチレストラン、コンサート、スキー、北海道旅行にも沖縄旅行にも行った。そんなある日、友美は本当のことを打ち明けてくれた。自分は性同一性障害者だと——。

薄々は感じていた。自分を見る彼女の目が、仲の良い同性を見る目ではないと……。それは有紀も同じだったに違いない。だからこそ友美は、東條有紀という女性は自分と同じ心の傷を持っていると直感し、全てを打ち明けてくれたのだと思った。無論、有紀もその場で全てを打ち明けた。生まれて初めて秘密を口にした。嬉しかったというより、解放された思いだった。同じ心の傷を持つ者がすぐそばにいたのだ。身近にいたのだ。

そして有紀と友美は、死が二人を分かつまで絶対に離れないと誓い合った。

だから有紀は、自分を見失わないためにここにくる。友美との愛に溺《おぼ》れ、自分は一人ではないと確認するためにここにくる。

第二章　エスカレート

1

八月九日　午前九時半——

あれからひと月近く経ったというのに、峯村聖子殺しの捜査は一歩も前進していなかった。彼女の知人男性、並びに、中学高校の男子同級生でアリバイを持たない者は一人もおらず、拉致された時の目撃証言も未だゼロ。今日も手がかりになるような証言は得られず、有紀と戸田は移動するべく車に乗った。

シートベルトをすると、戸田が有紀の顔をまじまじと見た。

「私の顔に何かついてます?」

「いえ。東條さんて笑わない女性なんだなぁと思って——。私と組まれてから一度も笑わないでしょう」

「そうでしたっけ？」

「ええ。何か気に障ることでも言ったんでしょうか？　もしそうなら謝罪します」

笑わないのはいつものことだ。だから、本庁内には有紀のことを『捜一八係の鉄仮面』と揶揄《やゆ》する者もいる。鉄は鉄でも、鉄面皮《てつめんぴ》と言われないだけまだましだが。

「私いつもこうなんです。戸田さんに対して他意は持っていませんからご心配なく」

「そうですか、それを聞いて安心しました。じゃあ東條さんは、凄く真面目な方なんですね。だから仕事中は笑わない」

「どうでしょうね」と答えておいた。

世田谷区から高速に乗った矢先に携帯が鳴った。長谷川からだ。何か進展があったか。

「吉報ですか？」

《その反対だ。国立《くにたち》市郊外の雑木林で遺体が見つかった。酷く痛めつけられていて毛布を被せてあったらしい》

毛布？　嫌な予感が頭を擡《もた》げる。

「まさか――」

察したようだ。《その可能性が高いな》と返事があった。

詳しい住所を訊いた有紀は、「現場に急行します」と伝えて携帯を切った。

戸田に事情を伝えた矢先、腹痛に襲われて顔を歪《ゆが》めた。官舎を出る時に嫌な予感はしていたのだが、どうやら厄介者《やっかいもの》がやってきたらしい。最も忌《い》ま忌《い》ましい現象。自分が女性の身体という頸木に繋がれた存在であることを嫌というほど思い知らされる、月に一度やってくる生理という逃れようのない儀式だった。

純粋な女性でさえも憂鬱《ゆううつ》になるというのだから、男である自分にとって、生理が終わるまでの数日間は拷問に等しい日々だ。トイレに行く度に、便器に滴る鮮血を見る度に、自分が子供を産めるという事実を突き付けられて気が狂いそうになる。

有紀は唇を噛んだ。

男なのに、どうしてこんな身体に生まれたのか。男なのに、どうして強い肉体を与えられず、代わりに子供を産める身体を与えられてしまったのか——。自分が何をした？前世で犯したかもしれない悪事によって現世でこんな試練を与えられてしまったのか？例えそうであったとしても、これはあまりに酷い罰ではないか……。

この痛みに襲われる度に少女時代のことが蘇ってくる。思い出したくもない嫌な思い出が——。

大人達の会話が理解できるようになった頃、両親の知人や近所の人からは『可愛いお子さんですね』とよく言われた。それは別に嫌なことではなかったが、歳を重ねるにつれ、褒《ほ》め言葉は『可愛いお嬢ちゃんですね』となり、それはやがて『綺麗なお嬢さんですね』から『美しい娘さんになられましたね』へと変わっていった。普通なら、自分が男として生まれていれば、それらの褒め言葉は『息子さん、大きくなられましたね』や『男っぽくなられましたね』というものになっていたはずだ。だから、他人から褒められる度に落ち込み、自分が女であることを思い知らされたのだった。

服にしてもそうだ。母は『女の子は女らしく』という教育方針でいたために、ボーイッシュな服を敬遠して、可愛いフリルのついたピンクやらの赤系統の服を好んだ。だが、こっちはいい迷惑で、『ジーパン買って』とよく強請《ねだ》ったものだった。

だから母に反抗する意味もあって、習い事のピアノやクラシックバレエのレッスンをさぼり、同級生の男子達に交じってサッカーや野球に興じたりもした。勿論、その度に母に無理やり連れ戻されたが……。

思春期になってからが更に地獄だった。下駄箱には男子生徒からのラブレターが頻繁《ひんぱん》に入れられ、淡い恋心を抱いていた同級生の女生徒からは、ただの女友達といった対応しかしてもらえなかった。そしてジレンマという泥沼にどっぷりと浸かりながら日々を過ごしてきた。

「戸田さん。高速を降りたらコンビニに寄って下さい」

緊急事態に備えていたから出血に関しては問題ないが、この痛みが厄介だ。鎮痛剤を飲むのに水が欲しい。

「東條さん、そろそろ現場です」

戸田が車を左折させた途端、路面の凸凹が身体に伝わってきた。道の両側は雑木林だ。車はそのまま数百メートル走って止まった。

先に到着していたようで、二班のメンバー全員が遺体発見現場を囲む青いビニールシートの前にいる。有紀は車を降りて、長谷川に「班長」と声をかけた。

「ご苦労、取りあえず仏さんを拝んでこい。死後一週間は経っているって見立てだ」

現場が雑木林ということで発見が遅れたのだろう。臭いも強烈か。

有紀は戸田を連れてビニールシートに歩を進め、入り口の前にいる鑑識の責任者に声をかけた。

「ご苦労さまです」

「やっとお出ましか」

「連絡を受けた時、まだ世田谷にいましたから。それより、仏さんの遺留品は?」

「何もない、素っ裸《かんのんさま》だ」

「指紋は?」

「左手だけは何とか取れた。発見が二日遅ければ指紋も溶けていただろう」

「どうして片手だけ?」

「右手がないからだ。野生動物に食い千切られたらしい。覚悟して入れよ」

「臭いのことなら覚悟してます」

「それだけじゃない」

鑑識の責任者はそう言うと、溜息を一つ残してビニールシートから離れた。

それだけじゃない？　今度もメッタ刺しか——。

ビニールシートの中に入るや、アンモニア臭で目が痛くなった。前回の殺しの時とは次元が違う、噎《む》せそうな悪臭だ。戸田もこれ以上崩れないほどに顔をしかめている。

「堪りませんね」の声に頷いて遺体に歩み寄った。

腐乱の初期段階で、皮膚の一部が溶け出している。鑑識の責任者が言ったことが即座に浮かぶ。確かに、まともな神経をしている刑事なら覚悟して見なければならない遺体だった。

有紀は、蠅が集《たか》る遺体の傍《かたわ》らでしゃがんだ。

今回は顔以外に血痕はない。だが、血の代わりとして、どす黒く変色した打撲痕が身体中にある。鈍器のような物、例えばバットか何かでメッタ打ちにされたか。この状態から察すれば、顔面は鼻と言わず頬と言わず顎《あご》と言わず、どれもが砕けているに違いない。顔面は腫れ上がって鼻の凹凸すら判別できないが、乳房が認められるから女性であることは確かだ。今度もまた、アキレス腱が切断されている。しかし何故か、目の周りだけは無傷だった。これだけ徹底的に顔を潰しておきながら、どうして目だけに攻撃を加えなかったのか？

この残虐性と遺体に毛布をかけていた事実、アキレス腱の切断という手口から判断すれば、峯村聖子を殺した二人組の仕業と判断せざるを得ない。戸田はというと一言も発せず、必死で嘔吐《おうと》を堪《こら》えているようだった。

口を開いて口腔内を覗くと前歯は全て叩き折られていたが、固まった血の中に白いものが見えた。奥歯が何本か残っている。

常軌《じょうき》を逸《いっ》している。こんなことをする輩は死刑にしないといけない。いや、この犯人達だけでなく、凶悪犯罪者は全員死刑でいい。二人以上殺さないと死刑にならないという、そんな馬鹿げた基準があるから凶悪犯罪は後を絶たないのだ。貴重な国民の血税で凶悪犯罪者を刑務所で養うなど馬鹿げているではないか。

「出ましょうか」

ビニールシートを出るなり戸田が駆け出した。吐き戻しに行ったようだ。身体を鍛え上げている男でも所詮は所轄の刑事だ。他殺体に接することなど殆どないだろうし、ましてや、腐乱しかけている遺体など見たことがなかったのだろう。だが、だらしないとは思わない。それが正常な反応で、平然と遺体検分をしているこっちが異常なのだ。さぞ、度胸が据《すわ》った女だと思われているに違いない。

二班のメンバーの許《もと》に行くと、内山が元木に向かって「俺の勝ちだ」と言った。

「何のこと？」

「お前が平然とした顔で出てくるかどうか賭けたんだよ。俺は『顔色一つ変えずに出てくる』と言ったんだが、元木は『東條さんでも、あの遺体を見たら顔を歪めますよ』と言いやがった。だから晩飯を賭けたんだ」

「元木。余計なこと考える暇があるなら犯人の精神状態でも考えなさい」有紀は内山を見た。「あんたもよ！」

「俺のことより自分の心配しろ」と内山が言い返す。

「はあ？」

「あの遺体を見て余計にカリカリしてんじゃねえのか？」

図星《ずぼし》だった。

「鏡を見てみろ。いまにその眉間の皺が消えなくなるぞ。冗談抜きで、お前が犯人を見つけたら撃ちそうな気がしてきたよ」内山が元木の肩を抱き、「晩飯はステーキな」と言いながらその場を去った。

その後、解剖に立ち会うことになった有紀は現場を離れた。

遺体は今回もK医大に運ばれ、解剖も峯村聖子の遺体を担当した教授が行った。その結果、二つの事実が浮かび上がった。一つは、無数の打撲痕が生前にできたこと。もう一つは、被害者の膣から男性二人の体液が検出されたことだった。峯村聖子を殺害した連中の犯行に間違いないが、今回は手口が変わっている。殺す前に徹底的に痛めつけているのだ。

2

ここ最近、浮気調査の張り込みでずっと休みなしだったことから、槙野は代休を取って朝からゴロ寝を決め込んでいた。麻子もパートに出かけていて退屈だ。テレビの液晶画面は甲子園球場を映し出しているが、太陽光が容赦なく照りつけているのだろう。グラウンド上の空気が陽炎《かげろう》となって巨大なバックスクリーンを歪《ゆが》めている。

スコアボードの表示は三対二。夏の高校野球二回戦、静岡県代表S商業高校対佐賀県代表K高校の八回裏の攻防は二死満塁一打逆転の場面だ。しかし画面が切り替わり、映し出されたのは、右手を天に向けて左手を真横に伸ばした男性の座像だった。像の前には多くの人々が並び、サイレンの音に耳を傾けながら黙禱《もくとう》している。原爆被災者を弔《とむら》うサイレンだった。時刻は午前十一時二分、あの日この時間、長崎で奪われた人命は七万人を超えると聞く。

サイレンに呼応したかのように携帯が鳴り、槙野はカウチから起き上がってテーブルの携帯に手を伸ばした。珍しい、兄からだ。

そういえば、最後に口を利いたのはいつだったか――。

兄とは喧嘩らしい喧嘩などしたことがない。歳が七つも離れていれば弟の相手なんか馬鹿馬鹿しいだろうし、こっちが中学に上がる前に兄は家を出て東大近くで下宿暮らしをしていた。以来、実家に帰ることなく、東京で就職して家も埼玉県の和光《わこう》市に建てた。こっちも野球漬けの毎日を送っており、たまに兄が帰省しても練習で疲れて話をするどころではなかった。成人してからも兄は海外赴任が長く、槙野は槙野で警察の官舎にいたから、酷い時は三年も顔を見なかったことがある。

「珍しいな、元気？」

《元気だ。そっちも相変わらずか？》

そうでもない。同居人ができたが、「まあね」と答えておいた。

《青森の叔母さんがうちにきてるんだが、お前に話があると言ってる。ちょっと顔を見せてやってくれないか》

この暑い中を出かけるのはうんざりだが、叔母には可愛がってもらった恩がある。それに、無沙汰をしている母にも顔を見せておかないといけない。六年前に父に先立たれた母は実家を売り、今は兄の家で孫二人の面倒を見ながら暮らしている。

「あとで行くよ」と答えて携帯を切った。

そうこうするうちに昼となり、インスタントラーメンを啜りながらテレビのリモコンを握った槙野はチャンネルをニュースに合わせた。

映し出されたのはどこかの雑木林だった。テロップには『新たな被害者』とある。レポーターが喋《しゃべ》り出し、ようやくあの事件だと分かった。多摩川の河川敷で発見された変死体だ。メッタ刺しにされていたそうだが、今回も遺体は酷い状態とのことで、アキレス腱も切られているというから同一犯の仕業か。遺体は死後一週間ほど経っているらしいから臭いは強烈だろう。捜査員達に同情したくなる。

腹が膨れたところでポロシャツとチノパンに着替え、車で兄の家に向かった。

槙野が住んでいる大田区雪谷《ゆきがや》から和光市まで一時間余りだった。久しぶりに見るが相変わらずでかい家だ。億とまではいかないまでも、建てるのに七、八千万はかかっただろう。未だに賃貸暮らしの自分とは大違いである。それもこれも、兄の努力の賜物《たまもの》に違いないが——。

門扉のインターホンを押すと義理の姉が出た。元は兄と同じ会社でOLをしており、実家はかなり裕福だと母から聞かされている。

勝手知ったる兄の家、門扉を開けて玄関に足を運ぶと、犬小屋のジャーマンシェパードが吠え出した。まるで親の仇を見つけたように唸《うな》り飛ばすものだから中指を突き立ててやった。犬の名前は忘れた。

玄関ドアが開いて義姉が顔を出し、槙野は「ご無沙汰してます」と挨拶した。駅前のケーキ屋で調達したチーズケーキを差し出す。

「そんな気を遣わなくても」

手ぶらでこようものなら、それこそ後で何を言われるか分かったものではない。

玄関に入ると聞き慣れた叔母の甲高い声がした。

広いリビングに入るなり、「あら、康平。待ってたのよ」と、髪を派手な色に染めた叔母が言った。相変わらずメイクも濃い。

「元気だった？」

「お陰様でね。明日、こっちで主人の姪っ子の結婚式があるから出てきたのよ」

「叔父さんは？」

「姪っ子の家で飲んでるわ」

「少し太ったわね」と母が言う。

太ったどころではない。麻子の作る料理が美味いから二年で一〇キロも増えた。

「ちゃんと食べてるようね」

「うん」と答えて座り心地の良い応接セットに腰を沈める。「それで叔母さん、話って何？」

叔母がニヤリとして、リビングの隅に置いてある鞄《かばん》からＢ４版程度の薄い物を出した。

それを持って戻って槙野に差し出す。

「あんたに再婚の話を持ってきたのよ。いつまでも独身じゃ可哀想だと思ってね」

まさかそんな話を持ってくるとは――。くるんじゃなかった。

「写真見てちょうだい」

渋々表紙を開くと、良く言えばふくよかな、ストレートに言えばデブそのものの中年女性が着物姿で収まっていた。

会う以前の問題だ。こっちだって選ぶ権利ぐらいある。とはいえ、にべもなく撥《は》ねつけるのも気が引け、「今回は縁がなかったということにしといてよ」とやんわり断りを入れた。

「どうして？　とっても良い方よ。料理は上手だしお尻は大きいし。子供たくさん産めると思うけど」

そういう問題ではない。

「大体この人さ、探偵がどういう職業か分かってんの？　刑事ほどじゃないけど、家に帰れねぇことが結構あんだよ」

「それは先方さんも承知してるから大丈夫」

こっちは大丈夫じゃない。

「康平」と母が言った。「あんた、誰か大事な女性でもいるの？　だから見合いしたくないんじゃないの？」

確かに麻子という存在はいるが、将来を約束したわけでもないし、彼女はいつ出て行くかも分からない。だから、大事かと問われれば答えに困る。とはいえ、ここはいると言った方が得策だ。見合いを断る口実になる。

「実はいる」

「どうして何も言わなかったのよ。どんな方?」

どんな女性と問われても、槙野自身、彼女のことは殆ど知らないのだ。『児童施設で育っていて身内はいない。情報屋をしていたチンピラの元女房で、仕事も住むところも失くして頼ってきた』くらいである。

「そのうち話すよ」

これ以上ここにいたら根掘り葉掘り訊かれるに決まっている。退散するべく腰を浮かした。

自宅に戻ると麻子が夕食の支度をしていた。エプロン姿の彼女を見るにつけ、『児童施設を出てから何をしていたのか。情報屋とどこで知り合ったのか』と尋ねてみたくなる。しかし、それを尋ねるとこの生活が崩れ去るような気がする。

3

八月十二日——

緊急捜査会議は午後一時から始まった。第二の被害者の前歯は叩き折られていたものの、残された奥歯の歯型照合が思いの外順調に進み、三時間ほど前に身元が確認された。名前は関口《せきぐち》千春《ちはる》、二十七歳。彼女の膣から検出された男性二人のDNA鑑定の結果も出た。峯村聖子の膣から検出された体液のDNAと一致したのだ。捜査本部の看板も書き換えられ、待機態勢中にあった同八係第五班の五名が増員された。

東條有紀は、改めて関口千春の顔写真を見た。彼女の実家で借りてきたのだが、きつい目の女性で不美人の部類に入る。

管理官が長谷川に目を向ける。

「第一の犯行について五班に説明してやってくれ」

「はい」峯村聖子について話した長谷川が、二人目の被害者のことに話を移した。「次に二人目のマルガイですが、名前は関口千春、二十七歳。都内の私立大を卒業後、豊島区池袋に本社がある大手商社『徳田物産』の総務課に勤務していました。本籍は埼玉県所沢市で、失踪当時の住所も本籍と同じです。家族構成は両親と姉が二人。小中高と私立の共学校に通っており、実家は峯村聖子の実家同様、所沢でも有名な資産家です。失踪日は八月一日、彼女は午後六時過ぎに退社して、その直後、母親にこれから帰ると伝えています。しかし帰宅することなく、今月の九日に国立市郊外の雑木林で遺体が発見されました。

死因は内臓破裂によるショック死で、遺体には鈍器のようなもので殴られた痣《あざ》が無数に残っていました。彼女の場合も膣から男性二人の体液が検出され、最初のマルガイの膣から検出した体液とDNAが一致。このDNAですが、言うまでもなく警察の犯罪者データバンクには登録されていません。それではマルガイ二人の写真を見て下さい」

雛壇横の大型ディスプレイに、峯村聖子と関口千春の遺体写真が次々に映し出されていく。何度見ても酷い手口だ。

「イカれた連中だ」と五班の班長が言う。

五班の班長は五十歳のベテランで、間もなく定年を迎える六係の係長の後釜《あとがま》に座るともっぱらの噂だ。長谷川がまだぺーぺーだった頃、彼と同じ班に所属していたそうで、厳しい指導を受けたと聞く。

生前のものも含めて写真は二十数枚映し出され、ようやくディスプレイがブラックアウトした。

「今回も資産家の娘が被害者か」と管理官が言った。「二人とも殺されてるんだから、犯人達は金に興味がないってことだよな」

「そうですね」と係長が言う。

「最初のマルガイの人物像は？」

五班の班長の質問があり、長谷川が立ち上がった。

「社交的な性格で友人も多くいたようです。男性の友人も何人かいましたが、全員アリバイがはっきりしています」

「それにしても、手口が前回と違うのは何故だ？」と管理官が言った。「前回は絞殺後に遺体を傷つけ、今回は首を絞めずに撲殺だ」

「マルガイはかなりの苦痛を味わったと思われます」と係長が言う。

「だろうな。プロファイルによると、犯人達は性的嗜好で最初のマルガイの遺体を切り刻んだってことだが、今回はマルガイが苦しむ様を見て性的欲求を満たしたってことか？」

「管理官、問題は次の被害者です。この調子だと、連中はきっとまたやりますよ」

長谷川が言う。

「その前に何としてでも捕まえる。全員で手分けして、関口千春の交友関係と、彼女と峯村聖子の接点を探れ」管理官が同席している署長に目を向けた。「そちらからは新たに五人の捜査員を出していただき、五班のサポートをお願いします」

署長が頷く。

「以上だが、各人、入手した情報は独占せず、必ず共有すること。いいな！」

解散となり、有紀と戸田は関口千春の勤務先で事情聴取することになった。


池袋北で首都高速を降り、明治通りに面した徳田物産本社の地下駐車場に車を入れた。受付で警察手帳を提示し、総務課の責任者に面会を申し込む。

ロビーのベンチで待つうち、痩せた小柄な中年男性が対応に現れた。差し出された名刺には課長の記載がある。

「関口さんのことで見えられたんでしょうか？　彼女のご両親から行方不明になっているとお聞きしましたが」

「ええ」と有紀が答えた。「見つかりましたよ」

「え！　どこにいたんです！」

「三日前に国分寺で発見された撲殺体、彼女でした。間もなく記者会見が開かれるでしょう」

課長が口を半開きにする。

「そんな――、じゃあ、殺されていたってことですか」

「お気の毒です」と戸田が言う。

「可哀想に——。報道では、かなり酷い殺され方だと」

有紀は頷いてみせた。

「彼女のことで職場の方からお話を伺いたいんですが、ご協力願えませんか？」

「それは勿論」

「では、個室で一人ずつ面談ということで」

「分かりました。総務課のある三階に小会議室がございます、そこをお使い下さい」

課長に連れられ、二人は小会議室に移動した。

最初にコーヒーが出され、次いで課長が総務課職員の名簿を持って現れた。男女合わせて四十三人いる。一人五分程度の事情聴取として、順調に行っても都合三時間半ちょいかかる計算だ。

まずは管理職から始めることにして、二人は課長と対峙《たいじ》した。

「関口さん、どんな女性でした？」

有紀が質問すると、即座に「仕事はできましたよ」と返事があった。

「社交性は？」

課長が僅かに唇を歪めた。

「まあ、はっきり言ってあるとは言えませんでしたね。課内でも浮いていたというか——」

「人付き合いが下手だったということでしょうか？」

「いや〜」と言ったまま、課長が腕組みする。どこか奥歯にモノが挟《はさ》まったような感じだ。

「はっきり仰って下さい。会社の方には他言しませんから」

ややあって、課長が頷いた。

「性格が悪くてね。それに、すぐキレちゃうんです」

「具体的には？」

「人の失敗を許さないんですよ。些細《ささい》なことでもね。後輩社員には罵声《ばせい》を浴びせ、先輩社員には嫌味を言う始末で――。それに支配欲が強いっていうのか、後輩社員を顎で使っていましたよ。いびりも酷くて、ある女性社員なんか、泣きながら私に辞表を出したくらいです。そんなわけですから、彼女がいるだけで課内の雰囲気が悪くなりましてね。できれば解雇したかったというのが正直な気持ちです」

「解雇できなかった理由があったと取れますけど」

「ええ。彼女、当社の大株主の孫娘でね」

なるほど、それなら手出しできないか。

「忘年会や新年会、課内の飲み会も大変でした。彼女は酒癖も悪くて、後輩の男性社員にちょっかい出したりね。だから誰も出たがらなくて」

かなりの問題児だったようだ。恨んでいた人間は相当いただろう。

「ところで、関口さんから峯村聖子という名前を聞いたことありませんか？」

考えるふうをした課長だったが、すぐに首を横に振った。

「聞いたことありませんねぇ」

「どうもありがとうございました。次長さんか係長さんを呼んでいただけますか」

次に現れたのは次長で、話した内容は課長の証言と全く同じ。それから係長と主任にも話を聞いたが、誰もが申し合わせたように同じ内容を口にする。そして三人とも、峯村聖子という名前は聞いたことがないと証言した。

平社員達も同じだった。特に女子社員達の証言が強烈で、最初に証言した女子社員はのっけから関口千春の悪口を捲《まく》し立て、その後、誰もが性格破綻者《せいかくはたんしゃ》、自尊心過剰、ブスと言い、中には『殺されていい気味だ』と言う者までいる始末。男性社員の話も似たようなもので、『あんな女を相手にするぐらいなら死んだ方がマシ』という意見が圧倒的に多く、最後に事情聴取した新入社員は、『世界中探したってあんな女を相手にしようという男はいない』とまで言い切った。峯村聖子のことも、男女社員全員が知らないと証言している。また、関口千春が失踪した八月一日の午後六時以降のアリバイを持たない男性社員もゼロ。

事情聴取を終えたのは午後六時前、社員達から聞かされた証言にうんざりしつつ、有紀は地下駐車場に降りた。

「東條さん。あれだけ嫌われている人間も珍しいですよね。誰一人として良いこと言わないんですから。というか、罵声ばっかりで——。辛うじて、課長が『仕事はできた』ってのが唯一の褒め言葉っちゃあ褒め言葉ですけど」

「まあ、どこにでも問題児はいますけど、ちょっと酷いですよね。でも、課が違えば別の証言が出るかもしれません。念のため、徳田物産の全社員にも事情聴取しないといけないでしょう。それと、総務課の男性社員全員のアリバイの裏も取らないといけません」


七時過ぎに捜査本部に顔を出すと、関口千春の家族に事情聴取していた長谷川が一足先に戻っていた。

徳田物産で得た証言を報告すると、長谷川が納得顔で頷いた。関口千春の両親も、『娘には我儘《わがまま》なところがあって、短気な面も持ち合わせていた』と証言したというのだ。峯村聖子のことも知らないそうで、関口千春の部屋からも峯村聖子に繋がるようなものは一切発見されなかったという。

それから二班のメンバー達も全員戻り、同じような報告をした。小中学校、高校、大学と、彼女を褒める同級生は一人もいなかったそうで、峯村聖子の名前も知らなかったという。

それにしても、事情聴取した人物達は誰も峯村聖子を知らないと答えた。加えて、峯村聖子は社交的で友人も多く、一方の関口千春は性格に問題があって友人もいなかった。二人にはどこも接点がない。とすると、犯人達は無差別に女性を襲っていることになるが――。

「明日からは、二班全員で徳田物産の全社員に事情聴取をかけるぞ」と長谷川が言った。

ほどなくして捜査会議が始まり、長谷川と五班の班長が今日の捜査状況を説明した。

一通り説明が終わると、管理官が「ちょっと思ったんだが」と言った。

捜査員全員が身を乗り出すような格好で管理官を見る。

「犯人は二人だ。ということは、交代で拉致を担当したとは考えられないか。もしそうなら、峯村聖子が拉致された時のアリバイを持つ男も容疑者リストから外せなくなるぞ」

確かに管理官の言う通りだ。

「峯村聖子の知人男性をもう一度洗い直せ。ひょっとしたらその中に、関口千春が失踪した時のアリバイを持たない者がいるかもしれん」管理官が五班の班長を見る。「二班は徳田物産の事情聴取で手一杯だろう。そっちで峯村聖子の知人男性を洗い直してくれ」

捜査会議が終わると、楢本が「一杯やっていくか？」と言った。だが、メンバー達が賛成する中、有紀だけが辞退した。警視庁まで私物を取りに行かなければならないのだ。そんなわけで、メンバー達に「お疲れさまでした」と告げて警視庁に足を向けた。

私物を回収してエレベーターホールに向かっていると、廊下の角で長身の男性と出くわした。科捜研の丸山佳祐《まるやまけいすけ》だ。今人気の若手俳優に似ていると評判で、女性警官の中にもこの男に思いを寄せる者が少なくないと聞く。しかし、有紀にとってはどうでもいい顔と容姿だった。もとより男には興味がないのだから、ハンサムだろうが醜男《ぶおとこ》だろうが同じである。

そういうわけで、丸山から挨拶されても無愛想に対応していた。だが、そんな態度が彼にとっては新鮮だったらしく、半年前、あろうことか交際を申し込んできた。当然、『ごめんなさい』の六文字が口を衝いて出たが、丸山は諦めが悪いのか、自信満々で『いつかうんと言わせてみせる』と強気に出たのだった。それからも何度かしつこく言い寄られていて、有紀はその都度、丸山を完全に無視している。

今日も無視して通り過ぎようとしたところ、突然、丸山に右腕を摑まれた。

「待てったら」

振り向きざまに軽く睨《にら》んでやった。

「離して！」

「嫌だ。ここで手を離したら、今度はいつこんな機会が巡ってくるか分からない。だって、電話にも出てくれないだろう。こうでもしないと話を聞いてもらえないじゃないか」

聞く耳など持ち合わせていない。それに、話はもう済んでいる。

有紀は右手の人差し指と親指をくっ付けて、丸山の眼前に突き出した。

「話すことなんか、これっぽっちもない」

「どうしてそんなに冷たくするんだよ？」

優しくしたら勘違いするからだ。

「俺が何か悪いことでもしたか？　君のことが好きだから付き合って欲しいと言っただけだろう？　恋人はいないと言ってたじゃないか。だから告白したのに」

確かに丸山に悪い点はないし、そんな噂もない。警視庁内の評判だってすこぶる良い。それに、職員食堂で席が同じになった時も、『恋人がいるの？』と訊かれて『そんな気の利いたものなんかいない』と答えた。だが、受け入れられないものは受け入れられないのだからしょうがない。

「手を放して！」

丸山の手を振り解《ほど》いた。

「どうしたら俺のことをちゃんと見てくれるんだ？」

あんたが女になれればね。有紀は喉まで出かかった言葉を呑み込み、「どうもこうもない。あんたはタイプじゃないってだけ」と冷たく言い捨てた。

しかし、丸山には堪《こた》えた様子など微塵もなかった。

「ところで、髪切ったんだな。似合ってるじゃないか。髪の色はもう少し明るめでもいいけど」

「余計なお世話。いいから、私の前から消えて！」

「酷いなぁ。それが君に好意を抱いている男に向かって言う台詞《せりふ》か？」

「悪い？」

にべもない返事に怯むことなく、丸山が猫なで声に拝む仕草を付け加えた。

「もう一度考えてくれないかなぁ。付き合ってみなけりゃ俺の良さは分かんないだろ？頼むよ」

「頼まれたくないわ」

「そんなこと言わずに」

有紀のことなどお構いなしで、丸山が勝手に喋り続ける。

「ここのところ、毎日、君の夢を見るんだ」

「君って言わないで」

「訂正する。有紀さんの夢を――」

「名前で呼ばないで」

「じゃあ、何て呼べばいいんだよ！」

「私と関わらなきゃいい。そうすれば呼ぶ必要もなくなる」

少しは堪えたらしい。丸山が口を尖《とが》らせて黙り込んだ。が、すぐに息を吹き返してきた。

「夢の中の君が、その大きな瞳が、唇の左下の黒子《ほくろ》が、俺の心を鷲掴みにして放してくれないんだ。なぁ、俺達はお互いのことをもっと知り合うべきだと思わないか？」

わけの分からないことを一方的に主張してくれる。いい加減頭にきて、丸山の横っ面に指の型を刻みつけてやりたくなった。

「あんたの戯言《たわごと》に付き合うほど暇じゃない。だからごきげんよう」

有紀は丸山を突き飛ばし、エレベーターホールに向かって駆け出した。

第三章　凌遅刑《りょうちけい》

1

一ヶ月後　九月十五日　午前七時半――

連続猟奇殺人事件に関する続報が終わると、麻子が「二人目の被害者が出てからもうひと月以上になるけど、犯人達、見つかるかしら?」と言った。

「今もアナウンサーが言ってたが、全く手がかりがねぇんだろ? 迷宮《おみや》入りするかもな」

「三人目の被害者が出なきゃいいけど――。お茶、淹《い》れるわね」

「頼む」

槙野は沢庵《たくあん》を頬張ると、続いて味噌汁を啜った。

するとアナウンサーが次のニュースを読み始め、槙野は箸《はし》を持ったまま固まった。今確かに、アナウンサーは『死亡したのは秋田秀次朗さん、五十九歳。所持品から島根県松江市在住と分かりました』と言ったのだ。同姓同名にして住んでいる地域も同じ。

まさか――。

すぐに顔写真が映し出されて画面に釘付けとなった。やはりそうだった。江口という画商からの依頼で見つけ出した、あの悍ましい幽霊画の作者だ。

続報に耳を傾けた。

秋田は本日午前二時頃、逗子市内にある神奈川県道三一一号鎌倉葉山線に架かる歩道橋から走行中の車にダイブしたという。歩道橋上に秋田の靴と所持品があったことから、警察は自殺と断定したようだ。それにしても、松江から遠く離れた神奈川県逗子市で自殺するとは――。

何故だ?

「どうしたの？　お箸持ったまま固まっちゃって」

麻子が槙野の顔を不思議そうに見た。

「去年、仕事で島根県に行っただろ」

「ええ。あの後、しばらく魘されていたわね」

「うん――」と答えた槙野はテレビの画面を指差した。「この男を見つけるために行ったんだ」

「え！」麻子がテレビの画面に目を振り向けた。「でも、どうして松江に住んでいる人が逗子で自殺を？」

「俺もそれが不思議でな――」

朝食を平らげた槙野は立ち上がり、ジャケットを摑んで玄関に足を運んだ。

「今日は遅くなる？」

「依頼次第だな。後で電話する。じゃ、行ってくる」


事務所に着くなり、槙野は調査記録を収めているスチールラックに歩み寄った。引き戸を開けてバインダー群を眺め、その内の一つに手を伸ばす。手早くバインダーを開いてページを捲っていった。

これだ――。

『幽霊画調査』と題された記録を読み返し、一緒に添付されている写真を抜き取って凝視する。

何度見ても不気味な絵ではないか。龍源神社の先代宮司は、何を思ってこんな気味の悪い絵を秋田に描かせたのだろう？　秋田が自殺した今となっては窺い知ることさえできないが……。

そこへ、鏡が現れた。

「所長。これ、覚えてます？」

槙野は幽霊画の写真を鏡に差し出した。

写真を手に取るや、鏡が顔をしかめた。

「こんな気持ちの悪い絵、忘れられるはずがないだろ。だけど、どうしたんだ？　今頃こんな物を持ち出して」

「朝のニュースでやってたんですが、この絵の作者が自殺したんですよ」

「――自殺ねぇ」鏡が改めて写真を見た。「そいつは気の毒にな。だけど、どうしてそんなニュースをこっちでやってるんだ？　あの絵描きは島根県の松江市に住んでただろ？　ローカルニュースじゃないか」

「逗子で自殺したからです」

鏡が眉根を寄せる。

「え？」

「どうして遠く離れた逗子で自殺したんだろうかって、うちの居候とも話したんですが」

「まあ、人生いろいろだ。込み入った事情でもあったんだろうよ」

すると電話が鳴り、詩織が自分のデスクに駆け寄って受話器を摑んだ。

「はい。鏡探偵事務所でございます」

相変わらず好感度満点の声だ。

「……江口様ですか？」

槙野と鏡は顔を見合わせた。

「所長。江口って――まさか」

鏡が顎を摩る。

「あの時の依頼人も江口だったよな。暑中見舞いもきていたが」

二人して詩織に目をやる。

「……去年の六月に調査依頼を？　……幽霊の絵のことで？　あ！　思い出しました」

やはりあの画商だ。

「……ええ、おります。少々お待ち下さい」

詩織が通話口を手で押さえて鏡を見た。

鏡が頷き、詩織から受話器を受け取る。

「お電話代わりました。所長の鏡です。……いえいえ、とんでもない。調査がお役に立てて何よりでした。ところで、どういったご用件でしょうか？　……ニュースですか？　いえ、私は見ていないんですが、あの調査をした職員から話は聞きました。こちらで見つけた絵描きさんが自殺なさったとか。……ええ。私も驚いているんですが――。……調査ですか？　……秋田さんの死について！　……ですが、報道では自殺だと。……そんなはずはないと仰られてもねぇ」鏡が口を尖らせる。「分かりました。一応、お話は伺いましょう。……構いません、何時でも——。……では、お待ちしています」

受話器を置いた鏡が、白髪頭をぼりぼり掻いた。

「所長。調査依頼ですか？」

「ああ。江口さん、『秋田秀次朗は絶対に自殺じゃない』と言ってるんだが——」

「自殺じゃないってことは、殺人《ころし》ってことになりますよ」

「うん。だから、その根拠ってのを聞いてから依頼を受けるかどうか決めようと思う」

「もう、お父さん。依頼ならすぐに受けなきゃダメでしょ。今月赤字なのよ」

詩織が頬を膨らませる。

「そんなこと言ったって、自殺と報道されたということは、警察が自殺だと判断したってことになるんだぞ。だから話を聞いてみないとだな」鏡が槙野を見た。「江口さん、これからすぐに画廊を出るそうだ。新宿御苑からだから二十分もあれば着くだろう」

江口は相変わらずダンディーな出《い》で立ちだった。白い麻のスーツとパナマハットが良く似合っており、口元に蓄《たくわ》えられた髭《ひげ》の手入れにも余念《よねん》がない。

江口がパナマハットを脱いで軽く腰を折った。

「急に押しかけて申しわけない」

「いえいえ。どうぞおかけ下さい」

鏡に促された江口がソファーに腰かけ、ステッキを膝《ひざ》と膝の間に立てて持ち手に両手を添えた。

詩織が「失礼します」と江口に声をかけ、アイスコーヒーをテーブルに置く。

江口が会釈する。

「お嬢さん。また一段と綺麗になられましたね」

「そんなことありませんよぉ」詩織が嬉しげに否定する。「ごゆっくり」

詩織が立ち去り、槙野と鏡は江口の対面に座った。

早速、江口が口を開く。

「依頼内容については電話で話した通り、秋田秀次朗さんの死についての調査ということでご理解いただけたと思いますが、彼の死が自殺ではないという根拠をお話ししましょう。あなた方から調査報告書を受け取ってすぐ、私は秋田さんに会いに行ったんですよ。あれは確か、去年の七月初旬だったかなぁ。彼に会いに行った理由は二つ。一つは、どんな人物があれほどまでに不気味な画を描いたのか、それをこの目で確かめたかったこと。もう一つの理由は、仕事の依頼です。あの幽霊画のことをお得意さんに話したところ、是非、その作者に幽霊画の依頼をして欲しいと頼まれましてね。世の中には変わった趣味を持った方がいらして、その方は幽霊画を専門で集めていらっしゃるんですよ。

まあ、その話は置いといて、私が秋田さんと会った時のお話をしましょう。仕事の依頼を終えて、あの幽霊画を描いた経緯について尋ねてみたんです。そうしたら、『そんなこと、赤の他人に話す義理はない』とけんもほろろに言われてしまってね」

槇野も同じことを言われ、ほうほうの体で退散したのだった。

「でも、引き下がらずに、『教えて下さい』と食い下がったんです。そんなやり取りが何回かあり、やっと秋田さんが根負けしてこう話してくれました。『あの絵はある女性の供養のために描いた。だから俺は、命ある限りその女性の供養をし続けなければならない』って——」

「ちょっと待って下さい」と槇野は言った。「あの絵は、龍源神社の先代宮司が描かせたと聞きましたが」

「そのへんの経緯については何も話してくれませんでしたよ」

「話の腰を折ってすみません。続けて下さい」

江口が頷く。

「いいですか？　彼は『命ある限りその女性の供養をし続ける』と言ったんですよ。そんなことを言う人物が簡単に自殺なんかしますか？　しかも、自分が住んでいる島根県松江市から遠く離れた神奈川県の逗子市で——。それともう一点、昨日は秋田さんと会うことになっていたんです。でも連絡が取れなくて、すっぽかされたと思い込んでいたんですが」

槙野は低く唸った。確かに、秋田の自殺には不可解な点がある。場所も然《さ》ることながら、死ぬならわざわざ歩道橋から車に飛び込まなくても、もっと高い建物から飛び降りた方が遥かに効率的だ。それなのに秋田は、わざわざ神奈川県逗子市にある歩道橋を死に場所に選んだ。

秋田が言ったことも気になる。『あの絵はある女性の供養のために描いた』と言ったのなら、その女性は死んでいることになるが、どうして幽霊画を描くことが供養になるのか？　秋田と龍源神社の先代宮司との関係は？

「分からないことばかりですねぇ」

「そうなんです。警察が、一度下した判断を簡単に覆《くつがえ》すはずがありません。私が『自殺ではない』と訴えたところで相手にもしてくれないでしょう。だから、元警視庁の刑事だったあなた方にお願いしようと思いました」

前回の調査依頼の時、二人が組対出身であることを江口に話した。

右横を見ると、鏡も腕を組んで難しい顔をしていた。依頼を受けるかどうか思案しているのだろうが、こっちは気が進まない。依頼を受ければ、あの幽霊画と関わることになるかもしれないのだ。

「所長、どうします？」

ややあって、鏡が小さな吐息を洩らした。

「分かりました。ご依頼、お引き受けします」

詩織から『今月は赤字だ』と言われたのが堪えたか。鏡が引き受けるといった以上、泣き言を言っても無駄だ、調べるしかない。詩織をちらと見ると、小さくガッツポーズをしていた。

「ありがとう。それで、調査はいつから始められます？」

鏡が槙野に目を振り向ける。

「どうだ？」

「例の素行調査、今日中に報告書の作成が終わります。明日からなら動けますけど」

頷いた鏡が江口を見た。

「ということです」

「それはありがたい」

それから調査費用やらの細かい打ち合わせがあり、江口は「よろしく」と言い残して事務所を出て行った。

「所長。秋田の家族構成を調べてくれませんか」

「分かった」

つまり、秋田の戸籍を調べるということだ。当然、個人情報保護法があるからそれは違法行為なのだが、そこはそれ、蛇《じゃ》の道は何とかと言う。それなりのルートに頼めば対象者のデータを送ってきてくれるのだ。そのルートに多くの公務員が関与して小銭を稼いでいることは公然の秘密で、探偵社からすれば個人情報保護法など無きに等しいザル法である。元刑事としては違法行為をすることに少々の抵抗感はあるが、そんな杓子定規《しゃくしじょうぎ》なことを言っていたら探偵業は成り立たない。

「明日、現場を見てきます」ついでに、警察に行って事故当時の詳しい状況も訊き出すことにした。

「先生も連れてってていいですか?」

「いいだろう。報酬はいつも通りと言っとけ」

先生とは、時たま仕事を依頼する弁護士のことである。どこの馬の骨とも分からない探偵が、いきなり警察署を訪ねて『秋田秀次朗の自殺について詳しいことを聞かせろ』といったところで相手にされるわけがない。元警視庁の刑事とはいえ、クビになった今はただの一般人なのだ。コネのある東京都内の警察署ならいざしらず、自殺現場は管轄の違う神奈川県内だから結果は見えている。だが、こんな時に弁護士を同席させると驚くほど事はすんなり運ぶ。事件ではなく事故扱いだから、『事故調書の閲覧申請をします』の一言で警察は調書を見せてくれるだろう。

先生の名前は高坂左京《こうさかさきょう》、三十三歳独身。四年前に司法試験に受かり、二年間の居候弁《いそべ》護士生活を経て、今は中野区内に個人事務所を構えている。個人事務所といえば聞こえは良いが、実のところは住まい兼事務所で、間取り1DKの狭い空間だ。

　れっきとした弁護士の高坂が探偵事務所の依頼を受けているのは、当然深い理由があるからだ。早い話が経済的に行き詰まっているのである。弁護士といえば花形の職業で、社会的なステータスはもとより、他人も羨《うらや》む高収入の職業と思われている。確かに、一昔前まではそうだった。だが、多様化する犯罪の増加に伴い、訴訟件数が大きく増えるだろうといった予測から弁護士の数を増やさなければならないと考えた当局が、司法試験の合格ラインを下げたために弁護士の数が激増。その一方で、訴訟件数は予測ほどは伸びず、結果として多くの弁護士が仕事にあぶれることになった。そんな恵まれない弁護士の七割は年収二百万円以下だそうで、酷いのになると年収数十万円という弁護士もいるらしい。当然それでは食っていけないから、アルバイトをしながら弁護士活動をしていると聞く。高坂もそんな弁護士達の一人で、昔あった八百屋の御用聞《ごようき》きさながらに、毎週必ず一度は『何か仕事はありませんか？』と事務所に電話をかけてくる。そんなわけだから、声をかければすっ飛んでやってくるだろう。

　高坂と知り合ったのは偶然だった。去年の正月明けに弁護士が必要な調査が舞い込み、どこかに適当な人物がいないものかと居酒屋で鏡と話をしていたところ、突然後ろの席にいた高坂が名刺を差し出してきたのである。そして、『是非、私を使って下さい』と言ってきた。袖擦《そです》り合うも多生《たしょう》の縁と言うし、こっちも急いでいたものだから、その場で交渉は纏まった。報酬は一件につき四万円と高くはないが、高坂は喜んで引き受ける。半月分の家賃に相当するそうだ。

槙野は詩織に目を向けた。

「詩織ちゃん。自殺現場の住所と、現場検証をした警察署をインターネットで探せねぇか？」

「できると思いますけど」

そう答えた詩織が、ＰＣのキーボードを叩き始めた。

待つこと数分、「ああ。これだわ」と詩織が言った。「○○新聞のｗｅｂ版にありました。現場検証をしたのは逗子警察署で、自殺現場の住所は逗子市○○町五の四って書いてありますね」

「ちょっとメモしてくれ」

槙野は携帯を出して高坂を呼び出した。

いつものように、ワンコール目が鳴り止まないうちに《もしもし！》というとびきり愛想の良い声が返ってきた。

「先生。明日なんだが、身体空いてるか？」

今までに、忙しいからという理由で依頼が断られたことは一度もないが、社交辞令的に尋ねてみた。相手も一応は弁護士だ。
《はい》
「そいつは良かった」江口の依頼についてざっと説明した。「まずは、逗子警察署で事故調書の閲覧申請をして欲しい」
《お安い御用です》
「報酬はいつも通りだ」
《助かります！》

※

九月十六日——

事務所に顔を出した槙野だったが、タバコが吸いたくなり、車の中で高坂を待つことにした。詩織の鶴の一声で事務所は禁煙だ。

五分と経たないうちに高坂の姿が見え、クラクションを鳴らして合図した。

坊主頭に丸眼鏡の高坂が、「お待たせしました」の声を発して助手席に乗り込んでくる。着たきり雀と言うべきか、今日もよれたリクルートスーツ姿だ。床屋代も馬鹿にならないからと、頭も自分で刈るというから涙ぐましい節約術である。高坂を見ていると、金に困ってサラ金のドアを叩いていた頃の自分を思い出す。そんなわけだから、できる限り高坂に仕事を回してやろうと槙野は思う。

秋田の幽霊画の写真を見せた槙野は、「じゃあ、行くか」と言ってタバコを揉み消し、サングラスをかけてイグニッションを回した。

二時間近く車を走らせて逗子市に入った。カーナビの指示に従ってハンドルを切るうちに目的地に近づいたことを知らせるアラームが鳴り、ウインカーレバーを下げた。

逗子警察署の玄関を入ってすぐ、天井から吊るされた『交通課』のアクリルボードが視界に飛び込んできた。カウンターの奥では数人の制服職員達が忙しそうにしている。

高坂が職員の一人を呼び、身分証を提示して要件を伝えた。

さすがは弁護士、秋田の自殺に関する調書はあっさりと提出され、二人して読み始める。

事故があったのは午前二時過ぎで、現場は県道三一一号線に架かる歩道橋下。秋田が搬送された病院の医師は、直接の死因は頭蓋骨骨折と診断している。他にも鎖骨、肋骨三本、骨盤、左大腿骨が骨折していたという。

警察が秋田の死を投身自殺と断定した理由は三つ。一つは、綺麗に並べられた彼の靴と旅行鞄《りょこうかばん》、それに柄のところに『秋田』と彫られた折り畳み傘が歩道橋上にあったこと。

二つ目は事故の目撃者が三人いたこと。一人はコンビニの経営者、二人目は二十四時間営業のガソリンスタンドの従業員、三人目はたまたま現場を通りかかった女性。三つ目は、秋田に飛び込まれたワンボックス車に車載カメラが装備されていたこと。事故直前の映像を再生したところ車道にはまるで人影がなく、その直後に電信柱に激突して映像が途切れたという。

コンビニは歩道橋の北西側、一方のガソリンスタンドは歩道橋の南東側にあって、いずれも歩道橋の近くに位置しているらしい。男性の目撃者達は車が電信柱にぶつかった音を聞いて事故を知り、女性の目撃者が警察と消防に通報。被害に遭った車の運転者は女性だそうで、『歩道橋に差しかかった瞬間、頭の上でもの凄い音がした』と証言している。

次は事故現場だ。

移動すること十分余り、県道三一一号線の路肩に車を寄せた槙野はハザードランプを点灯させた。目前には緑色に塗られた歩道橋があり、その先には横断歩道もある。道路から歩道橋の手摺《てす》りまでの高さは一〇メートル弱といったところか。

車を降り、階段を上って花束と線香が手向《たむ》けられている場所まで歩を進めた。ここに靴と旅行鞄と折り畳み傘が置かれていたのだろう。手摺りの高さは一メートル五〇センチほど。視線を上げてぐるりと首を巡らせてみた。県道の北側は右にカーブしており、

『トンネルあり』の標識が見える。反対の南側は見通しの良い直線だ。歩道橋の北西側には川を挟んで大きなマンションが二つ並んで建っている。十階建てと十二階建て。川幅は二〇メートルほどで、二つのマンションまでの直線距離は一〇〇メートル余りか。歩道橋の南東側にもマンションが三棟建っていて、こちらは八階建てと六階建て、それに五階建てである。どれもさほど大きくないマンションだ。すぐそこにコンビニとガソリンスタンドが見える。

上空を見ると綺麗な青空が広がり、そこに一筋の飛行機雲が刻まれていた。台風の影響で三日ほど雨だったが、今日は久しぶりに晴れた。それはいいが、街灯が見当たらない。夜になると歩道橋上は真っ暗だろう。

「先生。車は南から北に向かって走っていたんだよな」

「調書にはそう書いてありました。葉山方面からきたようです」高坂が眼下の道路を覗き込む。「高いことは高いけど、確実に死ねる高さじゃありませんねぇ」

「うん。だから秋田は、走りくる車に飛び込んだと結論されたんだろうけど」

「事実、彼は車と衝突していますからね。でも、本気で自殺しようとする人間ならもっと確実に死ねる方法を選ぶんじゃないかなぁ。例えば高層ビルから飛び降りるとか、電車に飛び込むとか」

「俺もそう思った。それなのに、どうして秋田は不確かな方法を選んだんだろうな？

状況からすると自殺と考えるのが妥当だが、この場所を選んだことといい、謎が多いのもまた事実だ。仮に自殺じゃねぇとすると、誰かがここから秋田を突き落としたってことになるが――」

「事故の目撃者達からも話を訊きますか?」

「ここまできたんだ、そうしよう」

「秋田に飛び込まれた車の運転者はどうします? 一応、住所は控えてきましたけど」

「どこだっけ?」

「品川区戸越《とごし》です」

「帰り道だ。ついでに話を訊いてみるか」

階段を下りると、すぐ先の電信柱が損傷していた。車が衝突した跡だろう。

二人はそこを通り過ぎてコンビニに移動した。

「槙野さん。サングラスは外した方がいいんじゃないですか?」と高坂が言った。

ついうっかりしていた。威圧感が滲み出ているのか、組対時代の垢《あか》が抜け切らないのか、今でもその筋の人間に間違われることがよくある。サングラスをしていれば尚《なお》のことだ。

槙野はカウンターにいる初老の男性に声をかけた。

「経営者の方はいらっしゃいます?」

「私ですけど」

「はじめまして。私、こういう者です」槙野は名刺を差し出した。「先日の事故のことなんですが、どういう状況だったか詳しく教えていただけませんか」

「ああ、あの事故ね。在庫整理をしていると衝突音がしたもんですから外に飛び出したんです。そうしたら、そこの電信柱に乗用車がぶつかっていて――。運転していた女性はエアーバッグのお陰で怪我はなかったんですが、呆然としていました」

突然人が降ってきたのだから無理もない。

「道路に男性が倒れていたからまたかと思いましたよ」

「また？」

「ええ。そこの歩道橋、ここ三年で二度も飛び込みがありましてね。今回の飛び込みで三度目です。取り壊さないと、また誰か飛び込みますよ」

同じ場所で交通事故が多発するという話はよく聞く。いわゆる『呼ばれ』るというやつだが、あの歩道橋もそれと同じということか。

「そこのスタンドの従業員と協力して男性を歩道に運んだんですけど、酷い怪我でね」

「警察がくるまで現場にいらっしゃいました？」

「ずっといましたよ」

「警察がくるまでに、歩道橋から下りてきた人物はいました？」

「そんなことまで覚えていませんよ。男性を歩道に避難させることしか考えていませんでしたし、運んでからも男性の容態が気になって」

まあ当然か——。

「もういいですか？」

「はい。お邪魔しました」

外に出るなり、「槙野さん。秋田はあんな幽霊画を描くぐらいだから霊感が強かったんじゃありませんか？　だから、歩道橋にいる亡霊に呼ばれたのかもしれませんよ」と高坂が言った。

「馬鹿馬鹿しい」

槙野はその手の話を信じないことにしている。

「でも、秋田を入れると三年間で三度も飛び込みがあったことになるんですよ。ひょっとして、歩道橋は霊の通り道の上に建っているのかも。そう考えれば、秋田が歩道橋から飛び降りたのも頷けます」

「だけど、犯人がその話を利用したとも考えられるじゃねぇか。自殺で知られた場所だから、秋田を突き落としても自殺で片がつくってな」

「確かにそうですねぇ」

「だろ？　幽霊も亡霊もいやしねぇよ。それより、次行くぞ」

歩道橋のそばの横断歩道を渡った二人は、ガソリンスタンドに足を運んだ。

そこには体格の良い髭面の男性がいて、槙野は名刺を出して自己紹介した。

「私、こういう者なんですが、先日の事故を目撃された方はいらっしゃいます？」

男性が「ちょっと待って下さいよ」と言って奥に引っ込み、髪の長い若い男性を連れて戻ってきた。

「あの事故のことで何か？」と若い男性が言う。

「どういう状況だったかお聞かせ願えませんか」

「ああ、いいっすよ。午前二時を少し回っていたかなぁ。お客さんの給油を終えて道路に誘導したら、いきなり歩道橋の方から衝突音がしたんすよ。そうしたら車が電信柱にぶつかっていて、人も道路に倒れていたんす。だから、アルバイトに仕事を任せて現場に行きました。歩道橋のそばの横断歩道を渡って向こう側に行くと、コンビニのおじさんが『手伝ってくれ』って。そんでもって、倒れている男性を歩道に運んだんすけどね」

「その時、歩道橋から下りてきた人はいませんでしたか？」

「いや〜、覚えてないっすねぇ。倒れた人を助けなくっちゃと、そればかり考えてましたから」

コンビニの店主も言っていたが、誰かが秋田を突き落としたとしても、誰にも見られずに逃げられたということだ。犯人が、目撃者達が事故に目を奪われることを計算していたとしたら――。

槙野は歩道橋に目を向けた。

横断歩道がそばにある。ということは――。

道路の向こう側に行くなら、階段を上らなければならない歩道橋をわざわざ使おうとは思わないだろうか。犯人は、事故を知ったスタンドの従業員が横断歩道を渡ると計算したのではないだろうか。事故が起きた直後、犯人は歩道橋上に留まり、スタンドの従業員が横断歩道を使って道路を渡ったのを確認後、スタンド側の階段で逃げた。だからこそ、歩道橋と横断歩道が隣接するあの場所を選んだとは考えられないだろうか。

歩道橋と横断歩道が隣接している場所はそれほど多くはない。ということは、犯人は土地勘がある人間という可能性が高くなるが――。

「ニュース見ましたけど、あの人死んだそうっすね。やっぱ、歩道橋にいる幽霊に呼ばれたんだろうなぁ」

従業員が『くわばらくわばら』といった顔をする。

「前にも飛び込みがあったそうですね」と高坂が言う。

「そうなんすよ。あの歩道橋で女の幽霊を見たって人が結構いてね。飛び込んだ人達はその幽霊に呼ばれたんだろうって皆が噂してます」

オカルトはうんざりだ。従業員に礼を言ってスタンドを出た。

「先生、歩道橋を照らす街灯はない。ってことは、犯人は誰にも見られずに秋田を歩道橋から突き落とすことができたってことになるよな」

高坂も同じ推理を立てたようで、「はい」と即答する。「暗い場所にいる人間は明るい場所にいる人間が何をしているか見ることができますが、明るい場所にいる人間は暗い場所にいる人間が何をしているか見ることはできません。秋田さんが突き落とされたとしても、コンビニとスタンドからはその瞬間が見えないことになりますね」

「そうだ。次は三人目の目撃者だが、横浜だったな」

「ええ。神奈川区神大寺《かんだいじ》です。名前は馬場美由紀《ばばみゆき》さん」


神大寺に移動して自宅マンションを訪ねたが、残念ながら本人は不在だった。

「表札がねぇけど、この部屋で合ってるよな」

高坂に確認すると、「間違いありません」と言う。

そんなわけで夕方まで時間を潰し、改めて訪ねることにした。

午後六時になって再び彼女の自宅マンションを訪ねると、今度はいてくれた。馬場美由紀はグラマーな若い女性だった。

ざっと事情を話した槙野は、「どういう状況でした？」と水を向けた。

「あの日は彼の部屋に泊まりに行ったんですけど、甘いものが食べたくなってコンビニに——。それで偶然事故を目撃したんです。目撃したといっても事故の瞬間を見たわけじゃなくて、道路の向こう側で車が電信柱に激突しているのと、男性二人が人を歩道に運ぶところを見て交通事故だと分かりました。それで警察と救急車を呼んだんですけど」

「歩道橋から下りてくる人物を見ませんでしたか?」

槙野が重ねて訊く。

「さあ?」彼女が首を傾《かし》げる。「事故を見てすぐに横断歩道を渡りましたから、歩道橋は見ませんでした」

スタンドの従業員の証言と同じだ。

「ところで、一人で買い物に行かれたんですよね」

高坂が訊く。

「そうですけど」

「夜中でしょ? 彼氏に買い物を頼まなかったんですか?」

「彼の部屋で飲んでいたんですけど、彼が飲み過ぎて寝ちゃったんです。起こしても起きなくて——。それで仕方なく自分で買い物に。でも、後になって鳥肌立っちゃって。だって、あの歩道橋に幽霊が出るって知らなかったんです。祟られなきゃいいけど」

「余計なことをお尋ねして申しわけありません」

槙野はその話題を強引に断ち切った。高坂としては夜中の外出を注意したいのだろうが、余計なお世話だ。

馬場美由紀が腕時計を見た。

「あの、そろそろ出かけないといけないんですが」

「どうもお手数をおかけしました」

槙野は礼を言い、高坂を促して外に出た。

「夜の夜中に、女の子一人で買い物に行くなんて」高坂が口を歪める。「若い女性の失踪事件が年間六千件を超えてるっていうのに」

「危機意識が欠落してるのさ。だから行方不明事件が絶えねぇんだ。それよか、あの歩道橋で過去に二度も飛び込みがあったから、警察も『また自殺か』といった感覚で現場検証をしたのかもしれねぇな。犯人にとっちゃ思うツボだ」

「先入観ってやつですか」

「そうだ。警官が一番持っちゃいけねぇもんさ。じゃ、被害者に会いに行こうか」

二人は車に戻って品川区戸越を目指した。

「それにしても、車を運転していた女性は驚いたろうな」

「でしょうね。まさか、歩道橋から人間が降ってくるなんて思いもしなかったでしょうから」

「怪我がなかったのが不幸中の幸いだ。名前は？」

「これ何と読むのかなぁ。苗字は石崎《いしざき》ですけど、名前は法律の法に中華の華って書きますから、法華《のりか》とでも読むんでしょうか？」

「何だかお経みてぇだな。読み方によっちゃ法華《ほっけ》って読めるぞ」

「事情聴取で免許証の提示を求められたはずですから本名であることは間違いありませんけど――。あっ、ひょっとしたら僧職の方かもしれませんね」

「尼さんか。有り得るな」

雑談するうち目的地に到着したが、いみじくも高坂が言ったことが当たった。そこは安徳寺《あんとくじ》という寺だった。

「やっぱり尼さんだったんですね」と高坂が言う。

「まだ分からねぇぞ。ここは寺だ。親である坊さんが、有難いと思って法華《のりか》って名前を娘につけたのかもしれねぇ」

「キラキラネームってやつでしょうか？　そういえば、キラキラネームは就職にマイナスだそうですよ」

「へぇ、そうなのか？」

「親の良識が疑われて、大企業は敬遠する傾向にあるとか」

「子供にゃ責任ねぇのにな。馬鹿な親が増えて困ったもんだ」

石段を登って境内に入り、本堂の右横に建っている平屋に足を向ける。表札には石崎とあった。時刻は午後八時前、「いてくれよ」と呟いた槙野はインターホンを押した。

ややあって、女性の声で《はい》と返事があった。

「夜分に恐れ入ります。私、鏡探偵事務所の槙野と申します」

《探偵事務所？》

声が裏返った。探偵は一般人からすれば別世界の人種だ。そんな人種がいきなり訪ねてくれば面食らって当たり前である。それより名前だ。ここは法華《のりか》と決め打ちすることにした。

「はい。石崎のりかさんに、先日の事故のことでお話を伺いたいんですが。ご在宅でしょうか？」

《のりかではありません。法華《ほうか》と読みます。法華は私ですけど、何か？》

なんと珍しい名前ではないか。やはり尼さんか？　まあいい。本人が出てくれたのなら話は早い。

「これはどうも――。そういった事情なんですが、お時間いただけませんか？」

《何を話せと仰るんです？》

「事故に遭われた時の状況なんです。できれば詳しく――」

《警察に全部話したんですけどねぇ》

「そこを何とか」

溜息をつく空気がインターホンの向こうから伝わり、《分かりました》の声が続いた。ありがたい。会ってくれるようだ。

玄関の引き戸が開いて法衣姿の女性が現れ、「法華です」と名乗った。やはり尼さんだった。頭も丸刈りだ。瓜実顔《うりざねがお》で目は二重、どこか色気のある唇をしている。肌の艶《つや》からすると歳は三十代といったところか。すっぴんだが結構な美人である。

槙野は用意しておいた名刺を差し出した。高坂も倣《なら》って名刺を差し出す。

二枚の名刺を見た彼女が、「弁護士さんまで」と言った。

「少々事情がありまして――。事故に遭われた時の状況を教えて下さいませんか」

彼女が頷き、小上《こあ》がりに通してくれた。

出された茶を啜ると、彼女が口を開いた。

「前日から仕事で葉山に行っていたんですけど、思ったように事が運ばなかったものですから、帰宅の途に就いたのは午前一時半頃でした。逗子のあの歩道橋に差しかかったのが二時過ぎ、横断歩道は青信号でしたから何も考えずに直進したら、突然、頭の上でもの凄い音がして――。それでパニックになっちゃったもんですから、ブレーキを踏むと同時にハンドルまで左に切ってしまったんですよ。雨のせいでスリップして車は電信柱にぶつかっちゃうし、エアーバッグは飛び出すしで、もう何が何だかわけが分からず――。呆然としているうちに男性が声をかけてくれて、ようやく我に返って車の外に出たら、その男性が歩道橋のそばで倒れている人を抱き起こそうとしていました。それからすぐ、もう一人男性が現れて二人で倒れている人を歩道に運んだんです」

彼女が大きな溜息をつく。

気持ちはよく分かる。とんだ災難を被《こうむ》ったものだ。

「走行中、歩道橋に人影が見えましたか？」

彼女がかぶりを振る。

「気が付きませんでした。だって、夜中でしたし雨も強く降っていましたから、前を見るのに精一杯で――」

まあ当然だろう。歩道橋の上にまで気を配るドライバーはまずいないし、おまけに雨まで降っていれば上に神経など行くはずもない。

「それから警察の事情聴取を受けたんですけど、警官の一人が歩道橋に上がって『靴がある。綺麗に並べられている』と叫びました。それでようやく、男性が歩道橋から私の車に飛び込んだんだと理解しました」

「頭の上で大きな音がしたと仰いましたね」

「ええ。警察が車を調べると、右の後部座席の真上が大きく凹んでいたそうです」

つまり、秋田はそこに直撃したということだ。走行速度と落下速度の関係だろう。車の前に飛び降りる。いや、落とすつもりが、車が走っているために車の天井に落下してしまったに違いない。秋田は頭蓋骨を骨折していたというから、頭から落ちたと思われる。

「ですから、車載カメラにも人の姿は映っていませんでした」

当然だ。車載カメラは前方を映しているのだから、真上から落ちてくるものを捉えられるはずがない。

「話は変わりますが、どうして尼さんに？」

余計なこととは思いつつも、つい尋ねてしまった。

「父が身体を壊して僧職を続けられず、婿養子のきてもなくて私が跡を継ぎました。このお寺、建立されてから三百年経ちます。檀家さん達のためにも、そんな歴史のある寺を廃寺にするわけにはいきませんからね。この法華《ほうか》という名前は父がつけたんですよ。もしも寺を継ぐようなことになって得度《とくど》しても、戸籍名をそのまま法名で使えるようにと。得度する前はのりか、と名乗っておりました」

苦笑した彼女だったが、急に真顔になって胸の前で合掌した。

「自殺は仏が最も忌《い》み嫌う、人間が決して犯してはならない禁忌《きんき》です。被害者の方が浄土に誘《いざな》われるのは遥か未来になるでしょう。お気の毒に――。私の車に飛び込んだのも何かの因縁かもしれません。ねんごろに供養してあげないと」

「自殺ってそんなに罪が重いんですか？」

興味本位で尋ねたのが間違いの元だった。「勿論です。人殺しより罪が重いんですよ」と答えた彼女が、その後たっぷり三十分、仏の道を説教してくれたのだった。

ようやく説教が終わったと思ったら、彼女が溜息をついた。

「どうかされました？」と高坂が問う。

「あの歩道橋です。霊道の真上に建っているんですよ。車から降りた途端にゾッとしました」

「霊道っていうと、霊の通り道ですか」

途端に高坂が目を輝かせる。やはりオカルト好きのようだ。

「はい、あの世とこの世を結ぶ。ですから、霊と波長が合う人が近くを通ると呼ばれちゃうんです。あの歩道橋、早く撤去しないと犠牲者が増えるんですけどねぇ」

「法華さんには可視《み》えるんですか？　幽霊が」

高坂が重ねて訊く。

「ええ。生まれつき霊媒体質で——。葉山に行ったのも、浄霊の依頼があったからなんです。強い悪霊だったもので手こずりました」

するとと彼女が、二人を交互に見据えた。

「あの、何か？」と槙野が訊く。

「ちょっとお伺いしますけど、最近、身体に異変があったとか、身の回りで奇妙なことが起きたとか、そういったことがありませんでしたか？」

ドキリとした。幽霊画の調査をしたことで、しばらく悪夢に魘されたのだった。それに、あの幽霊画を見た時に何とも言えない嫌な予感もした。

「あるんですね」

念を押されて「ええ、まあ——。ちょっと悪夢を」と答えた。

「こちらの弁護士さんは？」

「一時間ほど前から頭痛が」

高坂が額に手を当てる。

それはただの頭痛だ。貧乏神に取り憑かれていることを心配しろ。

彼女が改めて溜息をついた。

「お二人とも、かなり悪い霊と関わってしまったようですね。気をつけないと」

幽霊と亡霊は信じないタチだが、尼さんに面と向かって言われるとやはり気持ちの良いものではなかった。それより、何をどう気をつけろというのか。

「魔除けの御札を作ってあげた方がいいわね」と、彼女が独り言のように言う。

新手の霊感商法か？

「いえ、結構です。私、貧乏なもので」

　槙野がそう言うなり、彼女が笑い出した。

「ご心配なく、これもご縁ですからお金などいただきません。ご都合の良い時に取りにきて下さいな」

『最初はタダ』という餌を撒《ま》く手口か。とはいえ、こうして質問に答えてくれたのだから無下《むげ》に断ることもできず、槙野は「はい」と空返事をして立ち上がった。「お手数をおかけしました」

　寺を出ると、高坂が「何か分かりました？」と問いかけてきた。

「仏の道はな」

　分かったところで、槙野には無縁のものだが――。

「だけど、法華さんって凄いですね。幽霊画のことを霊視したんですよ。だから僕達にあんなことを――。あの幽霊画、やっぱり祟るんだ。写真見なきゃよかったなぁ」

「やめてくれ。気味が悪いじゃねぇか」

「でも、忠告は聞いといた方がいいんじゃないですか？」

「あれはデタラメだ。人間誰でも、あんなことを言われたら思い当たることの一つや二つはあるもんさ。霊感商法に決まってる」

※

九月十七日　午前八時五十分——

事務所に顔を出した槙野は、昨日のことを鏡に伝え、「島根県に行って秋田の家族に話を訊いてみたいんですが」と切り出した。

「いいだろう」

高坂は今回の調査に首を突っ込んでいるし、弁護士が一緒だと何かと便利だ。仕事を与えてやる意味でも彼を連れて行きたい。

「先生も連れてっていいですか？」

「あの男がいると何かと便利だからなぁ。江口さんも経費は幾らかかっても構わないと言っていたから許可しよう」

ありがたい。話を石崎法華の霊視のことに移すと、鏡が大声で笑い出した。

「そいつは間違いなく霊感商法だ。御札を受け取った途端に『魔除けの壺はいかがですか？』て言われるぞ」

「俺もそう思います。でも、先生は信じちゃったみたいで」

「じゃあ、霊感商法関係の弁護はできねぇな」

二人でひとしきり笑い、槙野は高坂を呼び出した。
例の如く、ワンコール目が鳴り止まないうちに高坂が出た。
《何でしょうか！》
「先生。昨日も言ってたが、暇なんだろ？」
《ええ。恥ずかしながら……》
声がトーンダウンする。
「ついでと言っちゃ何だが、もう少し今回の調査に付き合ってくれねぇか。島根県に行くから、あんたも同行してくれ」
《本当ですか！》
携帯を耳から離したくなるほどの大声だった。
「ああ。交通費と宿泊費はこっちで持つ」
《それで、いつ島根県に行くんですか？》
「一週間後にしよう」秋田の家族に話を訊くにしても、遺品整理等もあって何かと忙しいだろうから、せめて初七日が終わるまでは待った方がいい。「現地での行動予定なんかは後日説明する。じゃあ、頼んだぞ」
携帯を切るとドアが開き、ロングボブの女性が入ってきた。どこかおどおどした様子で「あの、素行調査をお願いしたいんですけど」と言う。

探偵事務所にくる女性にはこの手のタイプが多い。素行を調べるということに多少の罪悪感を抱いているからだ。人の秘密を覗き見するのだから当然である。

「どうぞこちらへ」

鏡が揉《も》み手しながら女性を応接セットに案内する。

黒縁の眼鏡の下はかなり厚化粧で、年齢は四十前後か。服装も派手だから水商売と見た。


自宅に戻ったのは午後八時過ぎ、出迎えてくれた麻子はバスタオル一枚だった。相変わらず豊かな胸だ。顔を埋《うず》めたくなる。

「風呂入ってたのか？」

「さっきまでね」

リビングに入るとテーブルの上には缶ビールがあり、テレビはバラエティー番組を映していた。

「近いうちに島根県に出張することになるからな」

「島根県――」

麻子の表情が曇る。

「どうした？」

「去年も島根県に行ったでしょ。帰ってきてから何度も魘されていたから……。今度も同じ仕事？」

「まあな——。心配してくれてんのか？」

「そりゃあ——」

「嬉しいね」

「茶化さないで！」

「それよか、所長が映画の鑑賞券を二枚くれたんだ。クライアントに貰ったそうだけど、ディズニー映画なんか見ないからって俺のところに回ってきた。お前、あの手のファンタジー映画好きだろ。次の日曜日に行ってみるか？」

「ごめん、日曜日はダメなの」

麻子の視線を追ってカレンダーに目をやった。二十日の日曜日に赤マルが打ってある。そうだった。毎月二十日、麻子は必ず何処かに出かけるのだった。彼女と同居するに際し、プライベートに干渉しないことと条件を付けた。だから、こっちも彼女のプライベートには一切干渉せず、何処に出かけて行くのか未だに知らない。無論、行き先に興味はあるものの、男女の関係になった途端に根掘り葉掘り訊くのもどうかと思い、今まで尋ねずにきたのだが——。

「じゃあ、その次の日曜にしよう。風呂入ってくる」

シャワーで済ませる気にはなれず、温《ぬる》めの湯に浸かって今後の調査方針を頭の中で整理した。まず、秋田がどうして逗子に行ったのかを調べなければならない。秋田が供養していたという女性についても調査だ。彼は誰を供養していたのだろうか?

風呂から上がって夕食を済ませ、書斎のドアを開けた。書斎とは名ばかりの、たった三畳しかない閉塞感《へいそくかん》満点の空間ではあるけれど、何故か落ち着く。

PCを立ち上げてメールをチェックすると、事務所からの送信があった。どうやら秋田の家族関係が摑めたようだ。やはり、メールには秋田の戸籍が添付されていた。

秋田秀次朗　享年五十九歳。妻は十七年前に他界している。子供は娘が一人で現在三十二歳。去年訪ねた時は秋田本人しかいなかったが、娘の住所も秋田の住所と同じになっているから二人は同居していたらしい。

2

九月二十一日――

峯村聖子だけでなく関口千春の捜査もまったく進展せず、東條有紀と戸田は出口の見えないトンネルの中を歩いているような思いをしながら不毛な捜査の日々を送っていた。

関口千春が勤務していた徳田物産の全男性社員と、彼女の小中高大の男子同級生達を調べたが、結果は悉《ことごと》く空振り。全員、関口千春が失踪した時のアリバイだけでなく、峯村聖子が失踪した時のアリバイも持っていた。それは峯村聖子の小中高の男子同級生達も同じで、峯村聖子と関口千春の両者が失踪した時のアリバイを持っていた。つまり、管理官の推理が外れたということだ。

移動して訊き込みを続けようと思った矢先、長谷川から連絡があった。今日も今のところ収穫はゼロ。重たい気分で通話ボタンを押す。

「気の利いた情報はありません」

《捜査状況を訊くために電話したんじゃない。今どこだ？》

「所沢ですけど」

《最悪の事態になった。すぐに芝浦埠頭《しばうら》に行け》

長谷川の怒りを押し殺した声を聞き、『最悪の事態』とまで言われれば答えは自《おの》ずと見えてくる。第三の被害者が出たに違いない。

有紀が一番先に現場に到着し、例の如く、鑑識の責任者が「酷い遺体だ」と教えてくれた。彼は更に「今までに無数の仏さんを見てきたが、あんなのは初めてだよ」と付け加えたのである。犯人達の手口がエスカレートしていることを意味する。

ほどなくして二班のメンバー全員が揃《そろ》い、遺体を隔絶している青いビニールシート内に踏み入ったのだが、遺体まで二メートルの所で足が止まった。有紀だけではない、全員が足を止める。臭いに怯んだわけではなかった。嗅覚ではなく視覚の問題だ。

「班長。私の目がどうかしちまったんですかね」

楢本が遺体から目を背ける。

「いや、正常だろう。俺も自分の目を疑いたくなってる」

有紀も同じだった。我が目を疑うとはこんな時にこそ使われる言葉だ。恵の遺体以外で、これほど衝撃を受けたことはない。

「腐敗臭はしませんね」と楢本が言う。

有紀は一歩前に踏み出した。遺体は仰向けで顔はこっちを向いているが、目が不自然なほど大きい。当然だ、瞼が消え失せているのである。耳も鼻もなく、口はといえば歯《は》茎《ぐき》が剝き出しになっている。上下の唇もまた、瞼と同じように消え失せていた。おまけに、上下の前歯は一本もないときている。

有紀は唾を飲み下し、遺体の傍らでしゃがんだ。メンバー達も遺体を取り囲む。

頭部には殆ど髪がなく、右耳の上と頭頂部に長い髪が僅かに残っているだけである。頭皮の所々に瘡蓋《かさぶた》が見て取れるから、おそらく、他の髪は毟り取られたのだろう。

胸部に目を転じると、両の乳首も消失していた。残酷劇はそれだけに止《とど》まらない。四肢の指という指が全て切断されているのだ。女性器には直径五センチほどの角材が突っ込まれており、会陰から二十センチほどが外部に出ている。性器の周りと大腿はどす黒く変色した血に塗れ、そこからかなりの出血があったことが窺える。これが致命傷なら、被害者は身体を串刺しにされて息絶えたことになる。口を開けてみると奥歯も全て消失していた。折られたのなら歯茎に外傷が残っているはずだが、それが見られないということは抜かれたということか――。

視線を足に向けて徐々に踝《くるぶし》まで観察し、改めて溜息が漏れた。この遺体も両方のアキレス腱が切断されている。同一犯達の仕業に違いなかった。

「嬲《なぶ》り殺しだな」長谷川が舌を打ち鳴らす。「俺も、ここまで酷い仏さんを見るのは初めてだ」

「でも連中は、どうして手口をエスカレートさせているんでしょう?」

内山が言う。

エスカレートどころの話ではない。常軌を逸した残虐性だ。まるで虫ケラをいたぶる子供のようではないか。きっとプロファイルには、『犯人達には幼児性も認められる』と書き加えられるだろう。

「何かの儀式みたいなもんじゃありませんか」と元木が言う。「ほら、アメリカのB級映画なんかでよくあるでしょ。悪魔崇拝者が生贄《いけにえ》のために若い女性を切り刻むっていうストーリーが」

その可能性もなくはないが――。

そして有紀は、三度《みたび》、K医大での解剖に立ち会うよう命じられた。

巨大なライトが無残な遺体を照らした。臍《へそ》の上に五百円玉ほどの痣があり、身元特定の手がかりになるかもしれない。

正面に立つ教授に目を転じると、予想通りの反応だった。眉間に深い皺を寄せ、マスクの奥で「嘘だろう」の声を漏らす。教授だけではない。助手も遺体から目を逸らす。数多《あまた》の解剖経験を持つ教授も、これほど酷い遺体を目の当たりにするのは初めてのようだ。

「やりきれんな、全く——。ここまでするとは、犯人達はどんな精神状態をしているんだ？　前回の撲殺体も酷かったが、この遺体に比べたらまだましだ。顔のパーツで失われたものはなかったからな」

「これほど残忍になれる人間がいるんですね」と助手も言う。

「東條君、始めようか。顔から説明する」

有紀は手帳とボールペンを握った。

「まずは耳と鼻だが、切り口が綺麗だから、これらは鋭利な刃物で切り取られたようだ。続いて瞼、これも鋭利な刃物で切り取られているな。最後に上下の唇だが、これは刃物で切られたんじゃない。恐らく鋏《はさみ》だろう。傷の古さは耳が一番古くて、次に鼻、唇、瞼の順だ」

「じゃあ、時間をかけて生きたままこんな顔にしたってことですか？」

「そう。まるで凌遅刑だな」

「それって？」

「拷問法の一つで、清の時代まで行われていたそうだ。生身の人間の肉を少しずつ切り落とし、長時間苦痛を与えたうえで死に至らしめる。歴代中国王朝が科した刑罰の中でも最も重い刑とされている。だが、どうして瞼だけを切り取ったのかな？　耳も鼻も削《そ》ぎ落としているんだから、眼球も抉り出して然るべきだと思うんだが――」

「何かを見せ続けるためではないでしょうか？　そう考えれば辻褄《つじつま》が合います」

「うん。瞼がなければ目を瞑《つむ》ることもできないからな」と教授が言い、遺体の口を開いて口腔内を覗き込んだ。「歯も全て抜かれているから歯型照合は無理か」

「この状況からすると、生前に抜かれたんでしょうか？」

「間違いない。犯人の残虐性を考えると、麻酔なしでやったんじゃないかな。無論、瞼も鼻も耳も口唇もね。被害者は何度失神したことか――」

想像を絶する痛みに気を失った被害者は、何度も叩き起こされて地獄の痛みを与えられ続けたということか。どうしてそこまで痛めつけなければならなかったのか――。

教授が遺体の乳房に目を向ける。

「乳首は刃物で切られたんじゃないな」

「傷口が歪《いびつ》ですから、何かで挿《はさ》みつけられたようですね」と助手が言う。

「これとソックリな傷を見たことがあるが、後に犯人は『噛み千切った』と証言した」

「じゃあ、この被害者の乳首も」と有紀が問う。

「噛み千切ったと思っていいだろう。性欲を満たす目的がエスカレートしたのか、あるいは母親に恨みを持っているのか。心理学者の中には、乳房と乳首は母親の象徴だと定義する者もいるからね」教授が遺体の手の検分に移った。「これも妙だなぁ。親指から小指に行くにしたがって傷が古くなっている」

長期間にわたって一本一本切り落としていったのだろう。

「まるで拷問ですね」と助手が言う。

拷問にしても酷過ぎる。

教授が遺体の股間に目を転じた。

「問題はこの棒切れだが、どの程度の長さかな？　引っ張り出してみよう」

教授が遺体の足側に立ち、まずは右手だけで棒切れを握って抜きにかかる。

「どうです？」

「駄目だ、動かない。膣だけに入っているのなら簡単に抜けるはずだがね」

つまり、膣のずっと奥まで突き刺さっているということだ。やはりこれが致命傷か。

「下腹部を開いてみよう」教授が助手に目を向けた。「メスをくれ」

メスが手渡され、教授が遺体の喉元から恥骨まで一直線にメスを走らせた。黒く変色した血が傷口からどろりと流れ出し、解剖台の溝を伝っていく。

胸部から下腹部までが全て開かれ、血の海に沈んだ内臓が目に飛び込んできた。だが、棒切れの先端はまだ見えず、教授が尚も子宮を開く。

「子宮も貫いているな。こりゃあ、どこまで突き刺さっているか分からんぞ」腸を弄《まさぐ》った教授が眉根を寄せた。「これか！」

「どこまで刺さっています？」

「十二指腸だ」

教授が腸を切開し始め、ようやく棒切れの全貌が顕《あらわ》になった。先端が鋭く削られた杭《くい》状になっている。

「こいつが致命傷を与えたんだ」悪い夢なら覚めてくれというように、教授が大きくかぶりを振りながら杭を抜く。「被害者は想像を絶する痛みを何度も与えられ、遂には悶《もん》絶《ぜっ》しながら死んでいったんだろう。気の毒でならないよ」

しばらく沈黙があり、教授が膣に目を向けた。こっちの意図を感じ取ったようで、膣の中の血液をバットに掬い取る。

「検査に回してくれ」

助手が解剖室を出て行くと、教授が膣壁に触れた。

「これは――」

「どうされました?」

「膣壁まで傷だらけなんだ。おそらくは、棒切れに釘か何かを何本も打ち込んで膣に突っ込んだんじゃないかな。でなきゃこうはならん。変態野郎どもめ!」教授が歯軋りする。「東條君、犯人達を見つけたらその場で射殺していい。私が許可しよう」

こっちだって、撃ち殺して唾を吐きかけてやりたいのは山々だった。

※

九月二十二日　午後――

K医大法医学教室の遺体安置所を出た有紀は、遺族の啜り泣きを背中で聞きながらドアを閉めた。昨夜開かれた記者会見の席上で、管理官が三人目の被害者の特徴を公表したことが捜査を大きく進展させたのだ。今朝になって、遺体は娘ではないかという問い合わせが数件あり、それぞれに遺体確認してもらった結果、たった今、身元が確認された。

被害者の名前は佐伯理香《さえきりか》、二十八歳。一度結婚しているが二年前に離婚。三歳の男の子がいて親権は元夫が持っているとのこと。現住所は目黒区柿の木坂《かきのきざか》。そこは彼女の実家でもあり、両親と一緒に暮らしていたそうである。失踪したのは先月の二十七日。

「見ていられませんでしたね」

戸田が大きな溜息を吐き出した。

「遺体はあの顔ですからね、相当ショックだったでしょう」

遺体の顔を見せるなり、両親は絶句してしまった。勿論、遺体を見せる前に損傷具合について伝えてあったのだが、二人の想像を絶していたようだ。母親が一瞬気を失ったほどである。結局、臍の上の痣が決め手となった。

「東條さん。あの様子じゃ、事情聴取は無理なんじゃないですか？」

確かに気の毒ではあるが、ここは心を鬼にしてでも強引に訊く。

安置所の前で待つことしばし、廊下に出てきた両親を捕まえて事情聴取をしようとした有紀だったが、戸田が予想した通り、父親から「今は質問に答えられる状況にありません」と言われてしまった。

しかし、次の犠牲者が出るかもしれず、「お嬢さんのためにも、一刻も早く犯人を逮捕しなければなりません。ご協力下さい」と強引に頼み込んだ。

すると父親が「夕方、自宅にきて下さい」と言い、母親を抱きかかえるようにして去って行った。

佐伯邸に到着すると立派な門には黒い垂れ幕がかけられ、中央には忌中《きちゅう》の白抜き文字があった。弔問《ちょうもん》客達の姿もちらほら見える。

「東條さん、ここも大きな家ですね。しかも高級住宅地の柿の木坂ですよ」

「ええ。佐伯家もかなりの資産家のようです」

また資産家の娘が被害者とは――。

受付をしている男性に警察手帳を提示して両親を呼んでもらうと、喪服《もふく》に身を包んだ母親が現れた。窶《やつ》れた顔が痛々しい。

通されたのは三十畳以上ありそうな広いリビングで、まず有紀が質問の口火を切った。

「捜索願を出された警察署でも話されたと思いますが、もう一度、理香さんが失踪した当時のことを詳しく話していただけませんか？」

母親が頷いた。

「理香は午後九時頃、『コンビニに行ってくる』と言い残して家を出ました。コンビニまでは歩いて五分ほどなんですけど、いつまで経っても戻らないものですから携帯に電話すると、あの子は出なくて――。それでコンビニまで行って、理香がこなかったかと尋ねました」

「コンビニの従業員と顔見知りですか？」

「そうなんです。理香の同級生のご両親が経営者で、奥さんとはＰＴＡの役員も一緒にやった仲です。あの日は娘さんが店にいて、『理香ちゃん、ずっと前に帰りましたよ』って言うもんですから、これは何かあったんじゃないかと感じてその足で警察に行き、捜索願を――」

ということは、佐伯理香はコンビニから戻る途中で拉致されたことになる。そのコンビニで事情聴取し、近辺の防犯カメラもチェックだ。コンビニの所在地を訊き出して手帳に走り書きした。

母親が両手で顔を覆う。

「生きて帰ってくると信じていたのに――まさか、あんな姿で帰ってくるなんて――」

涙声が啜り泣きに変わり、有紀は母親が落ち着くまで質問を控えた。

ようやく落ち着きを取り戻したようで、母親が「取り乱してしまって……」と申しわけなさそうに言った。

「いいえ。お気持ち、お察しいたします。お母さん、こんな状況の中で大変申しわけありませんが、理香さんの持ち物の中に犯人に繋がる手がかりがあるかもしれません。彼女のお部屋を見せていただけないでしょうか」

母親が頷いて立ち上がった。彼女としても、一刻も早く犯人が捕まって欲しいのだろう。

「どうぞこちらへ。理香の部屋は二階です」

幅の広い階段を上り切ると、左右に二つずつドアがあり、廊下の正面にもドアがあった。母親は長い廊下を真っ直ぐ進み、正面のドアを開けた。

「ここが理香の部屋です。お入り下さい」

中は広い洋室だった。床はフローリングで、机とベッド、本棚、サイドテーブルが置かれ、女性の部屋らしい洒落《しゃれ》たカーテンが窓を彩《いろど》っている。机の上には銀製の写真立てもあった。有紀は捜査用の白い手袋を嵌め、写真立てに手を伸ばした。微笑む女性が幼い男の子と共に写っている。女性は両手を男の子の肩に置き、男の子はピースサインをしている。タレントといっても通りそうな美しい女性だ。

「この写真の女性、理香さんですか？」

「はい。男の子は私の孫です。盗られてしまいましたけど」

親権が元夫のものになったことを言っているのだろう。それにしても、この美しい女性があれほど無残な顔にされるとは――。

「弔問の方々にご挨拶しないといけませんので私は下に行きます。何かあったら呼んで下さい」

母親の声に頷いた有紀は、「それでは調べさせていただきます」と断って作業を開始した。

「東條さん、気の毒でなりませんよ。こんなに綺麗な女性が、あんな顔にされた挙句に串刺しにされて殺されるなんて――。犯人達をとっ捕まえたらボコボコにしてやります」

戸田が拳を握り締める。

戸田に賛同だ。抵抗してくれれば公務執行妨害で合法的な制裁を加えられる。股間に蹴りを入れて悶絶させてやりたい。

部屋の捜索を進めるうち、本棚に収まっている革表紙が目に留まった。白扇《はくせん》女子大学と書かれている。引っ張り出してみると卒業アルバムだった。そこには佐伯理香の姿が数多く収められており、最後のページは卒業式の写真だった。色紋付《いろもんつき》に袴姿《はかますがた》の彼女は卒業証書を持って微笑んでいる。

戸田が、「彼女、エアロビやってたみたいですね」と言った。左を向くと、彼が別のアルバムを見ていた。

「そのようですね。この卒業アルバムにもレオタード姿の写真が何枚か収められていますから。戸田さん。卒業アルバムと卒業生名簿を借りていきましょう。彼女の大学時代の友人にも事情聴取しないと」

「高校と中学、小学校の卒業アルバムと卒業生名簿は？」

「全部借りた方がいいでしょうね。残りはどこかしら？」

もう一度本棚を確認すると、全部そこに収まっていた。

一階に下りた有紀は母親を呼び、卒業アルバムと卒業生名簿を拝借《はいしゃく》したい旨を伝えた。

「お嬢さんはエアロビクスをされていたんですね」

「ええ。教室を開いてインストラクターもしていました」

「教室まで開かれていたんですか」となると、生徒達にも話を訊かなければならない。

「場所は」

「ここから車で十五分ほどの所にある区民文化センターですけど」

有紀は腕時計を見た。午後七時を回っているが、まだ誰かいるかもしれない。コンビニでの事情聴取は後回しだ。先に区民文化センターに行くことにした。アルバムと卒業生名簿は後日返却すると伝え、辞去して車に乗った。

道が空いていたこともあり、ほどなくして目的地に到着した。事務局にはまだ職員がいて、ＰＣのキーボードを叩いている。

有紀が警察手帳を提示するや、職員が大きく頷いた。昨日発見された遺体が佐伯理香であることは夕方のニュースで大きく報道されたから、どうして警察がここにきたのかピンときたようだ。早速、エアロビ教室について質問を始めた。

職員の話では、エアロビ教室に参加していたのは全部で二十八人。うち三分の二が男性だったとのこと。綺麗なインストラクターが教えてくれると評判になっていたそうで、生徒を再募集する企画も進んでいたそうである。

名簿のコピーを受け取った二人は車に乗り、佐伯理香が行ったコンビニに移動した。

「いらっしゃいませ」の声を聞きつつ、有紀はカウンターにいる若い女性に警察手帳を提示した。

「オーナーは？」

「父は出かけていますけど」

父と言ったということは、この女性が佐伯理香の同級生か。だが、姉か妹ということも有り得る。

「あなた、佐伯理香さんのお友達でしょうか？」と尋ねた。

途端に、彼女が口を尖らせる。

「友達なんかじゃありません。高校の同級生ってだけです」

随分な物言いだ。顔にも『友達扱いされて迷惑だ』と書いてある。しかし、この態度の理由は？　佐伯理香と仲が悪かったのだろうか？

「これは失礼しました」

「何のご用ですか？」

彼女が面倒臭そうに言い捨てる。

「佐伯さんが他殺体で発見されたこと」

有紀の言葉を遮るように、「知ってますよ。近所で噂になってますから」とそっけない声が返ってきた。

「彼女、失踪した夜にこちらで買い物をしたそうですね。何か変わった様子は？」

「別に。いつもと一緒でした」

「具体的には？」

「アイスクリームを山と買って、『一つおまけしてよ』って言いました。金持ちのくせにど厚かましいんだから」

彼女が舌を打ち鳴らす。

「その後は？」

「できないって言ったら、『融通《ゆうずう》が利かないんだから』と捨て台詞を残して出て行きましたよ」

「失礼ですが、佐伯理香さんとは仲が悪かったんですか？」

「悪いも何も、相手にしなかっただけです。私だけじゃありません。同級生の女子は、誰もが理香を嫌っていました。殺されていい気味だわ」

いい気味とは穏やかでない。佐伯理香の母親は、『娘は誰からも好かれていた』と話していたが、どうやら事実は違うらしい。しかし目前の女性は、『同級生の女子は』と言った。では、男子からは好かれていたということか？

「彼女は、どうして女子から嫌われていたんです？」

「二重人格だからです。彼女は確かに美人だし、頭も良かったですから男子達に凄く人気がありました。でも、男子がいないと人格が変わるんです」

「男子の前では猫を被っていたと？」

「ええ。露骨なぐらいにね。本当の性格は奔放《ほんぽう》で我儘、自分の思い通りにならないとヒステリーを起こすんです。でも、男子達は彼女の美しさに目を奪われているからそのことに気づかなくて――。男って、どうしてああも美人に弱いのかしら！」

憤懣《ふんまん》やるかたなしといった口調だ。

「それに男癖も悪くて、他人の彼氏を横取りするのなんか日常茶飯事。それだけならまだ許せるけど、理香は気に入らない女子生徒がいると、その子の身体的な欠点や特徴をあげつらって馬鹿にして、相手が泣き出すまで止めないんです」

証言のまま手帳に書き込む。

「でも、男子がいる時は猫を被って優しい女を演じるんです。開いた口が塞《ふさ》がらなかったわ。はっきり言って、理香は性格破綻者ですよ。そうそう、彼女が離婚したのも男癖の悪さが祟ったからなんです」

「というと？」

「同級生がこっそり教えてくれました。理香が旦那以外の男と腕を組んで歩いてるのを見たって——。その子、理香の結婚式に行ったから旦那の顔を知っていてね」

「不倫?」

「そうです。二人の後をつけたらラブホテルに入って行ったって」

これほどまでに貶《けな》されるのなら、話半分としても、佐伯理香はかなり奔放な性格だったのだろう。そういえば、関口千春も周りから嫌われていたが——。

「じゃあ、佐伯さんがこの店を出た後のことは何もご存じじゃないってことですね」

「当たり前でしょ!」

けんもほろろに言われ、有紀は小鼻の横を掻いた。次はこの近辺の防犯カメラのチェックだ。

3

九月二十四日——
羽田空港でモノレールを下りた槙野は、高坂と待ち合わせをしているANA出雲便の出発ロビーに足を運んだ。平日ということでロビーは混雑しておらず、高坂はというと、新聞を読みながら菓子パンを頬張《ほおば》っていた。

「先生！」と声をかけ、首を巡らせてこっちを見る高坂に手を挙げてみせる。「早かったな。搭乗手続きは？」

「もう済ませました」

「じゃあ、俺も手続きしてくる」

手続きを終えて間もなく、搭乗案内のアナウンスがあり、二人はゲートに足を向けた。

「槙野さん。例の連続猟奇殺人事件ですけど、一昨日、三人目の被害者の身元が判明したそうですね」

「らしいな。拷問の挙句に殺されたってことだけど、可哀想に」

身内や親戚がそんな目に遭ったわけではなく、自然とそんな返事になった。

「手口がエスカレートしていますよね」

「手口はどうあれ、目的はセックスだよ。どうせ変態野郎どもの仕業だろう」

欠伸《あくび》を嚙み殺しつつボディーチェックを受け、飛行機に向かった。

空の旅は一時間余りで終わり、二人が出雲空港に降り立ったのは午後一時前だった。

レンタカーを借りて国道九号線まで出て、東に向かって車を走らせた。三十分ほどで松江市内に入り、更に数分走ったところで目印の交差点が見えてきた。そこを左折して進むと民家が立ち並ぶエリアで、その一画にお目当ての平屋があった。

昨日のうちに娘とアポは取ったから、すんなりと話が訊けるだろう。

「先生。ここから先はあんたがボスで俺は助手だ。質問の内容は打ち合わせ通りに頼むぞ」

「承知しています」

いきなり探偵が押しかけて根掘り葉掘り質問しても、相手は警戒するだけだ。だが、人間とは権威に弱いもので、弁護士が訪ねてきたとなればそれ相応の対応をしてくれるのである。今までにもそんなことが幾度かあった。

二人は車を降り、高坂が表札横のインターホンを押した。

すぐに《はい》と返事があった。

「昨日お電話した高坂です」

《ああ――。お待ち下さい》

玄関の引き戸が開き、小太りの中年女性が出てきた。

二人はリビングに通され、槙野が挨拶代わりの土産物を差し出した。

出されたコーヒーを飲み、一息ついたところで高坂が質問を始める。

「電話でもお話ししましたが、お父様のことでお伺いしました。実を申しますと、私のクライアントが秋田さんの死に疑問を持っておられましてね」

秋田の娘が目を見開く。

「疑問？」

「自殺ではないと仰っていまして――」

「何ですって！」娘が立ち上がらんばかりの勢いで言った。「根拠は？」

「秋田さんが幽霊画を描いていらしたこと、ご存じですか？」

「ええ。気味が悪いから私は嫌いでしたけど」

「私のクライアントが、その幽霊画を描いた経緯を秋田さんに尋ねたそうなんですが、その時に秋田さんはこう答えたらしいんです。『あの絵はある女性を供養するために描いている。だから、自分は命ある限り絵のモデルになった女性を供養しなければならない』と。そしてクライアントは、『あんなことを言う人物が簡単に自殺なんかするはずがない。それに、自殺した場所が自宅から遠く離れた神奈川県の逗子市というのも解せない』と仰ってね。それだけではありません。クライアントは、秋田さんと会う約束までしていたのに、秋田さんは遂に現れなかったと」

娘が溜息を洩らした。

「私も変だなとは思っていたんです。でも、警察の方が自殺で間違いないと仰るものですから――。ところで、クライアントってどんな方です？」

「江口さんと仰る画商です」

「ああ、あの方が」

「ご存じでしたか」

「商談でこの家にこられましたからね。それで、私に何を話せと?」

「秋田さんの行動について幾つか質問があります。まず、神奈川県の逗子市に行かれた理由は?」

「逗子に行くとは聞いていませんでした。でも、東京に行ったことは確かです。毎年恒例になっていますから」

「恒例というと?」

「全日本日本画コンテストを観に行ったんです。多くの日本画が展示されますからね。曲がりなりにも父は日本画家でしたから、同業者が描いた絵が気になったんでしょう。そんなわけで、今年も嬉しそうに出かけて行ったんです。でも……」

「でも、何です?」

槙野は首を突き出すようにして訊いた。

「いつもは一泊二日の旅なんですけど、今年は違いました。父から『もう一泊して帰る』と電話があって」

「急に用事ができたってことですか?」

槙野が尚も訊く。

「どうなんでしょうか? 『嫌なものを見てしまったから』とも話していましたけど――。それに、何故か不機嫌な声でしたし」

嫌なもの？

槙野は腕組みした。となると、そのことで逗子に行ったのかもしれない。いずれにしても、全日本日本画コンテストのことを調べねばなるまい。秋田は間違いなくその会場に行ったはずだ。

「他に何か覚えていらっしゃることは？」

高坂が訊く。

「出発の前日、父が日本画ジャーナルの十月号を熱心に読んでいたことぐらいでしょうか。今はアトリエに置いてありますけど」

「それを見せていただけますか」

高坂が申し出ると、槙野も更に付け加えた。

「厚かましいとは思いますが、参考までに秋田さんのアトリエも見せていただけませんか。ねぇ先生。見ておけば、今後の調査に役立つかもしれませんから」

調査に役立つと言われれば断れまい。

「ああ、そうですね」話を合わせた高坂が、秋田の娘に目を振り向けた。「お願いします」

「いいですよ。アトリエは裏にあります」

廊下を進んで突き当たりのドアを出ると、外には小さなプレハブ小屋があった。

「粗末なアトリエですけど」と娘が言い、アルミサッシの引き戸を開けた。

中の広さは六畳ほどで、絵の具の匂いが満ちていた。描きかけの絵が中央にぽつんと一つあり、その向こうには絵の具やら筆やらを乗せた小机と、その左右に小さな箪笥《たんす》と本棚がある。秋田はここであの不気味な幽霊画を描いたのだろうか……。

本棚には日本画ジャーナル十月号が収まっていた。

槙野は「拝見します」と断ってからそれを引っ張り出した。ざっと目を通してみたものの、日本画の写真と解説文があるだけで別に留意するような点はない。

何気なく、「秋田さんが描かれた幽霊画のモデルですが、どなたかご存じありませんか？」と尋ねると、打てば響くといったタイミングで「知りません！」ときつい返事があった。

さっきまでの声と全く違う。明らかに怒りを押し殺している。表情にも、土足でプライベートなことに踏み込んでくるなの思いが込められているようだった。

彼女の表情が、誰も寄せ付けようとしない頑《かたく》なものに変わっていく。

どうしたというのか——。

これ以上踏み込むのは拙《まず》いと判断した槙野は、質問を変えた。

「秋田さんが上京した時に宿泊していたホテルは？」

「千代田区飯田橋のエドモントンホテルでした」

飯田橋から逗子まで一時間以上かかる。わざわざそんな場所に死にに行ったのか？　それにしても、娘の態度が気になるが――。槙野は高坂の脇を肘で突いた。

「え？」と言った高坂に、自分の腕時計を指差してみせた。

高坂が合点して頷く。

「どうもお邪魔しました」

「もういいんですか？」

「はい、大変参考になりました。ありがとうございました」

「あ、そうそう」と槙野が言った。「秋田さんの写真なんですが、お借りできませんか？」

娘が頷いてくれた。

「取ってきます」

写真を受け取って秋田邸を出た槙野は、「先生。秋田の身辺調査をしねぇといけねぇな」と告げた。

「どうしてです？」

「娘のあの態度からすると、秋田には秘密があるような気がする。しかも、人に言えないような秘密がな」

元刑事の猜疑心が疼《うず》き出す。

「人に言えないとは？」

「まず考えられるのは前科だ」秋田の目は堅気の人間の目とは明らかに違っていた。

「調査のヒントになるかもしれねぇから調べておいて損はねぇだろう。刑事時代もそうだったが、関係ないと思い込んでいたことが捜査の糸口に繋がったことがあるしな」

「経験談ってやつですね」

「まあ、そういうこった」

槙野は携帯を出した。かける相手は組織犯罪対策部にいた時の後輩で、少々相手の弱みを握っている。名前は堂島《どうじま》。堂島は結婚後も、歌舞伎町の風俗店に足繁《あししげ》く通っていたのだ。

風俗店の経営者は歌舞伎町を縄張りにしている組の組員で、以前、高校生を働かせていた。ある事件のことで訊き込みをしていた槙野は、たまたまその風俗店に立ち寄って高校生が働いていることを知り、その組員に『高校生のことは黙っていてやるから情報を寄こせ』と詰め寄り、まんまと情報をせしめた経緯があった。それがきっかけとなって、その組員との付き合いが始まり、後日、堂島のことを聞かされたのだった。『ルナという源氏名の女がお気に入りだ』と。根っから風俗好きの男はごまんといるし、別に法に触れているわけでもないから知らぬふりをしていたのだが——。

中々出ないからかけ直そうと思った矢先、《先輩じゃないですか、誰かと思いましたよ》と酷い鼻声が聞こえてきた。蓄膿《ちくのう》は治っていないらしい。
「元気か？」
《元気なんかあるわけないでしょ。張り込みやらで、ここ十日ほど自宅に帰っていません。女房の顔も忘れかけてます》
「そいつは気の毒にな。ところで、今どこにいる？」
《本庁にいますけど》
「好都合だ。忙しいところを悪いんだが、一つ頼まれてくれねぇか」
個人情報保護法があるのは分かっているが、そんなもん知ったことか。
《勘弁して下さいよぉ》
警察をクビになったお前に関わると上から睨まれる。そう言いたげだ。
「いいのか？　座敷豚《にょうぼう》が実家に帰っても」
《何のことです》
真顔になった堂島が見えるようだ。
「歌舞伎町のルモンドって店、覚えてるよな」
《し、知りませんよ》
分かり易い男だ。

「ほう〜。そこのルナって女に熱上げてたって聞いたんだが——。確か六年前だったかなぁ。六年前といえば、お前はもう結婚してたよな」

堂島はあっさりと白旗を上げた。

《分かりましたよ。で、何を調べればいいんです?》

最初からそう言え——。

「秋田秀次朗っていう男の前科を調べて欲しいんだ」

《素行調査ですか。探偵業も大変ですね。で、どんな字です?》

「春夏秋冬の秋、田んぼの田、秀才の秀、次回の次、明朗の朗だ。先日、五十九歳で死んだ」

《ちょっと待って下さいよ。今、犯罪者データにアクセスしますから》

待つことしばし、《ありました》の声があった。

勘は当たった。

「何をやらかした?」

《殺しですね》

「殺しだと!」

思わず声が裏返ってしまった。まさか秋田が殺人犯だったとは——。だから修羅場に身を置く俠客のような独特の目をしていたのだろう。高坂も目を泳がせている。

《十七年前に女房を殺してます。裁判は一審の松江地裁で結審。懲役十三年の実刑を食らって栃木刑務所に収監され、七年後に仮出所してます。七年で出たってことは模範囚だったんでしょう》

「裁判記録の番号は？」

それが分かれば誰でも裁判所で閲覧要請できる。

《待って下さいよ。ああ、あった。これだ》

手帳に番号をメモした槙野は、「堂島、悪かったな。風俗の件は忘れてやる」と言って携帯を切った。高坂に目を向ける。「先生、聞いての通りだ」

「秋田が殺人犯だったなんて――」

「しかも女房を殺してる。ホテルにチェックインしたら松江地裁に行こう」

ホテルのフロントで松江地裁の場所を尋ねると、歩いて五分ほどの距離だという。部屋に荷物を置いた二人は休む間もなくホテルを出た。

松江地裁の正面玄関を潜った槙野は高坂の肩をポンと叩いた。ここからは彼の出番だ。自分はベンチに腰かけて段取りが終わるのを待った。

それからしばらくして裁判記録が渡され、二人は個室に入って閲覧を開始した。

事件が起きたのは十七年前の一月十日、槙野は秋田の供述書を読み始めた。

──────

妻を殺したのは彼女の浮気が原因です。ここ最近、念入りに化粧をして外出することが増え、外泊こそなかったものの、日付が変わる直前の帰宅もしばしばありました。それでどうもおかしいと感じ始め、居ても立ってもいられなくなり妻を尾行したんです。それが昨日のことでした。浮気であってくれるなと願いつつ、夕闇が迫る中で尾行を続けると、訪問着姿の妻はJR松江駅前で歩を止めました。人待ち顔で腕時計を頻繁に見る彼女はときめいているようで、その時に悟りました。やはり浮気だと──。

しばらくして背の高い中年男性が妻に歩み寄り、妻は妻で男に向かって軽く手を振りました。笑顔で見つめ合う二人を見て怒りが沸々と湧き上がってきましたよ。今の今まで抱いていた妻に対する愛情は消え去り、可愛さ余って憎さ百倍の言葉通り、憎悪だけが膨らんでいきました。そして殺意が芽生《めば》えたんです。

二人は繁華街の伊勢宮《いせみや》まで移動して小料理屋に入りました。高級な店のようで、店先の生簀《いけす》にはアワビやサザエがへばりつき、旬の魚も泳いでいました。食事ならすぐには出てこないだろうと思い、近くの金物屋で出刃包丁を買って二人が出てくるのをひたすら待つうち、ようやく妻が店から顔を出しました。続いて出てきた男が妻の肩を抱き、二人はそのまま大通りまで出てタクシーに乗ったんです。二人を追いかけました。走りきたタクシーを止め、怒りを押し殺して『前のタクシーを追ってくれ』と運転手に告げました。

タクシーを降りたのは宍道湖畔に建つ大きなマンション前でした。二人は既にそのマンションのエントランスに入ろうとしていて、こっちがエントランスに入った時には二人の姿は消えていました。急いでエレベーターのフロアーゲージを睨み、七階で止まったのを確認しました。しばらく待ってもエレベーターは動かず、二人が七階の一室に入ったことは間違いありませんでした。でも、七階の何号室にいるか分からず、唇を噛んで七階に上がり、階段の踊り場で身を潜めて待ちに待ったんです。妻が男の部屋から出てくるのを――

一分一秒がとてつもなく長く感じられ、妻との思い出が頭の中を駆け巡りました。出会った頃のこと、プロポーズを受けてくれた時のこと、娘が生まれた時のこと。不思議と、楽しかった思い出しか浮かんできませんでした。

やめろ。話し合え。妻の浮気はお前にも責任があるんだ。娘はどうなる。人殺しの娘と後ろ指を指されるかもしれないぞ。

もう一人の自分が理性に働きかけましたが、生まれついての短気な気性が災いしました。許せるものかともう一人の自分に言い捨て、寒風吹きつける中で身を縮めながら妻が出てくるのを待ち続けました。

そして――。

妻の声が聞こえたような気がして通路を見ると、一〇メートルほど先に妻の姿が――。男は玄関にいて、ドアを半開きにしたまま「またね」と妻に言いました。

何が『またね』だ。二度と会えるもんか！

小声でそう吐き捨ててダウンジャケットの中の出刃包丁を握り、通路に飛び出て「おい！」と声を荒らげました。振り向いた妻の顔には、明らかに恐怖の二文字が貼り付いていました。自分でも想像できないほどの形相をしていたんでしょう。男はというと、呆然とした顔でこっちを見つめていました。出刃包丁を振り翳《かざ》して駆け出し、部屋の中に逃げ込もうとする妻を追いました。

そうそう、男が「早く入れ！」と叫んでいましたよ。

一瞬早く妻が部屋に入ってドアが閉められようとしましたが、僅かな隙間に右足を滑り込ませて渾身の力でドアをこじ開け、ガタガタと震えている男に出刃包丁を突きつけました。

男が腰を抜かしてその場にへたり込み、「警察を呼ぶぞ！」と金切り声を張り上げましたが、殺意は妻に向いていたために構わず奥に押し入りました。

リビングに入ると、顔面蒼白の妻が片隅で震えていました。「嫌《いや》～！」と絶叫しながらスリッパ、ゴミ箱、テレビのリモコン等々。額に何か当たって生暖かい感覚が顔を這い、それは顎を伝ってフローリングの床に落ちました。

血でした。その鮮やかな赤が完全に理性の箍《たが》を断ち切りました。妻を足蹴にして転がし、すかさず馬乗りになりました。慈悲《じひ》を乞《こ》う恐怖に引き攣《つ》った顔に、私の血が滴り落ちました。でも、何の言葉も浮かんでこなかった。罵声を浴びせようと思ったのに――。悲しさと情けなさだけが募《つの》り、何故か泣けてきて――。

振り下ろした出刃包丁の動きがスローモーションのように見えました。妻の首から吹き上がる血も同じくスローモーションに見えました。床に飛び散る一滴一滴をはっきりと認識しましたよ。気がつくと、妻は血の海の中で息絶えていました。それでも尚、妻の身体めがけて包丁を振り下ろし続けました。それはまるで豆腐を刺すような感覚で、かくも包丁とは恐ろしいものかと痛感しました。

ようやく我に返って妻を一瞥《いちべつ》すると、男の悲鳴が轟《とどろ》きました。「人殺し！」と。

――

槙野は調書の続きに目を通した。

秋田の妻は周囲に、『絵では生活が苦しいから普通の職業に就いて欲しいと頼んでいるが、夫は全く聞く耳を持たない。もうついていけないから離婚したい』と漏らしていたそうである。そんな不満が他の男との情事に走った原因かもしれない。

犯行後、秋田はその足で松江警察署に出頭、つまり自首だ。それが裁判官の心証を良くしたのか、求刑二十年に対して懲役十三年の判決が言い渡されている。そして秋田は一審の判決を受け入れて栃木刑務所に収監された。

「先生。秋田は江口さんに、『供養のためにあの幽霊画を描いた』って話してる。ってことは、絵のモデルは女房だな」

「ええ。でも、どうして幽霊画だったんでしょうね。供養するなら他に幾らでも方法があると思うんですけど」

「そのへんのところの詳しい経緯についちゃもっと調べなきゃならんな。それはそうと、東京に戻ったら全日本日本画コンテストの主催団体に行ってみる」

「どうして?」

高坂が眉を持ち上げる。

「秋田の娘が言ってただろ。『父は嫌なものを見たと話していた』って。秋田はコンテストの会場で、その嫌なものを見たんじゃねぇかな。だから東京での宿泊を延ばしたような気がする」

「となると、何かの絵を見たんでしょうか。絵のコンテスト会場ですから」

「だと思う。先生の携帯、インターネットに繋がるよな」

「はい」

「じゃあ、全日本日本画コンテストの主催団体の所在地を調べてくれ」

松江地裁を出た槙野は、鏡に電話して調査状況を伝えた。

《秋田が女房を殺していた！》

「ええ、十七年前に。あの幽霊画は女房の供養のために描いたんじゃないでしょうか」

鏡が《う〜ん》と唸る。《妙な展開になってきたな》

「詳しいことは東京に戻ってから話します。明日の便に乗りますから。ところで、そっちの状況はどうです？」

《素行調査か？　あと二、三日もあれば終わるだろう》

※

九月二十六日　午後——

地下鉄有楽町駅で降りた槙野は、日比谷出口から地上に出た。日比谷通りに沿って東京駅方面に少し歩くと、右手にお目当てのビルが見えてきた。そこの四階に全日本日本画コンテストの主催団体・日本絵画協会が事務所を構えているのである。

電話でアポを取っていたお蔭で、自己紹介するとすぐに応接室に通された。探偵だというと訝《いぶか》しがられるかもしれないから、江口画廊の職員だと伝えてある。昨夜、パソコンで偽の名刺も作った。早速、全日本日本画コンテストに出品された全作品の写真と作者の一覧表の閲覧を申し出た。

出品された作品は全部で二百三十八点。グランプリは『富士山麓明朝鷹《ふじさんろくみんちょうたか》』と題された絵で、朝日をバックにした富士山麓に鷹が舞っているという構図だった。

ひと通り写真をチェックしたが留意するような絵はなく、作者の一覧表を見た。すると、ある人物のところで視線が止まった。榎本拓哉という人物で、絵のタイトルが『逗子の夜明け』になっているのである。もう一度写真を確認したところ、海から太陽が昇る様を描いた絵があり、絵の下には小さなキャプションが打たれていた。確かに『逗子の夜明け』と書かれている。

逗子を描いた絵——。秋田が死んだのも逗子だ。

当たってみるかと独りごち、この絵を買いたいからとデタラメを並べて榎本の住所を尋ねた。そして教えられた住所は神奈川県逗子市だった。

榎本も逗子に住んでいる。ひょっとしたら、秋田は榎本を訪ねたのではないだろうか？　しかし、そうだったとしても、面識のない人間がいきなり家まで訪ねて行くだろうか？　秋田と榎本は顔見知りだった可能性がある。

手帳を出した槙野は、榎本の住所と連絡先を書き留めて事務所を出た。早速、榎本に電話してみたものの、固定電話も携帯も出てくれず、直接自宅を訪ねてみることにした。

一時間余りでＪＲ逗子駅に到着し、タクシーを拾って榎本の住所を告げた。

やがて見覚えのある景色が見え始め、槙野は確信した。すぐそこに秋田が飛び降りた歩道橋があるではないか。こんな偶然があるはずはない。やはり秋田は榎本を訪ねたのだ。

最近は浮気調査や素行調査ばかりで推理を巡らせることなどなかったが、忘れて久しい感覚が蘇ってきた。きっと秋田と榎本には過去に接点があったはずだ。秋田のことをもっと調べなければなるまい。

それから間もなくして目的の住所に到着した。歩道橋から見えたマンションのうちの一つで、十二階建てのマンションだった。

エントランス前には『グランドハイツ逗子』と書かれた金属プレートが貼り付けてあった。中に入って郵便ポスト群を覗いてみたが、メモに認めた一二〇三号室のポストに名前はなく、十二階に上がってみることにした。

エレベーターを降りて通路を左に進み、一二〇三号室の前で立ち止まった。

変だな?

備え付けの表札入れにも『榎本』の名前がないのである。所在を確かめるだけならいいだろうと結論し、アンケート調査だと偽ることにした。だが、インターホンを押しても誰も出てこない。まだ五時過ぎだから帰宅していないのだろうか。

帰ろうとすると隣の部屋のドアが開き、派手な中年女性が出てきた。

「榎本さんにご用？」

「ええ、まあ――。でも、お留守のようで」

「留守じゃないわ。一昨日、亡くなったのよ」

「え！」

思わず首を突き出した。

「ベランダから飛び降りたのよぉ。死ぬんなら他所《よそ》で死んでくれれば良かったのに――。気味が悪くって」

死んだと聞いただけで驚いたが、まさか自殺とは――。だが、榎本が死んだのならコソコソする必要もない。探偵であることを伝え、秋田の写真を彼女に見せた。

「この男性をご存じじゃありませんか？　榎本さんの部屋にこられたかもしれないんですが」

女性が写真を手に取ってじっと見る。

「見たことないわねぇ」

「そうですか――。ところでさっき、留守じゃないと仰いましたね。ってことは、榎本さんは一人暮らしだったんですか？」

「ええ、そうよ。たまに、綺麗な女の人が訪ねてきていたけど」

となると恋人か？

まあいい。この女性が秋田のことを知らないだけかもしれないから、ここの入居者全員から話を訊くことにした。

目撃者が見つからないまま事務所に戻ると、ほどなくしてドアが開いた。高坂だ。

「どうしたんだ先生？」

「御札を持ってきたんですよ」

「御札？」

「ええ。ゆうべ、安徳寺の石崎法華さんから電話があって取りに行ってきました」

「そういえばあの尼さん、御札がどうのとか言ってたな」

「はい。いつまで待っても取りにこないから電話したって。それでね、『お二人ともあまり安易に考えない方がいいですよ。かなりタチの悪い霊ですから』って言われて」

「それですっ飛んで行ったのか」

「はい。僕、霊とか信じるタチですから。それと、何かあったらすぐに電話を下さいと法華さんが。これ、槙野さんの分です。お金はいらないって言われたんですけど、気持ちだけと言って千円渡してきました」

「じゃあ、半分の五百円払えってのか？」

「できれば」

「しょうがねぇな」

ポケットの五百円玉を渡した槙野はお守り袋を受け取り、中の御札を出してみた。長方形の小さな板に厚手の和紙が貼り付けられており、梵字《ぼんじ》やら何やら書き込まれている。こんなものより金運上昇の御札が欲しかったが――。

それを鏡が覗き込んできた。

「その尼さん、よっぽど親切なのか、お前らをカモと見込んだかのどっちかだな。別嬪《べっぴん》の尼さんなんだろ？　騙《だま》されてやったらどうだ？」

「他人事《ひとごと》だと思って――」

「でも槙野さん。その尼さんは本当に親切で霊視できる人なのかもしれませんよ。それだったら気をつけないと」

「詩織ちゃんまでそんなこと言うなよ。ほんとに祟られてるような気がしてきたじゃねぇか」

第四章　接点

1

九月二十七日――

東條有紀と戸田が多摩中央警察署に戻ったのは午後二時だった。五班の要請で緊急捜査会議が開かれることになったのである。

防犯カメラの件だが、コンビニ近辺の映像を全てチェックしたところ、佐伯理香がコンビニから出る映像と、大通り沿いを自宅に向かって歩いている映像を見つけたが、防犯カメラも全てを網羅《もうら》しているわけではなく、結局、彼女の姿は闇に紛《まぎ》れてしまったのだった。

ほどなくして捜査会議が始まり、管理官が五班の班長に目を向けた。

「報告しろ」

「はい。第三の被害者が出たことから、峯村聖子の知人関係をもう一度洗い直していたんですが、ちょっと不可解なことがありました。彼女に絵を教えていた人物が、三日前の二十四日に急死していたんです。名前は榎本拓哉、三十二歳。神奈川県逗子市のグランドハイツ逗子というマンションに住んでいました」

「榎本？　聞いた名だな」

「二班の東條も、峯村聖子殺害の折に榎本に会っています」

「ああ、思い出した。確か、帝都芸大で助教を勤めていたんだったな」

「そうです。東條の報告書にもありますが、峯村聖子は榎本に想いを寄せていたと考えられます」

「肉体関係もあったということか？」

「それは何とも言えません。榎本には婚約者がいたそうですから」

「婚約中に浮気する男もいなくはないだろうがな。それで、榎本の死因は？」

「自殺です。十二階の自室から飛び降りました。午後六時頃だったそうですが」

「――自殺か――。確かに気になるな」

「私もそう思います」と係長が相槌を打つ。「管理官。念のために榎本のＤＮＡ照合をしてみては如何《いかが》でしょう」

「そうだな。榎本の両親が臍の緒を保存しているはずだ。五班はそれをマルガイ達の体内に残されていた体液と照合しろ」管理官が長谷川を見る。「榎本に関する情報を徹底的に集めろ」

捜査会議が終わり、有紀達は榎本が住んでいたマンションで訊き込みをすることになった。


逗子に到着した二人は、まず、榎本の自殺現場を検分した逗子警察署で事情を訊き、それから榎本が暮らしていたグランドハイツ逗子に移動した。

戸田がマンションを見上げる。

「ここは十二階建てですから、榎本は最上階から飛び降りたことになりますね。あそこから飛び降りたのなら即死だったでしょう」

「ええ」有紀は手帳を開いた。逗子警察署で閲覧した調書を書き写してある。榎本はこの植え込みに落下して、一階の住人が第一発見者だ。『凄い音がしたからベランダに出て外を見ると、人が植え込みの中で倒れていた』と証言している。「とりあえず、榎本のことをマンションの住人に尋ねてみましょう。私は奇数階を担当しますから、戸田さんは偶数階をお願いします」

手分けして事情聴取を始めたが、榎本のことを悪く言う住民はいなかった。マンション周りの清掃など、さぼることなく参加していたそうで、挨拶などもキチンとしていたという。だが、八軒目の住人が意外なことを教えてくれた。昨日、探偵が訪ねてきて写真を見せ、『この人物と榎本さんが一緒にいるところを見たことはありませんか?』と尋ねたと言うのだ。同じ証言はその後も続き、戸田も同じ証言を得たと電話をかけてきた。

どうして探偵が榎本を調べていたのだろうか——。

結局、事情聴取した部屋の住民の半数以上が探偵について証言をしたのだった。

「何を探っていたんでしょうね、その探偵」

戸田が言い、有紀はマンションの住人から渡された名刺に視線を落とした。『鏡探偵事務所　調査員　槙野康平』と書かれている。事務所の所在地は東京都中野区本町だ。

「捜査本部に戻って報告しましょう」

捜査本部に顔を出すと、他のメンバー全員が戻っていた。早速、グランドハイツ逗子における榎本の評判を長谷川に伝え、続いて、例の探偵について触れた。

「探偵が?」

長谷川が語尾を上げる。

「はい。槙野という男で、住民達に男性の写真を見せて『榎本とこの人物が一緒にいるところを見たことがないか?』と尋ねたそうです」

「どこの探偵社だ？」

「鏡探偵事務所といって、中野区本町に事務所を構えています」

有紀は預かった名刺を渡した。

それを凝視した長谷川が、「楢さん」と言って名刺を楢本に渡す。

「班長、これはひょっとして――」

「間違いあるまい」

有紀は長谷川に目を振り向けた。

「ご存じなんですか？」

「ああ。この鏡という人物は組対で班長を務めていたはずだ。とりあえず、捜査会議で報告しよう」

ほどなくして本日二度目の捜査会議が始まり、五班の報告が終わって長谷川が立ち上がった。

長谷川も捜査報告を済ませ、改めて「管理官、探偵社が榎本のことを嗅ぎ回っているようなんですが」と伝えた。

「探偵社？」

「おそらく、五年ほど前に退官した鏡さんのところじゃないかと」

「組対にいたあの鏡さんか――」

「はい」

「そういえば、何年か前に探偵事務所を開いたって噂を聞いたな」

「榎本のことを調べていたのは槙野という男だそうです。ここに名刺が」

「見せろ」名刺を受け取った管理官の眉根が寄る。「やっぱり組対にいた槙野か」

五班の班長が挙手する。

「管理官。カジノ賭博のガサ入れ情報を新宿の独龍会にリークしたあの槙野ですか。確か懲戒免職《クビ》を食らったと記憶していますが」

「そうだ、この名刺に槙野康平って書いてあるから間違いない。長谷川、槙野に会って榎本の何を調べているか訊き出せ」

2

九月二十八日——

コンビニでタバコを買って事務所に戻ると、何故か詩織が目配せしてきた。彼女の視線の先には応接セットに座る地味なスーツを着込んだ若いカップルがいて、何やら話し込んでいる。

「依頼人《おきゃく》か？」

「警視庁の刑事さんですって。槙野さんに話があるって今しがたこられたんですけど、何かやらかしたんですか？」

「してねぇよ」

その声が聞こえたらしく、二人がこっちを見て立ち上がった。

「本庁捜一の東條と申します。こちらは多摩中央警察署の戸田巡査です」

槙野は、東條の爪先から頭の天辺まで舐めるように見た。化粧は口紅だけだというのに詩織も負けそうなほどの美形だ。顔が小さく、透き通った切れ長の目に高い鼻。きりりと結ばれた唇は知性の高さを感じさせる。

「捜一も変わったもんだな。こんなに綺麗な女性警官を採用するとは——。で、俺に何の用だ？」

槙野は応接セットに座り、東條と戸田も座り直した。

「お尋ねしたいことがありまして」と東條が言った。「一昨日、逗子市のグランドハイツ逗子というマンションに行かれ、榎本拓哉のことをマンションの住民に訊いて回ったそうですね」

意外な展開だった。あの程度のことで住民が通報するわけがないし、ましてや捜一が出張《でば》ってくることも有り得ない。となると、答えは一つだ。

「捜一も榎本を調べてるってことか？　榎本は何をやらかした？」

「お答えできません。槙野さん、榎本の何を調べていらっしゃるんですか？　誰かの写真も持っておられたそうですけど、その方はどなたです？」

「おい。質問ばっかしてっけど、俺は答えるといった覚えはないぜ」

東條が槙野を睨む。

「こっちの質問は受け付けない。でも、そっちの質問には答えろ。随分と虫がいいお願いじゃねぇか」

「職務ですから」

「こっちも探偵やってる以上、守秘義務ってのがあってな。それに、教えなくてもしょっ引かれることはねぇ」

東條が舌打ちを飛ばす。

「舌打ちはいけないぜ。親に教わらなかったか？」

「教えていただかないと困るんです」

東條の声が荒くなる。

「こっちも守秘義務があるんです」

槙野は茶化すように言った。

「馬鹿にしてるんですか！」

「おっかねぇな」槙野はおどけ顔をしてみせた。だが、すぐ真顔になった。「とにかく、話せねぇもんは話せねぇんだよ」

「予想してた通り、いけ好かない男」

小声だったが確かに聞こえた。

「聞こえてるんだけどな」

「聞こえるように言ったんです」

「んだとぉ？　おい、幾つだ」

「歳ですか？」

「決まってんだろ。こんな色気のない女のスリーサイズなんぞ訊くか」

いい女だとは思うが確かに色気には欠ける。

「二十八ですけど」

「俺も焼きが回ったな。十《とお》近くも下の小娘にタメ口叩かれるとは――。人間ってのはな、礼に始まりつって」

「礼儀？　どの口で言ってるんです？　あなたみたいな人間がいるから警察は信用――」

槙野は手を翳して言葉の続きを遮った。放っておいたら間違いなく、『裏切り者』の罵声が浴びせられる。そればかりは詩織には聞かせたくない。そして「ちょっと外に出ようか」と言って立ち上がった。

外に出て駐車場に移動した。

「いいぜ、続きを話せ。だが言っとく、これ以上俺を怒らせたら絶対に情報は手に入らないと思え。うちの鏡《おやじ》に泣きついても無駄だぞ」

東條が喉まで出かかった言葉を飲み込んだようだった。よほどこっちが握っている情報が欲しいとみえる。

東條が罵声の代わりに親の仇を見るような目で槇野を睨みつけた。

「お前なぁ、俺に喧嘩売りにきたのかモノを尋ねにきたのかどっちだ？」

「後者に決まってるでしょ」

「だったら今の態度を謝罪して、改めて俺にお願いしろ。嫌ならこのまま帰って二度とくるな」

東條が唇を嚙む。

冷静になって考えれば謝るしかないことぐらい分かるだろう。それでも謝らなければこの女は気の短いただの馬鹿だ。

「さあ、どうする？」

槇野が詰め寄ると、東條が「あなたは裏切り者という先入観があって、つい言葉が荒くなりました。謝罪します」と小声で告げた。

「良い子だ。前置きが余計だったのと声が小っちゃかったのがマイナス点だが、まあ堪えてやろう」

「教えて下さいますか?」

「それはそっち次第だ。なぁ、お互いに持ちつ持たれつで行こうや。捜一は俺の情報で捜査が進展するかもしれねぇし、こっちは捜一の情報で調査が進むかもしれねぇ。捜一は何を調べてる?」

反対に質問してやった。

「いい加減にしとけよ」と戸田が言うが、「小僧は黙ってろ。俺はこっちのネエちゃんと話してんだ」と言い返した。

「私はただの一兵卒です。その一兵卒の一存で教えることはできません」

「だったら本庁《おうち》に帰って、偉い人にお伺い立ててこい。『どこまで話していいですか?』ってな。そっちが情報渡さなきゃこっちも情報は渡さねぇ。じゃ、良い返事を待ってる」

槙野は踵《きびす》を返して事務所に戻った。

「何の話だったんです?」

詩織の問いかけに「野暮用だ」と答えた槙野は自分のデスクに座った。抽斗《ひきだし》から秋田の幽霊画の写真と榎本が描いた絵の写真を出す。

どうして捜一が榎本を調べているのか——。

そういえば、もう一人の戸田という男は多摩中央警察署の捜査員だった。

多摩中央警察署――。

そうだ。確か新聞記事に出ていた。

「詩織ちゃん。古新聞どこにやった？」

「まとめてベランダのゴミ箱に」

急いで古新聞を回収して、片っ端から記事を読んでいった。

あった！

連続猟奇殺人事件の捜査本部が多摩中央警察署に置かれているのだ。しかも捜一の捜査員まで一緒にきたということは――。榎本はあの事件にも関わっているのか？

東條の顔が浮かんだ。それにしても生意気な女だった。またくるに決まっているから、彼女のことを調べておくことにした。相手のことを知っておけば対処し易い。

組対の堂島を呼び出すと、《今度は何ですか？》と気だるそうな声が聞こえてきた。

「お前、捜一の東條って女を知ってるか？」

《ええ》と即座に返事があった。《有名人ですからね》

「有名人？」

《はい。鉄仮面って渾名です》

「どうしてそんな渾名がついた？」

《いい女なんですけど全く笑わないそうなんですよ。聞くところによると、どんなに酷い仏さんを見ても平然としているとか》

たしかにニコリともしなかったが——。

「だから有名人なのか」

《理由は他にもあります。一つやらかしてますからね》

「チョンボか？」

《いいえ。ある事件の容疑者を射殺したんです。ほら、去年の秋から暮れにかけて、四件の連続老女強盗殺人があったでしょ》

「確か、戦死者遺族年金が高額だからって理由で、戦争未亡人の婆さんばかり狙われたんだよな。容疑者は射殺されたが、東條がやったのか」

《そうです。だけど、正当防衛が認められてね。逃走した容疑者を追跡して建設中のビルに追い込んだそうですが、抵抗されてやむなく発砲したってことになってます。東條も重傷を負っていたことから、すんなりと正当防衛が認められたって聞いてますが——。でも先輩、どうして東條のことを調べてるんです？》

「お前にゃ関係ねぇこった。じゃあな」

捜査本部に向かっていると、「東條さん。あの男、一筋縄じゃ行きませんね」と戸田が言った。

「ええ」

有紀は槙野の大きな背中を思い起こした。組対出身だけのことはある。現職刑事二人相手にあの啖呵《たんか》、度胸も据っているようだ。何よりも、人を威圧するようなあの目。組対出身者によく見られる目だった。

捜査本部に戻って槙野のことを報告すると、「鏡さんも組対の班長まで務めた男だ。槙野以上に一筋縄じゃ行くまい。こっちも少しは情報をやらないと無理か」と管理官が言った。

「ですが、どこまで教えます？」

係長が訊く。

「『ある殺人事件に関与している男と付き合いがあった』そう言って誤魔化せ」

「見たところ、槙野さんは猜疑心の塊のような男でした。その程度の嘘が通じるかどうか」

3

有紀は首を捻《ひね》ってみせた。

「だからといって、部外者に真実を話すわけにもいくまい。いいから言われた通りにしろ。東條、今度は手土産の一つでも提《さ》げて行けよ」

命令は絶対だ。頷くしかなかった。

すると管理官の携帯が鳴り、相手と二言三言交わしてから携帯を切った。

「榎本のＤＮＡ鑑定の結果が出た。被害者達の膣から検出された体液のＤＮＡと一致したぞ」

捜査本部がどよめきに包まれる。

つまり、榎本が犯人の片割れということだ。だが、どうしてその榎本が自殺したのか？

「管理官、ひょっとして榎本は」と長谷川が言った。

「仲間割れの末に殺された可能性もあるな。三人を惨殺した人間がそう簡単に自殺するとは思えん。明日一番で榎本の部屋の捜索令状《ガサじょう》を申請する」

有紀は挙手した。

「管理官。意見具申《いけんぐしん》してもよろしいでしょうか？」

「何だ？」

「槙野さんを榎本の部屋に入れてみてはどうでしょう？　彼だって榎本のことを探って

いるんですから、部屋の中を見たいはずです。『榎本の部屋を見せてやるからそっちの情報を寄こせ』と言えば、きっと乗ってくると思うんですけど」

「そうだな、下手な小細工するよりは遥かにましか。よし、許可する。だが東條、槙野に釘を刺せよ。榎本の部屋にある物には決して触るなと」

「はい。ありがとうございます」

4

九月二十九日　午後――

グランドハイツ逗子に到着すると、遅れて東條達がやってきた。昨夜、お互いに情報交換しようと持ち掛けてきたのである。無論、その提案を飲んだ。

「お待たせしました」

「どんな情報をくれるんだ？」

槙野は榎本が暮らしていた部屋を見上げた。

「榎本の部屋をお見せします」

「ほう、そいつは嬉しいね」

「但し、部屋にある物には一切触れないこと」

「分かってるよ」

戸田が、捜査用の白い手袋を槙野に渡した。

「懐かしいな。こんな手袋をするのは三年ぶりだ」

「そちらも約束を守って下さいよ」

東條が言い、槙野は「心配すんな」と答えた。

東條がマンションの管理人に事情を話し、榎本の部屋の鍵を開けてもらった。管理人の話では、来週、家族が部屋を引き払いにくるとのことだ。

玄関を入るとすぐに廊下で、廊下の左右にはドアが二つずつある。正面にはガラス戸があり、その向こうにソファーが見える。リビングだろう。東條が廊下の右手、玄関側のドアを開けた。洋室で絵の具の匂いが満ちている。描きかけの絵もあるからアトリエにしていたようだ。隣はバスルームで、その正面のドアはトイレのドアだった。洋室の正面は四畳半の和室、簞笥が二竿《ふたさお》置かれている。リビングは十畳以上あり、その右にも洋室があってベッドが置かれている。

槙野がベランダに出ると、東條も続いてベランダに出た。

落下防止用のフェンスは鉄製で白くペイントされており、左右はコンクリートの壁で隣の部屋の様子は窺い知れない。左の壁の手前には避難用の縄梯子《なわばしご》が設置され、緊急時は階下のベランダに下りられるようになっている。周りに高い建物がないせいか、かなり眺めの良い部屋だ。眼下の歩道橋に目を転じる。

「道路が珍しいですか？」

「道路を見てるんじゃねぇ、あの歩道橋を見てるんだ。九月十五日のことだが、あの歩道橋で絵描きが死んだ。その日その絵描きは、どうも榎本と会っていたようでな。とてつもなく気味の悪い幽霊画を描く男だった」

「それで榎本を調べていたんですね」

「ああ」槙野はジャケットのポケットから写真を出した。「死んだのはその人物だ。名前は秋田秀治朗。島根県の松江市に住んでいた」

「松江に住んでいた絵描きが、どうして逗子の歩道橋で？」

「それが謎なんだ。警察は自殺で片付けたが、うちのクライアントは自殺じゃないと言い張って調査を依頼してきた」

画商の江口の言い分を教えると、東條の表情がにわかに変わった。彼女も自殺の線に疑問を持ったか？

「それから逗子警察署に出向いて調書を読むと、歩道橋の上に秋田の靴と所持品があったことと、目撃者が三人いたことが分かった。だが、クライアントが言うように、俺も自殺じゃないと思い、調べを進めるうちに榎本に辿り着いたってわけさ」

槙野は、榎本に辿り着いた経緯を話して聞かせた。

「だから、榎本が秋田さんと一緒にいるところを見なかったかと、マンションの住人達に尋ね回ったんですね」

「そういうこと。でも、誰も見ていないと答えた」

「それで、秋田という画家はどんな人物なんですか？」

「十七年前に女房を殺している」

「殺人犯——。しかも妻殺しを」

「ああ」

槙野は、幽霊画が描かれた経緯も話した。

「奇妙な話ですね」

「だろ？　だけど、秋田が榎本に会いにきた理由が分からねぇ。唯一の手がかりは、秋田が娘に『嫌なものを見た』と話していることだけだ」

「その嫌なものって？」

「こっちが訊きてぇよ。それで、捜一が調べてる件は何だ？」

「それは言えません。こちらも榎本の部屋をお見せしたわけですから約束は守ったと思いますが」

「大体の察しはついてるがな。昨日、そっちが帰った後で俺なりに仮説を立ててみた。一緒にうちの事務所にきたあんちゃん、多摩中央警察署の捜査員だと俺に紹介したよな」

「ええ。それが何か？」

「新聞に書いてあったが、多摩中央警察署といえば、巷《ちまた》を騒がせている連続猟奇殺人事件の捜査本部が置かれている警察署だ」

返事に窮《きゅう》したようで、東條が「そうらしいですね」と答えて目を逸らす。

「おまけに、凶悪犯罪専門の捜一の捜査員が多摩中央警察署の捜査員と一緒にいるとなりゃ答えは一つ。榎本があの連続猟奇殺人事件に絡んでるってことだ。違うか？」

「違います」

はいそうですと答えているも同然だが、向こうとしてもこっちの質問に頷くわけにはいかないのだろう。

「まあいいや。そっちにも立場ってもんがあるだろうから、これ以上は突っ込まないことにしといてやる」

「ちょっと失礼します」と言った東條が、携帯を操作して耳に当てた。「……ああ、班長。分かりましたよ。……ええ。榎本は別の殺しに関わっている可能性があります。……被害者は画家だそうですが――」

槙野はその声を聞きながらベランダを出た。

　榎本の部屋の検証を終えたが、ざっと見ただけだから事件に関係する物があるかどうかは分からなかった。エントランスに降りた槙野は「もう少し話がしたい」と東條の耳元で言った。

「他にも何か情報が？」

「そうじゃねぇんだが――」

「まあいいでしょう」東條が、「戸田さん。私は槙野さんと話がありますから彼の車に乗ります。鏡探偵事務所の駐車場で落ち合いましょう」と伝え、外に出て槙野の車に乗った。

　車が動き出し、槙野は口を開いた。

「断るかと思ったがな」

「どうしてです？」

「俺に敵対心があんだろ？　昨日の口ぶりを聞いてりゃ馬鹿でも分かる」

「ええ。正直言って、あなたには関わりたくありませんでした」

「はっきり言ってくれるな」

「警察をクビになって後悔してます？」

「決まってんだろ」

「意外でした。負け惜しみで、『別に』と言い捨てると思っていましたから」

「ところで、連続老女強盗殺害犯を射殺したんだってな」

「ええ」

東條が眉一つ動かさずに平然と答える。鉄仮面の異名通りだ。

「威嚇射撃して投降を促したんですけど、相手はそれを聞き入れずに尚もバタフライナイフを振り回して抵抗を。こっちも腕と肩に合計二十五針の怪我を負わされましたよ」

「射殺したことを後悔してねぇか？」

「していません。自分が死ぬよりましですから」

「顔に似合わず勇ましい女だ。なあ、どうして警官になった？」

「犯罪を憎んでいたからです。というより、今も憎んでいますけど」

「ふ～ん。ご立派だ」

「あなたこそ、どうして警官に？」

「成り行きだ。だけど、その成り行きで得た警官って職を失って初めて、刑事が天職だったってことに気づいた。あんたを見てると羨《うらや》ましくなるよ。華の警視庁捜一の刑事だしな。俺ももう一度、捜査ってもんがしてみてぇ」

知らず、溜息が漏れていた。

「覆水盆《ふくすいぼん》に返らずです」

東條が冷たく言い捨てた。

言い得て妙だが、そんなことより本題だ。

「なぁ、ものは相談だが、今後もお互いに情報交換しねぇか？　俺は手に入れた情報をあんたに流し、あんたは俺の質問に答えるだけでいい。勿論、答えたくなければ答えなくてもいい。二人のことも口外しないと約束する」答え難い質問ばかりすれば東條も返答に困るだろう。結果として、こっちの術中に嵌《はま》ることは目に見えている。「どうだ？悪い条件じゃあるまい？」

「そうとは思えませんけどね。それ以前に、ガサ入れ情報を暴力団にリークしたあなたを信じろと言うんですか？」

結局その話の蒸し返しか。

「確かに俺は警察を裏切った。仲間を裏切った。だがな、その罰は嫌というほど受けたし、今も後悔で眠れない日がある。心底、警察に後ろ足で砂をかけたことを悔やんでる」

「ほんとかしら？　三つ子の魂百までっていう諺《ことわざ》もありますよ」

「裏切り癖は治らねぇって言いてぇのか？」

東條は答えなかった。

無理もないか。こっちがどれだけ後悔しているか、彼女に分かれという方がどだい無理な相談だ。今でも後悔しない日はない。あの時思い留まっていればと、身が引き裂かれるような慚愧《ざんき》に苛《さいな》まれることもしばしばある。犯人を追いかけていた頃の充実感にもう一度浸りたいと何度思ったことか――。

東條の携帯が鳴った。

「はい。……ええ、今しがた。……承知しました」東條が携帯を切った。「槙野さん。逗子警察署に寄っていただけませんか？」

「秋田の自殺を調べ直せと指示があったか」

「ええ、まあ」

槙野は車をUターンさせた。

5

逗子警察署で秋田秀次朗自殺の調書に目を通したが、どこにも疑問符が付くような記述はない。歩道橋上には秋田の靴と旅行鞄、それにネーム入りの折り畳み傘が置かれていたというし、目撃者三人と秋田に飛び込まれた被害者の供述にも矛盾点はない。どこから見ても自殺だが――。

一応、榎本のアリバイも調べてみることにした。

槙野と別れた東條有紀は、戸田と共に再びグランドハイツ逗子に戻った。

訊き込みを開始してから一時間余り経った頃、十階に住む中年女性が証言してくれた。事故現場を見に行くと、その場に榎本もいたというのだ。殺人犯や放火犯は現場に戻るというセオリーがあるが、榎本もそうだったのだろうか。いずれにしても榎本のアリバイにはならない。

その後も訊き込みを続けたものの、榎本のアリバイを証言する住人は一人もいなかった。だが、簡単に榎本だけを疑って良いものか。榎本は共犯者と組んで殺しを重ねてきた。秋田殺しに共犯者が関与した可能性も十分にある。

捜査本部に戻った有紀は、今日一日のことを報告した。

「東條。榎本のマンションは防音施工されていたか？」

管理官が訊く。

「いいえ。管理人に尋ねてみましたが、通常の施工だそうです」

「となると、三人が殺された現場は別の場所か」

被害者三人の声帯が無事だったということは、間違いなく悲鳴を上げたはずなのだ。あそこで悲鳴を上げられたら一発で外に聞こえる。犯行現場は大声を出されても平気なロケーション。人里離れた場所にあるか、あるいは広大な敷地の家か。いずれにしても、探し出すのは骨が折れるだろう。

有紀は槙野のことに触れた。

「管理官。槙野さんのことなんですけど、こっちの動きに気づいたようで——」

「どうしてだ？」

管理官が頭の天辺から声を出す。

「私と戸田さんが槙野さんに会いに行ったからです」

経緯を話すと管理官が頭を抱えた。

「鼻の利《き》く野郎だな」

「元刑事ですからね」と係長が言った。「どうしましょうか」

「仕方がない。鏡さんに話をつけて、他言無用の約束を取り付けるしかあるまい。飼い主の命令なら槙野も従うだろうよ」管理官が五班の班長に目を向ける。「秋田の自殺を洗い直してくれ」

捜査会議が終わると午後九時を過ぎていた。ここのところ友美に会えておらず、今日は自宅に帰らず彼女の部屋に泊まることにした。そろそろエネルギーを充塡《じゅうてん》しておかないと精神が参ってしまいそうである。言うまでもない、エネルギーの元は友美の温もりと自分自身の解放だ。

携帯を出して友美を呼び出し、これから行く旨を伝えて駅に急いだ。

代々木駅で山手線を降りると、いつものように心が急いた。友美の顔が浮かんでくる。歩くのがもどかしく、タクシーを捕まえた。

部屋のインターホンを押すと、友美が濡れた髪をバスタオルで拭きつつ迎えてくれた。

「私もシャワーを浴びてくる」

さっぱりしてリビングに戻ると、友美が飛び切り冷えた缶ビールとグラスを出してくれた。

ビールのせいか友美の温もりが欲しくなり、有紀は彼女をベッドに誘った。

セックスは嫌いじゃない。女性の身体を持つ者同士だからそれなりのセックスしかできないが、愛があるからそれはそれで満足だ。

互いに求め合い、やがて友美が寝息を立て始めた。彼女の寝顔を見ると心が穏やかになっていく。殺伐《さつばつ》とした日々を送っているのが嘘のようだ。

寝返りを打つと槙野のことが脳裏をよぎった。槙野の目は警察への未練で溢《あふ》れていた。道を踏み外したことは許しがたいし自業自得とも言えるが、あの目は間違いなく、槙野の後悔を語っていた。

「どうしたの有紀、眠れないの？」

「ごめん。起こしちゃった？」

「いいのよ」

友美が肩に頬を寄せた。

「ちょっと思い出したことがあって――」

「何?」

有紀は槙野のことを話して聞かせた。

「その探偵さん、警察に戻りたいんでしょうね」

「自業自得。今更嘆いたってもう遅い」

「その点、有紀は幸せね。大好きな、刑事という仕事を続けられているんだから。時には私を放ったらかしにして事件に没頭することもあるけど」

そういえば槙野は、『あんたが羨ましい』と言っていた。確かにこんな障害を抱えてはいても、自分は槙野と違って警察という組織に抱かれているし、守られてもいる。それを思うと槙野が哀れでもあり、ほんの少しだけ、彼に対する悪い感情が和らいだような気がした。

6

九月三十日　午後四時——

コンビニでタバコを買って事務所に戻ると、鏡が「今しがた、捜一から電話があったぞ」と声をかけてきた。

「捜一から?」

「ああ。捜一の女捜査員に揺さぶりをかけた件でな。管理官から直々に、『槙野が感づいていることは内密にして下さい』と言ってきた。やはり、榎本は連続猟奇殺人事件に関わっているってこったな」

「ええ。犯人は二人ですから、片割れかもしれませんね」

「まあ、管理官直々に頭を下げてきたんだ。お前も口を噤《つぐ》んどいてやれ」

「はい」

それはいいが、榎本との接点を探るため、もう一度、秋田のことを調べ直さなければならない。とはいえ、娘は何も話してくれないだろうから残る手段は警察だ。今回も高坂を使うことにした。

すると、ちょうどいいタイミングで、「高坂先生の報酬、銀行に振り込んできます」と詩織が言った。

「詩織ちゃん。先生に用があるから俺が直接持ってくよ」

どうせ暇だろうから事務所にいるはずだ。

「じゃあ、お金を封筒に入れますね」

封筒を受け取った槙野は、「領収書を貰うのを忘れずに」の声に頷いて事務所を出た。

車で十五分ほど移動して高坂のマンション前で車を止めた。高坂の部屋は三階だ。

三〇八号室のインターホンを押すと、すぐに高坂が出た。

《はい》

「俺だよ。報酬持ってきた」

《わざわざすみません》

ドアが開き、くたびれたTシャツにジーパン姿の高坂が顔を出した。

「振り込んで下さればよかったのに」

「あんたに用があったからついでに持ってきただけさ」

「まあどうぞ。入って下さい」

出されたインスタントコーヒーに口を付けた槙野は、「領収書くれ」の声を添えて現金入りの封筒を差し出した。

高坂が領収書に印鑑を押し、「それで、僕に用って何です？」と言った。

「秋田の過去を調べ直そうと思う」

「じゃあ、また島根県に？」

「うん」

榎本の存在と、榎本によって秋田が殺された可能性を伝えた。高坂は弁護士だ。守秘義務のことは痛いほど分かっているだろうから、榎本のことは誰にも話すまい。

「あの連続猟奇殺人事件の関係者が秋田を？　何だかとんでもないことになってきましたね。でも、榎本が秋田を殺したとしたら動機は何です？」

「そいつはまだ分からねぇ——。先生、秋田の裁判記録に担当刑事の名前があったよな」

「ちょっと待って下さい」高坂が机の抽斗から手帳を出した。それをパラパラと捲る。

「あった。大迫《おおさこ》さんって方ですね」

「まずはその人物に会ってみよう。捜査の過程で、調書に載らないような細かなことも調べ尽くしているだろうからな」

「でも、覚えていますかね。事件が起きたのは十七年も前のことですよ」

「刑事なら覚えてるさ。特に殺しはな」

自分もそうだ。警察をクビになった今も、関わった事件のことは全て克明に覚えている。事件ノートだって数十冊は下らないし、未練がましく今も大事に保管している。

「出発は？」

「週末にしよう。飛行機の予約を取ったら改めて連絡する」

時計を見るともうすぐ五時、新規の依頼が舞い込んでいなければ直帰しても問題ないか。

詩織に電話して確認すると、新規の依頼どころか、鏡はソファーで鼾《いびき》をかいているという。直帰する旨を伝えた槙野は、高坂の部屋を出て自宅に向かった。

自宅に戻ったのは六時前、「早かったわね」と言う麻子に「腹減った」と返し、狭い浴槽に身を沈めた。風呂から上がって好物のエビフライをしこたま食い、缶ビール片手にリビングのカウチに座る。

それにしても、秋田と榎本の接点は何だろう？　お互い日本画家だが作風はまるで違う。

立ち上がり、書斎からあの幽霊画の写真と榎本が描いた絵の写真を持ってカウチに戻った。

見比べているうち、麻子が洗い物を終えて槙野の横に座った。

「何見てんの？」

「調査に関係している絵の写真だ」

麻子が幽霊画の写真を覗き込んだ。

「気味の悪い絵ね」

もっと怖がると思っていたが――。

「島根県から帰った後、俺がよく魘されてたって言ってたよな」

「うん」

「この絵を見たからさ。実物はもっと不気味だ」

7

十月一日――

鑑識からの報告によると、榎本の部屋からは被害者三人に関するものは何一つ発見されなかったという。そんなわけで、今後の捜査は共犯者の割り出しに全力を注ぎ、榎本の交友関係を中心に事情聴取を行うことになった。東條有紀と戸田の担当は榎本の婚約者だ。住所は横浜市緑区で名前は橋爪沙耶香《はしづめさやか》。

橋爪沙耶香のマンションに辿り着いた二人は深い溜息をついた。かなりの高級感が漂っている。賃貸なら軽く七、八十万はするだろう。

セキュリティーも厳重で、エントランスに入ることもできない。しかし、管理者を呼ぶためのインターホンがあり、それを押すと男性の声で、《何かご用でしょうか?》と返事があった。

「警視庁の者です。こちらにお住まいの橋爪沙耶香さんに面会したいんですけど、取り次いでいただけませんか」

《お待ち下さい》

しばらくして、警備員姿の中年男性が玄関の鍵を開けてくれた。

警察手帳を提示する。

「橋爪さん、お会いになるそうです。十五階の一五〇一号室です」

丁重に礼を言い、二人はエントランスに足を踏み入れた。外観同様、どこかの高級ホテルを思わせる佇《たたず》まいだ。

一五〇一号室の前に立ち、戸田が溜息を漏らす。

「このドアも凄いですね」

確かに重厚感溢れる造りである。有紀は頷いてインターホンを押した。

すぐに《今開けます》と女性の声がして、ドアが外側に開かれた。

細面《ほそおもて》にストレートロングの髪、やや小柄な身体に白のワンピース。清楚《せいそ》さを感じさせる女性だった。二重の大きな目が印象的な中々の美人である。

「お忙しいところ大変申しわけありません」警察手帳を提示する。「警視庁捜査一課の東條と申します。こちらは多摩中央警察署の戸田巡査です」

戸田が軽く頭を下げる。

「ご用件は？」

「あなたの婚約者だった榎本さんのことでお伺いしました」

「拓哉さんのことで？」

「はい。どうかご協力下さい」

彼女が頷いてくれた。

マンション自体も立派だが、中の造りも豪華だった。玄関は大理石張りで四畳半は楽にある。廊下もチーク材で仕上げられ、壁には絵が何点も飾られている。

「絵がお好きなんですね」と尋ねてみた。

「ええ。絵は子供の頃から描いていますし、今は画廊でも働いていますから」

「ほう」と戸田が言った。「ここに飾られている絵も橋爪さんが描かれたんですか?」

「二点ほど。他は拓哉さんが描いてくれたんですよ」そこまで言った彼女が口に手を当てた。涙声が続く。「まさか、あんなことになるなんて……」

榎本は殺人鬼だ。お気の毒ですというのも憚《はばか》られ、無言を貫いた。

「ごめんなさい。さぁ、どうぞ」

彼女が廊下の突き当たりの白いドアを開けた。

そこはリビングだったが、またまた溜息が出た。ヨーロッパから取り寄せたと思われるアンティークな家具が並び、床の敷物はペルシャ絨毯《じゅうたん》だ。十畳以上あるから数百万は下るまい。壁にかけられている数々の絵にも見覚えがある。一点は間違いなくルノワール。この部屋から察するに、贋作《がんさく》ではないように思えるが――。

「そこのルノワール、本物ですか?」

「はい」と軽い返事があった。

となると、他の絵も全て本物か。全部合わせれば幾らすることやら——。彼女の両親はかなりの資産家とみえる。

「コーヒーでよろしいかしら？」

「お構いなく」

「ご遠慮なく。そこのソファーにかけてお待ち下さい」

彼女がリビングを出て行った。

言われるままソファーに腰を下ろしたが、思った以上に身体が沈み込む。戸田はというと、物珍しげにリビングを見回している。

間もなく、テーブルの上にロイヤルコペンハーゲンのコーヒーカップが三つ並んだ。

「それで、拓哉さんの何をお話しすれば？」

「彼が親しかった男性を教えていただきたいんです？」

「どうしてです？」

「お許し下さい。捜査上のことはお話しできません」

「彼に何かあったんですね！　まさか、自殺じゃないってことですか？」

榎本が連続猟奇殺人事件の犯人だと知ればどんな反応を示すか。しかし、それは言えない。捜査本部の方針で、共犯者が割れるまで、そのことは伏せておかなければならない。

「今も申しましたが、お話しできません。こちらの質問に答えていただけませんか？」

ややあって彼女が頷いた。

「拓哉さんから何人か紹介されました」

「その中で連絡を取れる方は？」

「拓哉さんの幼馴染《おさなじみ》の本田《ほんだ》さんと、スキー仲間の下平《しもひら》さんです。本田さんは大手商社に勤めていて、下平さんは宝飾デザイナーを」

連絡先を教えてもらった有紀は、改めて彼女を見た。

「ところで、榎本さんとはどこで知り合われたんですか？」

「画家の白石圭子《しらいしけいこ》先生のアトリエです」

白石圭子といえば、気鋭の現代日本画の旗手ではないか。ＣＭにも起用され、その分野の知識には乏しい有紀でさえ白石圭子の名前は知っていた。天才との呼び声も高く、いずれは人間国宝にも推されるのではないかと噂されているほどの女流画家だ。以前、彼女の特集が組まれた雑誌を偶然目にしたのだが、とても落ち着いた雰囲気を醸《かも》し出す女性で、どことなく才能も滲《にじ》み出ているようだった。

「どうして榎本さんが白石さんのアトリエに？」

「だって、拓哉さんは白石先生の弟子ですから――」

意外だった。榎本があの天才画家の弟子だったとは――。自分の弟子が殺人鬼だと知れば、師匠の白石もさぞ驚くことだろう。

「先ほども申しましたように、私も画廊に勤めていて白石先生の作品をアトリエまで受け取りに行くことがよくあります。そんな関係で拓哉さんと知り合いました。その後縁あって、白石先生の弟子にしていただいたんです。学生時代、私も現代日本画を専攻していましたから」

絵が取り持った縁ということか。

「榎本さんの話に戻りますが、最近、変わった様子とかはありませんでしたか？」

彼女が視線を宙に漂わせる。

「別にこれといって……。よくベランダに出ていたことぐらいでしょうか」

「ベランダに？」

戸田が眉を持ち上げる。

「拓哉さんのマンションのベランダから逗子の海がよく見えるんです。ですから、絵の構想でも練っていたんじゃないかと思いますけど」

ひょっとしたら、歩道橋を見ていたのではないだろうか。そして秋田を自殺に見せかけて殺すことを思いついたとしたら――。

彼女を見ると、蒼白な顔で項垂《うなだ》れていた。ショックが大き過ぎたようだ。今日はこれぐらいにして、後日、落ち着いたところでもう一度事情聴取に付き合ってもらうことにした。

部屋を辞去したが、橋爪沙耶香が気の毒でならなかった。しかし、殺人鬼の榎本がどうして彼女を狙わずに婚約にまで至ったのだろう？　金か？　殺すより自分の女にした方がいいと計算したからか？

その後、本田と下平に電話した。本田はこれから海外出張に向かうところだから会えないという。帰国日も商談次第だから未定とのこと。事情聴取は彼が帰国するまで待たなければならなかった。一方の下平は何度電話しても出ず、自宅にも足を運んだが不在だった。

大渋滞に捕まったせいで多摩中央警察署に到着したのは午後八時過ぎだった。

「ミーティングがてら一杯やるか」と長谷川が言い、元木が場所探しを命じられた。密談するのだから、当然、個室ありの店。

移動したのは京王線多摩センター駅にほど近い店で、暖簾《のれん》を潜るなり従業員が愛想よく出迎えてくれた。狭い個室に陣取ると間もなく生ビールが運ばれ、有紀は一気にジョッキ半分を空けた。

一息ついたところで長谷川が有紀を見た。

「東條。何か分かったか？」

「はい」有紀は橋爪沙耶香の証言を伝えた。「本田さんは現在海外出張中で日本にはいません。下平さんとは連絡も取れませんでした。電話にも出ませんし、自宅も不在で」

「本田さんへの事情聴取は帰国次第するとして、問題は下平という男だな。電話にも出ないってのが気になるが——。連絡を取り続けろ」長谷川が榿本に目を向ける。「そっちは？」

「帝都芸大での訊き込みでは、榎本のことを悪く言う者は一人もいませんでした。学生達は口を揃えて、『穏やかで親切な指導をしてくれる助教だった』と証言してますし、職員達も『真面目で人当たりの良い人物だった』と証言しています」

「本性を隠して生活してたってことかな」

「身近に殺人鬼がいたと知ったら、皆ぞっとするでしょうね」

内山が言った。

「ああ。それより内山、榎本の携帯の通話記録は？」

「被害者三人が拉致された日ですが、いずれも婚約者と通話していました。他には複数の大学職員と母親にかけていただけです。着信履歴は七件、四件は婚約者からで、三件は電話番号だけで名前は分かりませんでした」

「どうしてだ？　携帯会社に番号照会しなかったのか？」

「しました。でも、プリペイド式で、購入時の身分証も偽名だったんです」

プリペイド携帯はインターネットで買えるが、一応は身分証がいる。しかし、身分証を撮影したデータを携帯会社に送信するだけだから幾らでも偽造可能なのだ。だから犯罪にプリペイド携帯が利用されることが多い。

「怪しいな、その番号」と楢本が言う。

「ええ。一応、最初の犯行があった日から榎本が死んだ日までのメールもチェックしましたが、犯行に関係していそうなものはゼロで――」

「分かった」長谷川がメンバーを見回す。「他にめぼしい情報は?」

有紀が挙手した。

「言い忘れていました。榎本の絵の師匠なんですが、白石圭子という天才画家です」

「CMに出ているあの画家か」と楢本が言う。

「ほう〜」長谷川が感心したように言った。「榎本がそんな大物画家の弟子だったとはな。一応、白石さんにも事情聴取してみるか。東條、明日出向け。それが終わったら、グランドハイツ逗子の防犯カメラのチェックだ。榎本が死んだ時間の前後、不審人物が映っているかもしれん」

「はい。ところで班長、榎本の母親はどんな様子でした?」

「榎本が自殺じゃないと感づいた。まぁ無理もない。いきなり訪ねてきた刑事に、『息子さんの男友達を教えてくれ』って言われたらな。何人か名前を聞いて会ってきたが、全員、榎本が死んだ時間のアリバイがあった。明日、裏取りをする」長谷川がジョッキを空けた。「元木。お代わり頼んでくれ」

「はい」

すると、隣に座っている内山が有紀の腰から下に視線を落とした。

「おい、東條。何とかなんねぇのかよ」

「何が？」

「女なんだから胡坐《あぐら》かくなって言ってんだ。それができないなら、せめて横座りにしろ」

また始まった。前回の居酒屋ミーティングでもこのことで口論になった。

「余計なお世話だって前にも言ったはずだけど？　女が胡坐をかいちゃいけないって法律でもあんの？」

「んなもんあるか！　とにかく、女は胡坐かいちゃいけねぇんだよ！」

「バッカじゃないの」

次の瞬間、有紀はジョッキに残っているビールを内山の坊主頭にぶちまけた。

「何すんだよ！」

「やめんか二人とも！」

檜本が二人の間に割って入る

内山に向かって「ふんっ」と鼻を鳴らした有紀は、元木に視線を向けた。「焼酎頼んで。芋のロックね」

第五章　証言

1

十月二日——

橋爪沙耶香から白石圭子の携帯番号を訊き出した有紀は、礼を言って携帯を切った。手早く操作して再び携帯を耳に当てる。

呼び出し音が数回聞こえ、ようやく相手が出た。しかしどこか怪訝《けげん》そうな声だった。見知らぬ番号がディスプレイに浮かんでいるからだろう。

「白石先生の携帯ですか?」

《そうですけど……》

「突然お電話して申しわけありません。私、警視庁捜査一課の東條と申します」

《警察——ですか?》

少し驚いたような声だったが、それはすぐに、《何でしょう?》という落ち着いた声に変わった。

「先日亡くなられた榎本拓哉さんのことなんですけど、ご存じですよね」

《勿論です。私の弟子ですから——。気の毒なことになってしまって……》

「彼のことで少しお話を伺わせていただけないでしょうか? お手間は取らせませんので」

《どうして私に? 彼は自殺でしょう?》

「詳しいことはお会いした時に」

《分かりました。でも、今は自宅におりませんのでアトリエにきていただけますか。夕方までいますから》

教えられた住所をメモした有紀は、「これからお伺いします」と言って携帯を切った。

カーナビの指示に従って車を走らせ、JR目黒駅と恵比寿駅の中間にあるアメリカ橋近くで止まった。目前に建つ七階建ての細長いビルに白石のアトリエはある。

二階でエレベーターを降りると左右にドアがあり、右のドアに『アトリエ白石』と書かれた金属プレートが張り付けてあった。インターホンを押して「先ほどお電話した警視庁の東條です」と告げる。

《お待ち下さい》

女性の声がして、すぐにドアが開いてショートヘアーの女性が顔を出した。黒いトレーナーにスリムなジーンズを穿いている。殆どメイクをしていないせいか童顔だ。

警察手帳を提示するや、女性がドアを大きく押し開けた。

「どうぞお入り下さい」

玄関に足を踏み入れた途端に絵の具の匂いがした。中の広さは二十畳ほどあるだろうか。水回りは小さな流しがあるだけで、その横に小型の冷蔵庫が置かれている。窓の近くには黒縁の眼鏡をかけたポニーテールの女性がいて、大きな対の屏風《びょうぶ》に筆を走らせている。白石だ。ＣＭの顔そのままである。

「警視庁の東條です。お忙しいところ大変申しわけありません」

有紀は白石に向かって軽く腰を折った。

「いいえ」白石が筆を置いて立ち上がった。「仕事場ですからそんな椅子しかありませんけど、どうぞおかけになって下さい」

白石が、近くの丸椅子を指差した。

言われるまま、有紀と戸田は丸椅子に腰かけた。

「正直申しますと、もっと大きなアトリエを想像していたんですよ。白石先生はご高名な方ですから」

「広ければ良いというわけではありません。狭くても落ち着く場所がベストですから。

ずっと以前は住居兼用のもっと狭いアトリエで描いていたんですけど、その時の絵で多少の評価をいただいてここにアトリエを構えました。そしてここで描いた最初の絵が、全日本日本画コンテストでグランプリを受賞したんです。ですから、ここは私の原点みたいな場所で――。ところで、榎本君のことでお話があると仰いましたけど？」

「どういう人物でした？」

「真面目で優しい子でしたよ」

「そうですか。彼と親しかった男性をご存じじゃありませんか？」

白石の顔から笑顔が消えた。

「どうしてそんなことをお尋ねになられるんですか？」

橋爪沙耶香の反応と同じだ。

「職務上、そのご質問にはお答えできません」

白石が溜息をつく。

「榎本君が犯罪に巻き込まれたってことですね」

反対だ。巻き込まれたのではなく、被害者達を犯罪に巻き込んだのだ。出迎えてくれた女性が呆然としている。

有紀は何も答えなかった。

「教えて下さいといったところで無駄でしょうね」

「はい。こちらの質問にお答え下さい」

白石が大きくかぶりを振る。

「存じません。彼の婚約者の橋爪さんなら知っているかもしれませんけど」

「彼女には事情聴取しました。二名ほど名前が出ましたが、他にもいないかと思ってこちらにお邪魔したんですけど――」有紀は出迎えてくれた女性に目を向けた。「失礼ですけどお名前は？」

「田村明美《たむらあけみ》です。先生の弟子で――」

「じゃあ、田村さん。あなたは榎本さんの知人男性にお心当たりがありませんか？」

「いいえ」

有紀は白石に視線を戻した。

「男性のお弟子さんは何人いらっしゃいます？」

「榎本君と星野《ほしの》君の二人です」

榎本の知人男性がまた一人浮かび上がった。

「星野さんの住所と連絡先、教えていただけませんか」

白石が田村に目を向けた。

するとと田村がアトリエの隅にあるスチールデスクに行き、抽斗からバインダーを出した。住所録のようだ。

有紀は星野の連絡先を手帳にメモし、改めて白石を見た。

「では、榎本さんと最後に会われたのはいつです？」

「彼が亡くなる前日です。ここにきましたから」

「何時頃です？」

「今描いている絵のことで頭がいっぱいで正確な時間は覚えていないんですよ」白石が、さっきまで描いていた画をちらと見た。牡丹《ぼたん》が描かれている。「午後二時頃だったかしら」

「二時十五分でしたよ」と田村が答えた。

「じゃあ、田村さんもその時ここにいらしたんですね」

有紀が確認すると、彼女が大きく頷いた。

有紀は再び白石を見た。

「榎本さんが訪ねてきた理由は？」

「自分の絵を持ってきて私に感想を求めました」

「榎本さんが帰った時間は？」

「何時だったかしら？」

有紀は田村を見た。

「あなたは覚えていませんか？」

「え〜と、確か、二時半前に帰られました。肩を落として」

「どうして？」

「彼が描いた絵のことでちょっと厳しい意見を言ったんです」

白石が答えた。

それが原因で自殺を思い立ったということだろうか？　だが、女性を三人も嬲り殺しにするような悪魔が、その程度のことで自ら死を選ぶとは思えない。榎本は共犯者に殺されたに決まっている。

「ところで白石さん、お弟子さんは全部で何人いらっしゃいます？」

「六人ですけど」

「お名前をお願いします」

「藤田《ふじた》さん、榎本君、星野君、田村さん、広瀬《ひろせ》さん、橋爪さんです。榎本君と星野君以外は全員女性です」

「できれば、藤田さんと広瀬さんの連絡先も教えていただけるとありがたいんですけど」

「広瀬さんは一時間ほどしたらここに顔を出しますよ。藤田さんも近くに住んでいますから呼びましょうか？」

それは助かる。「是非」と答えた。

「田村さん。藤田さんを呼んで」

「はい」田村が携帯を握った。「……ああ、藤田さん。田村です。先生が、すぐにアトリエにくるようにと。……ええ。警察の方がいらしていて――。……お願いします」田村が携帯を切り、白石に目を向けた。「すぐにくるそうです」

出されたコーヒーを飲むうちにドアが開き、細身の女性が顔を出した。髪はワンレンで年齢は二十代後半といったところか。メイクのせいかきつい目の印象だが、全体的に整った顔立ちだ。

「先生。お呼びですか?」

「警察の方が榎本君のことで話を訊きたいそうなの」

有紀と戸田が自己紹介すると、彼女は丁寧に腰を折った。

「藤《ふじ》田《た》薫子《かおるこ》です。あのう、榎本さんが何か?」

「彼が親しくしていた男性にお心当たりは?」

「二人います。本田さんと下平さんという方ですけど」

橋爪沙耶香の証言と同じだ。

「どうしてお二人のことをご存じなんです?」

「私、以前に榎本さんとお付き合いしていましたから」

なるほど、そういうことか。

残るは広瀬という女性だが、ずっとここに居座って待つのも気が引ける。外で時間を潰すことにした有紀は、一旦アトリエを出た。

車の中で時間を潰すうちに一時間近く経ち、二人はもう一度アトリエに顔を出した。入れ替わるようにして藤田が出て行く。泣いていたようだから、榎本との思い出が沸き起こってきたのかもしれない。

それから間もなくして、額縁《がくぶち》らしき物を持った、纏髪《まとめがみ》に着物姿の女性が現れた。歳は四十代といったところで、いかにも水商売といった雰囲気を醸し出している。そして彼女は開口一番、「先生。エレベーターの前で藤田さんに会って話を聞きました。警察がきてるってどういうことなんです？」と捲し立てた。

「突然のことで私も戸惑っているのよ」

「白石さん、こちらの方は？」と有紀が訊く。

「弟子の広瀬さんです」

彼女が有紀と戸田に向き直り、「広瀬純子《じゅんこ》です」と自己紹介した。

着物と帯は光沢からして正絹《しょうけん》だ。柄も細工も凝っているからかなりの値段だろう。

「警視庁の東條です」

事情が分かっているなら話は早い。早速、榎本の知人男性について質問してみたが、彼女は全く心当たりがないと答えた。

　ここでの事情聴取は終わりだ。有紀は白石に丁重に礼を言ってアトリエを後にした。外に出て車に足を向けると「刑事さん」の声がかかって振り返った。広瀬だ。

「何か？」と有紀が答えた。

「榎本君、事件に巻き込まれたんでしょう？」

「お答えできません」

　白石も広瀬も、榎本が被害者だと思いこんでいる。それだけ榎本が、普段は好青年を演じていたという証拠だ。

「そうよねぇ」と、広瀬が独り言のように言う。

「ところで、白石さんのお弟子さんになられてから長いんですか？」

「五年ほどかしら。弟子といっても、私は他のお弟子さん達みたいに画家になろうとは思っていませんけどね。お店で飾れる絵が描ければいいと思って始めたんですよ」

「では、他にご職業を？」

「ええ。銀座でクラブを」

　どうりで水商売の匂いがしたわけだ。

「うちのお店には画壇《がだん》の方が結構いらっしゃるもんですから、その内のお一人に『絵を教えて下さる先生を紹介して欲しい』とお願いしたら、白石先生を紹介して下さったんです」

「なるほど——」ちょうどいいから榎本について尋ねることにした。「話は変わりますが、榎本さんはどんな人物でした？」

「物静かで優しい男性でしたよ。婚約までしていたのに気の毒で——」広瀬が有紀に会釈する。「それじゃ、失礼します」

戸田が彼女の後ろ姿を見ながら「派手な女性ですね。あの着物と帯も相当しますよ」と言った。

「銀座のママさんですからね。次は星野さんに事情聴取しましょうか」

電話で星野にアポを取ると、一時間後に新宿東口の喫茶店で会うことになった。

新宿に移動して指定された喫茶店に入ると、星野は時間きっかりに現れた。見るからに神経質そうな顔で、痩けた頬と尖った顎が余計に星野を陰湿に見せている。例の如く、榎本のことを教えると絶句した。だが、人は見かけによらないと言う通り、その後は冗談も言い、結構気さくな人物だった。年齢は三十三歳とのこと。

「ところで刑事さん。どうして榎本君の知人男性を調べてるんです？」

「お答えできません。それより、こちらの質問にお答え下さい」

「榎本君はライバルでしたから、プライベートな付き合いは全くしなかったんですよ。ですから、彼が親しくしていた男性は知りません」

「そうですか」一応、アリバイの確認だ。「七月十二日、八月一日、八月二十七日なんですが、どちらにいらっしゃいました？」

「急に言われてもねぇ――」星野が思案顔をする。「思い出せないなぁ」

アリバイはなし。

「その日に何かあったんですか？」

「大したことじゃないんです。ちょっと参考までにと思いまして――。では、先月の二十四日は何をなさっていました？　つい最近のことですから覚えていらっしゃるでしょう」

五班の調べでは、榎本の死亡時刻は午後六時頃だったとのこと。

「ねぇ刑事さん、二十四日って榎本君が自殺した日じゃないですか。僕のアリバイを調べているように思えるんですけど」

事情聴取した人物のアリバイを確かめるのは刑事として当たり前のことであっても、一般人からすれば自分が疑われているようで面白くないのだろう。

「ご容赦下さい。これも職務なもので――」

「榎本君は殺されたんですね」

有紀は答えなかった。

「僕を疑うなんて！」

心外だと言わんばかりの勢いに、有紀は顔の前で激しく手を振った。

「誤解なさらないで下さい。これからも多くの方にお話を伺うことになりますが、皆さんに同じ質問をします。星野さんだけを特別な目で見ているわけではありません。何をなさっていました?」

重ねて訊く。

「自宅で絵を描いていましたよ。一日中ね」

「それを証明できる方は?」

「母と妹が証明してくれます」

「残念ながら、ご家族の証言はアリバイ証明にならないんですよ」

「そんなこと言われても、他にいないんだからしょうがないでしょ」

「まあいいでしょう、今日はこれまでということで――。後日、またお話を伺うことになるかもしれませんから」

「僕は何もしていません。いい迷惑だよ」

げんなり顔でそう零した星野が、溜息を残して頭を抱えた。

星野を解放した有紀と戸田は、防犯カメラの映像をチェックするべく逗子に向かった。

管理会社によると、グランドハイツ逗子のセキュリティー関係は近くの防犯会社が請け負っているとのことだった。

防犯会社に到着し、職員に事情を話して榎本が死んだ日の防犯カメラの映像を見せてもらった。

榎本が飛び降りたのは午後六時頃ということだが、一応、午前八時からの映像を順にチェックしていった。すると午後五時半過ぎに、サングラスとマスクをしてアポロキャップを目深《まぶか》に被った人物がエントランスに入ってきた。ヨットパーカーを着て背中を丸めて歩いている。

「戸田さん。何か変ですね」

「ええ。男のようですが――。早回しして、榎本が死んだ時間を見てみましょうか」

戸田がリモコンを握り、映像は午後六時のエントランスとなった。それからほんの数分、さっきの人物が再び現れたのである。しかも、走ってマンションを出て行くではないか。

「随分慌てているようですね。まさか、この人物が榎本を？」と戸田が言った。「橋爪さんに会ってこの映像を見てもらいましょうか。見覚えがあるかもしれませんし」

榎本が殺されたことを教えるようなものだが、それぐらいは仕方あるまい。

「そうしましょう」

彼女に電話して事情を話したところ、午後六時過ぎなら自宅に戻っているとのことだった。余裕を持って、午後七時半に伺う旨を伝えて携帯を切った。

約束の時間に橋爪沙耶香のマンションに辿り着き、早速、防犯カメラに映っていたヨットパーカーの人物を見てもらったのだが、残念ながら、彼女は首を横に振るだけだった。帽子とサングラスが邪魔で分からないという。しかし、限りなく怪しい人物であることに変わりはなかった。

2

十月三日——

午前中に松江警察署を訪れた槙野と高坂は、秋田が起こした事件を担当した大迫という刑事に面会を申し出た。しかし、事件は十七年前に起きており、彼は十年前に退官したとのことだった。

大迫の現住所を教えて欲しいと高坂が頼むと、対応してくれた警官が、刑事課の課長なら知っていると思うから呼ぶと言ってくれた。

さすがは弁護士。探偵ならこうはいかないだろう。訝しがられ、あれやこれやと質問攻めになること請《う》け合いだ。

ベンチで待っていると四角い顔をした中年男性が現れ、刑事課長だと名乗った。

高坂が立ち上がって名刺を差し出す。

「お忙しいところ申しわけありません」

「大迫さんの現住所を知りたいということですが、どうしてです？」

「大迫さんが担当された殺人事件のことでちょっと――。その事件の犯人の秋田秀次朗という人物について教えていただこうと思いまして」

「秋田？」

「はい。十七年前に妻を刺殺しています」

高坂がざっと説明すると、刑事課長が二度、三度頷いた。

「ああ、あの事件ね。思い出しましたよ」

「秋田はつい最近自殺したんですが、その理由を調べて欲しいという依頼がありましてね」

無論、榎本のことも秋田が殺されたことも伏せろと言ってある。話が拗《こじ》れるだけだ。

「あの男、死んだんですか」

「はい。そんなわけで、過去の事件に原因があるのではないかと考えて出向いてきた次第なんですが」

「分かりました。大迫さんに連絡してみましょう。ちょっと待っていて下さい」

刑事課長が階段を上って行った。

「先生。あんたがいると話がスムーズに進むよ」

「お役に立てて何よりです」

しばらくして刑事課長が戻ってきた。

「大迫さん、明日なら会えるそうですよ。秋田が起こした事件のこともよく覚えていると」

「良かった」と高坂が言う。「ご住所は？」

「大田市大森町です」

槙野は思わず「えっ！」と声を漏らした。あの幽霊画が供養されていた龍源神社も大森町だ。

「何か？」

刑事課長がこっちを見たので、槙野は「いえ。何でもありません」と答えた。

「大迫さんに会われたら、私がよろしく言っていたと伝えて下さい」

「はい。どうもありがとうございました」

高坂が腰を折り曲げ、刑事課長からメモを受け取った。

警察署を出るなり、「槙野さん。何か因縁めいたものを感じるんですが」と高坂が言う。

「俺もそう思う。大森町には何かありそうだ」

「ところで、今日はどこに泊まります？」

「大田市内に泊まろうか。朝もゆっくりできるだろうから」

「ホテルを探してみますね」

高坂が携帯を出して検索し始めた。

繁華街に移動して食事を済ませると、陽は大きく西に傾いていた。あかね色の残光が宍道湖を照らしている。中々長閑《のどか》な景色だ。

ちょうど通りかかったタクシーを捕まえて松江駅までと告げた。

松江駅の構内に入って時刻表を見た。下りの電車が出たばかりで、次の電車まで一時間もある。さすがはローカル線。

「先生。待合所でぼーっとしてても始まらねぇ。電車がくるまで一杯やるか」

「いいですねぇ」

あっという間に話が纏まり、二人は高架下にある焼き鳥屋に入った。

生ビールを注文して焼き鳥を適当に頼む。すぐにジョッキが運ばれ、「お疲れさま」と声をかけ合ってジョッキをぶつけた。

「ねぇ、槙野さん。大迫さんの住所と龍源神社の住所が同じ大森町内ってことは、秋田に龍源神社を紹介したのは大迫さんじゃないでしょうか」

「その可能性はあるな。まあ、詳しいことは明日になりゃ分かるさ」

二杯目の生ビールを飲み干すとちょうどいい時間となり、二人は少し赤くなった顔で店を出た。

　すると高坂の携帯が鳴った。

「はい。……ああ、法華さん。何か？　……嫌な夢を――。……はい。……はい。……はい。分かりました。槙野さんにも伝えます。……わざわざありがとうございました」

　携帯を切った高坂が神妙な顔つきで槙野を見る。

「何だよ、辛気臭《しんきくせ》ぇ顔して。またあの尼さんに何か吹き込まれたか？」

「槙野さん。あの御札ちゃんと持ってます？」

「ああ」

　邪魔になるものでもないから、一応携帯のストラップにしているのだが。

「法華さん、僕達のことで嫌な夢を見たって言うんです。だから、御札の効力が弱っているのかもしれないって。気をつけて下さいとのことでした」

「あっそ」

　アホらしい――。

　ホームに上がると二両編成の電車が止まっていた。

　それから一時間近く電車に揺られ、出雲市駅で一両編成の電車に乗り換えた。ほどなくして、右手に漁火《いさりび》が見えてきた。遥か西まで一直線に繋がっている。

「凄い数ですね。一体、何隻いるんでしょうか？」

「この時期は剣先イカのシーズンだそうで、各港に所属している船の多くがイカ漁に出るらしい。少なくとも数十隻はいるだろうな」

「壮観な眺めですね」

そんな会話をするうちに大田市駅に到着し、二人は人気のないホームに降り立った。

「世界遺産の入り口だからもっと賑やかかと思いましたが、結構寂しい所ですね」

「商店街もシャッター通りだ。さぁ、行こうか」

駅を出ると高坂が携帯を出した。地図を見るという。

「便利な時代になったよな。それが案内してくれんだから」

「全くです」

高坂が歩き出し、槙野は金魚のフンよろしく彼の背中に続いた。

何とか予約したビジネスホテルに到着し、チェックインを済ませてそれぞれの部屋に入った。

テレビを点けて静止画のコマーシャルを見ていると携帯が鳴った。高坂からで、大迫と話をしたという。親切にも、迷うといけないから明日の午前十時に息子を迎えにやると言ってくれたらしい。

時計を見るとまだ九時前、少々飲み足りない気がした槙野は、静かな夜の街に繰り出すことにした。一軒や二軒ぐらいなら飲み屋があるだろう。

「先生。一杯やりに行こう」

※

十月四日——

軽い二日酔いで目覚めた槙野はシャワーを浴びた。海が近いせいか、ホテルの近所で見つけた居酒屋の料理の美味いこと。地酒も置いていたから調子に乗って飲み過ぎてしまったのだった。高坂も良いご機嫌だったから、同じく二日酔いだろう。

シャワーを浴びたことで多少なりともさっぱりし、朝食券片手に部屋を出た。

一階ロビーにあるカフェに入ると、正面のテーブルに赤い目をした高坂が座っていた。顰面《しかめつら》でコーヒーカップを口に運んでいる。やはり二日酔いのようだ。

片手を上げて「おはようさん」と声をかけ、高坂の正面に座った。オーダーを取りにきたウエイターに朝食券を渡す。

「飲み過ぎちまったな」

「はい。あの地酒、美味かったですもんね」

「約束の時間まで一時間だ。少しでも酒を抜いとかないと」

朝定食が運ばれ、食欲が湧かないながらも全て平らげた。食後のコーヒーを飲む頃には気分も少し優れ、酒臭い息を吐きながら事情を聴かなくても済みそうだった。

部屋に戻って身支度を整え、再びロビーに降りた。すると間もなくして玄関の自動ドアが開き、体格の良い中年男性が入ってきた。誰かを探すように首を巡らせる。大迫の息子かもしれず、「大迫さんですか？」と声をかけてみた。

「はい。高坂さんですか？」

「いいえ。私は高坂先生の助手で槙野と申します」

そこまで言ったところでエレベーターのドアが開き、高坂が大欠伸しながら降りてきた。

「先生」と声をかけ、中年男性に目を振り向ける。

察したようで、高坂が欠伸を嚙み殺して名刺を出した。

「高坂です。わざわざありがとうございます」

「それじゃ、行きましょうか」

大迫の息子に促され、二人はホテルの駐車場に止めてある乗用車に乗った。

話をするうちに車は大森町に辿り着いた。町の入り口には代官所跡があり、道の両脇には趣《おもむき》のある古民家が建ち並んでいる。

車は更に南西方向に進み、間もなくして大きな屋敷の前で止まった。

大迫家の外観は壮観だった。息子の話では敷地千坪以上あるとのことで、その敷地を板塀《いたべい》がぐるりと取り囲んでいる。門は大型トラックが通過できそうなほど立派な造りをしており、そこに楷書《かいしょ》で彫られた『大迫』の表札が掲げられている。門だけでなく母屋も立派で、どこかの老舗《しにせ》旅館を連想させた。

屋敷内に足を踏み入れた槙野と高坂は、黒光りする長い廊下を抜けて突き当たりの部屋に通された。そこは広い応接間で、中央に大きな掘り座卓がでんと構えていた。

上座に座っていた禿頭の人物が立ち上がり、「大迫です。遠路ようおいでなさった」と声をかけてきた。

「この度は大変勝手なお願いをいたしまして」

高坂が畳に手を着き、丁寧に頭を下げた。槙野もそれに倣う。

「いやいや。退屈しとる身なもんで、迷惑などとは思ぅとりませんよ。それより、座ってておくれんさい」大迫はそう言うと、息子に目を向けた。「お茶を出してくれや」

息子が頷いて座敷を出ていった。

やがて座卓に湯呑み茶碗が並び、大迫が早々に切り出した。

「驚きましたよ。まさか秋田が自殺したとは――」

「秋田さんについてご存じのこと、全てお話しいただけませんか」

高坂が言うと、大迫が顎鬚《ひげ》をひと撫でして頷いた。横に置いたノートの束を座卓に置き、そのうちの一冊を手に取る。そして指を舐めてページを捲り始めた。

「ああ、これだ——。まずは秋田の生い立ちからお話ししましょうか」

二人は居住まいを正して大迫の話に耳を傾けた。

「秋田は松江市内の公立小中高を卒業して、広島の美術大学に進学しました。子供の頃から絵が滅法《めっぽう》上手で、コンテスト入賞の常連だったそうですわ。そんなわけで、自然と画家の道に進んだと聞きました。大学在学中は日本画を専攻して、横山大観を目標にして技術を磨いたとか。名称は覚えとりませんが、四年生の時に大きなコンテストに入賞したこともあると話しとりましたねぇ。卒業後は実家に戻り、両親の援助の元で作品制作に没頭したといいます。しかし、秋田の絵は売れることなく、日に日に焦りが募っていったそうです。そんな時に、絵画教室の講師の話が舞い込んで臨時の職を得て、そこで殺した奥さんと知り合い、翌年結婚。その後数年、秋田は講師をしながら作品制作に明け暮れたんですが、両親が立て続けに亡《の》うなったもんで援助が無くなり、生活は困窮していったらしいです」

「じゃあ、奥さんが生活を支えていたってわけですね」

槙野が確認する。

「ええ。奥さんは結婚前から松江市内の中古車販売店で事務員をしとって、殺された時も同じ職場で働いとりました」

「殺しの動機ですが、奥さんの浮気が原因だとか？」

高坂が訊く。

「確かにそうなんですが、いろいろ調べていくうちに、奥さんの気持ちがよぅ分かりましたよ。秋田から日常的に暴力を受けとって、近所の住人も、気の毒で見ておれんかったと証言を――。おまけに売れん絵描きで収入も殆ど無いもんだけん、奥さんが家計を支えとったんですよ。そらぁ、愛想も尽きて他の男に惹《ひ》かれても無理はありませんわ。現場も悲惨なもんでした。フローリングの部屋だったんですが、一面血の海でね」大迫がノートのページを捲る。「話を戻しましょう。女房を刺殺した秋田はその足で松江警察署に出頭してきましてね。私が取り調べを担当したんですが、質問には素直に答えるし、供述にも矛盾がなかったもんだけん手を焼いたっちゅうことはありませんでした。衝動殺人を犯した人間特有の、やってしもぅてから後悔するっちゅうやつで、取り調べ中は常に、『女房には申しわけないことをした』と言ぅて泣いとりましたよ。そんなわけで、勾留期限を迎える前に地検に送検して事件は解決を見たんですが、送検の一週間ほど前から秋田の様子がおかしゅうなりましてね」

「どんなふうに?」

二人一緒に声を出し、大迫に顔を近づけた。

「酷い魘されようで――。終《しま》いには食事も殆ど食べんようになって、頬もげっそりと痩けて病人みたいになる始末でした。仕方なく病院に連れて行ったんですが、医者はどこも悪いところはないと言うもんですけん、点滴で栄養を取らせました。そんなわけで、刑事仲間は、奥さんが夢に出てきて秋田を苛んどるんだろうと噂しとりましたよ。私も、殺人犯がそがぁな経験をすることを知っとりましたけん、秋田に、『奥さんが夢枕《ゆめまくら》に立ちよるんじゃないか？』と尋ねたんです。そうしたら秋田は泣き出してしもぅて、こう打ち明けました」大迫が高坂にノートを渡した。「秋田の供述をそのまま書き写しました。読んでみて下さい」

高坂がそれに目を通し、次いで槙野が達筆《たっぴつ》な字を目で追った。

――――

初めて女房の亡霊が現れたのは一週間前でした。耐え難い胸の圧迫感と息苦しさで目が覚め、上体を起こして鉄格子の向こうにある壁かけ時計を見るとちょうど午前二時で――。

またかと思いました。連日、同じ時間に目覚めるからです。すると突然背筋に悪寒が走り、恐る恐る振り返ると、目の前に妻の顔がぼうっと浮かんでいました。乱れ髪が血塗れの顔に貼りつき、血の涙を流していました。思わず生唾を飲み込むと、身体が凍りついたかのように動かなくなりました。目を逸らそうにも首は動かず、目を瞑ろうにも瞼は動かない。見続けるしか術はなく、恨みのたっぷり籠《こも》った妻の視線を浴び続けました。そして妻の唇が微かに動き、声が聞こえました。「よくも――。よくも――」と。

消えてくれと懇願しましたが無駄でした。妻は大きくかぶりを振り、いつの間にか立ち姿となって両手を胸の前でだらりと下げました。

「いつかあなたを連れて行く――。きっと地獄に引きずり込んでやる――」

その声に身体の震えが止まらず、脂汗も顎の先端から滴り落ちました。だから、どかにいけ！　成仏してくれ！　と心で念じました。でも妻は、「あなたを地獄に引きずり込むまで成仏などできるものか。その日がくるのを待つがいい。夜な夜な私に苛まれ、狂いながら死んでいく日を待つがいい」と。

お前が浮気をするからだ！　と言うと、妻は薄笑いを浮かべました。

「元はといえばあなたのせいだ。売れない絵ばかり描いて暮らしはいつも火の車。私の少ない稼ぎを当てにして、まともな仕事に就こうともしなかった。挙句に些細なことで怒り狂い、事ある毎に私に手を上げた。もう我慢の限界だった。だからあの男性に縋《すが》ろうと思った。あなたと別れてあの男性と暮らそうと考えた。それのどこが悪い。それなのに、それなのに、あなたは私の命までも奪い去った。あなたが死ぬまで祟ってやる！」

その声を最後に妻の亡霊は消え去りましたが、身体の震えはいつまでも止まらず、こんなことが毎夜続くのか――。死ぬまで妻に苛まれるのか――と絶望に打ちひしがれました。

――

読み終わり、槙野はノートを大迫に返した。

「秋田の証言、馬鹿馬鹿しいと思いんさる?」

そう尋ねられ、槙野は「いいえ」と答えた。幽霊や亡霊は信じていないが、この証言を頭から否定することができなかったのだ。槙野にも奇妙な経験があった。十年ほど前に拉致事件に関わったとみられる暴力団員を逮捕した時のことで、どんなに追及しても口を割らなかったその男が、ある日突然『自分が殺しました』と白状したのである。『どうした心境の変化だ?』と尋ねたところ、なんと『枕元に被害者の幽霊が立つからです。くる日もくる日も、お前を地獄に引きずり込んでやると言われて寝られない。もう勘弁して欲しくて白状しました』と答えた。この経験は槙野だけではなく、先輩連中も似たような話をしていた。

とはいえ、亡霊の存在を肯定する気にはなれない。秋田は精神的に追い詰められていたから、潜在意識の奥底に刻まれた罪悪感と妻の断末魔の姿が入り混じって、そんな幻覚を見たのだろう。

高坂を横目で見ると、目を輝かせていた。根っからのオカルト好きか。

大迫が続ける。

「このまま放っておいたらノイローゼになって獄中自殺でもしかねんと思ぅたもんですから、知り合いの宮司に頼んで魔除けの御札を作ってもろうて、それを秋田に差し入れてやったんです。そうしたら効果があったようで、その日から秋田の体調が回復し始めてねぇ」

鰯《いわし》の頭も信心からという諺がある。御札というアイテムで精神的に落ち着いたか。

「その宮司って、ひょっとしたら龍源神社の先代宮司じゃありませんか」

槙野が言うと、大迫が驚きの表情を浮かべた。

「なしてご存じなんです？」

「秋田の調査をする過程で小耳に挟みましてね」とだけ答えておいた。「それで？」

「龍源神社の先代宮司は除霊や浄霊なんかもしとって、この界隈では有名な人物でした」

「いわゆる霊能者ってやつですか」

「ええ」

「その後、一年もせんうちに結審しましたよ。秋田が地裁の判決を受け入れたからです。そして栃木刑務所に収監されて」

「でも、刑務所に収監された時点で私物は取り上げられます。御札も例外じゃないでしょ？」

「ある方法で新しい御札を差し入れてやりましてね。宮司に頼んで単行本の扉に魔除けの祝詞《のりと》を書いてもろうて、書籍差し入れの名目で渡したんですわ」

「なるほど」

　確か、月に十冊程度の書籍なら差し入れできるはずだ。

「秋田はその扉を千切って肌身離さず持っとったそうです。それから七年経ったある日、秋田が私を訪ねてきて、『模範囚で仮出所をもらいました。その節は大変ご迷惑をおかけしました』と——。刑務所暮らしが堪えたんか、秋田は痩せとってね。病気なんかと尋ねると、違いますと答えたもんで、ほんなら出所祝いでもしようということになって二人で松江市内の居酒屋に行ったんです。そこそこ飲んで二人とも酔いが回った頃でしょうか。突然秋田が、『どこかに女房を成仏させてくれる徳の高い人はいないだろうか』と言い出しましてね。なしてな？　と尋ねると、『今も時々、女房が枕元に立って血塗れの顔で俺を見下ろすんです。だから供養してやりたい』と答えました。だけん、龍源神社の宮司を紹介してやったんですよ。それから半年ほどして秋田がまた私を訪ねてきたんですが、身体に少しばかり肉がついとりました」

「じゃあ、悪夢から解放されたんでしょうか？」

「ええ。『龍源神社の宮司に会ったところ、確かに奥さんの亡霊が取り憑《つ》いている。あんたは絵描きということだから、懺悔の念と冥福を祈る心を強く込めながら奥さんの亡霊を十枚描きなさい。それを知人の霊能者達に配って念入りに供養してもらう』と言われたそうです。そして十枚を描き切って龍源神社の宮司に渡すと、一週間経たんうちに奥さんが現れんようになったと。まあ、どこまで真実なんか分かりませんが、秋田が普通の生活を取り戻したのは事実ですけん」

大迫が茶を飲み干した。

十枚の内の一枚が龍源神社で供養されたということか。だが、本当にそんなことがあるのだろうか？　さっきも思ったが、『鰯の頭も信心から』で、妻を供養してもらったという精神的な安堵感《あんどかん》が、秋田の体調を戻したのではないだろうか。

亡霊の話はさておき、肝心なことをまだ訊いていない。

「大迫さん。秋田の知人で、榎本という名前の人物にお心当たりはありませんか？　木へんに夏の榎に日本の本と書きます」

大迫が腕を組んで宙を見る。だがすぐに「聞いたことないなぁ」と返事があった。

秋田の娘にもう一度会わなければならないか。そう結論した槙野は退散することにした。

大迫邸を辞去すると、「不思議な話でしたね」と高坂が言った。

「そうか？」

「そうですよ」

「俺は現実主義者だから幽霊なんて信じねぇ。精神科医に言わせたら、精神的に追い詰められたことで幻覚を見たんだろうって結論になるさ。あの幽霊画にしたって、秋田の技術が凄いだけだ。ていうか、想像力が凄いのかもな。まあ、幽霊がいるかいないかは死んでみりゃ分かるだろ」

「ところで、これからどうします?」

「秋田の娘にもう一度会う。連絡を取ってくれ」

高坂が携帯を操作し、すぐに喋り出した。

「……先日お伺いした弁護士の高坂ですが——。……その節は大変ご迷惑をおかけしました。実は、もう一度お話を伺わせていただけないかと思いまして——。……はい。勝手ばかり言って申しわけありません。……いいえ。今、石見銀山にいるんですよ。ご了承いただければすぐに向かえるんですが——。……そうですか、助かります。それじゃあ、すぐに出発しますので」

相手もいないのに高坂が頭を下げ、一息ついてから携帯を切った。

「会ってくれるってか?」

「ええ」と答えた高坂が、再び携帯を操作した。「次の電車まで四十分ちょいですね」

「バスだと乗り遅れるかもな。タクシーを呼ぼう」

四十分余り電車に揺られ、出雲市駅で松江行きの電車に乗り換えた。結局、二時間近くかかって松江市に戻り、客待ちをしているタクシーに乗った。

「先生。秋田の過去については娘に話すな。気を悪くするかもしれないからな。榎本のことだけを尋ねてくれ」

「はい」

秋田邸に到着し、前回同様リビングに通された。

高坂が口火を切る。

「早速なんですが、榎本拓哉という人物をご存じじゃありませんか？　神奈川県に住んでいる画家なんですけど、あなたのお父さんが、亡くなられる前にその人物を訪ねたようなんですよ」

「この男なんですがね」

槙野は榎本の顔写真を出した。名前を名乗らずに訪ねてきたことも有り得る。写真のことだが、榎本の経歴を調べて手に入れた。帝都芸大の助教をしていたことを突き止め、キャンパスに出かけて学生に五千円を握らせたのだ。そして、『榎本先生の顔写真が手に入りませんか？』と囁《ささや》いた。刑事時代、ヤクザ者相手によく使った手である。学生も人間だから金に弱かった。

写真を食い入るように見ていた秋田の娘だったが、「存じません」と言って写真をテーブルに置いた。

「絵の関係の方で私が存じ上げているのは東京の江口画廊さんだけです」

どうしても秋田と榎本の接点が見えてこない。どういう関係だったのだろうか？

槙野は秋田の娘を見据えた。彼女が忘れている可能性もある。

「本当に覚えはありませんか？　秋田さんの死に、この男が深く関わっている可能性があるんです。もう一度、写真をよく見ていただけませんか」

秋田の娘が改めて榎本の写真を手に取る。今度は眉根にまで皺を寄せて凝視するが、出された答えは同じだった。首を横に振るばかりだ。

「見覚えがありません。榎本という男性からの電話を受けたことも——。ですが、私も四六時中この家にいるわけではありませんし、外泊したこともありました。その時に父を訪ねてきたのかもしれません」

その可能性はあるが——。これだけ執拗《しつよう》に尋ねても思い出さないのだからここにいても無駄だ。槙野は、「何か思い出されたことがありましたらお電話下さい」と言い残して席を立った。

外に出ると高坂が腰に手を当てた。

「無駄足でしたね」

「参ったなぁ。二人の接点はどこにあるんだ？」乱暴に頭を掻いた槙野だったが、ふと、前回ここを訪れた時のことを思い出した。秋田が読んでいたという日本画ジャーナルという雑誌だ。調査の参考になるかもしれない。「先生。本屋に行こう？」

「いきなりどうしたんですか?」

日本画ジャーナルのことを伝えた槙野は、「急いで松江市内の本屋を検索してくれ」と頼んだ。

それから書店を回ってみたものの、専門書に近いマイナー雑誌ゆえに『当店では取り扱っていません。取り寄せましょうか?』と言われるばかりだった。取り寄せれば数日はかかるだろうし、そんなことをするぐらいなら東京に戻って探すほうが早い。丁重に断り、尚も書店巡りを続けた。そしてようやく、日本画ジャーナルを取り扱っている大型書店を見つけた。しかし、雑誌のくせにやけに高額だ。二千円近くする。

ホテルに戻って日本画ジャーナルに目を通してみたものの、予想は大外れ。元刑事の触手を刺激するような記事は一切なく、誰の絵が斬新だとか、この手法がどうだとか、素人にはさっぱり理解できない記事ばかりである。無駄金だったかと独りごち、ベッドで大の字になった。

秋田が過去に神秘体験をしたらしいことが分かっただけで、何も収穫のないまま東京に戻るのが惜しい。秋田はどうして榎本を訪ねたのか。そして、榎本はどうして秋田を殺さなければならなかったのか。榎本と秋田の接点はどこにあるのだろう?

3

十月五日　夕刻——

東條有紀と戸田は、東京都葛飾区柴又にある喫茶店で榎本の幼馴染の本田を待っていた。橋爪沙耶香から訊き出した人物だ。昨夜彼から、『帰国したから事情聴取を受ける』と電話があり、ここで待ち合わせたのである。約束の時間を五分ほど過ぎているが、相手はまだ現れない。

そのうち店のドアが開き、アタッシェケースを持った顎鬚の若い男性が入ってきた。誰かを探すように首を左右に巡らせる。

「東條さん。彼じゃないですか？」

「そのようですね」有紀は立ち上がり、その男性に「本田さん？」と声をかけた。

男性が頷き、大股で歩み寄ってくる。

有紀は警察手帳を提示した。

「お呼び立てして大変申しわけありません」

「こちらこそ、遅れてすみませんでした」

「お座り下さい」

本田が有紀の正面に座った。

「何がいいですか?」

「アイスコーヒーを」

戸田がウエイトレスを呼ぶ。

「アイスコーヒー持ってきて」

本田が口を開く。

「電話でお話を伺いましたが、どうして私にコンタクトを取られたんですか?」

「榎本さんの死に疑問がありまして」

この程度は教えないと話が進まない。

「自殺じゃないってことですね」

「断定はできませんが――。これからする質問でご気分を害されるかもしれませんけど」

そこまで言うと先読みしたようで、本田が「僕のアリバイですか?」と言った。

「ええ。七月十二日、八月一日、八月二十七日なんですが、何をしていらっしゃいました?」

彼がアタッシェケースからシステム手帳を出す。

「七月十二日は商談でシンガポールに行っていました。帰国したのは翌日です。八月一日はオーストラリアにいました。帰国は一週間後。八月二十七日ですが、娘の誕生日でした。ですから、同僚の『一杯やっていかないか』の誘いを断り、午後七時過ぎに帰宅しました。ああ、そうか。駅前のケーキ屋で誕生日ケーキを買ったんだった。予約していたもんですから」

アリバイは完璧だが、一応は裏を取らなければならない。今度は榎本について質問した。

「榎本さんが親しくしていた男性をご存じじゃありませんか？」

しばらく思案顔をしていた本田だったが、思い立ったように頷いた。

「スキー仲間と親しかったようですね。私は会ったことがありませんが、当時付き合っていた女性とスキーツアーで北海道に行った時に知り合ったそうで、今も時たま一緒に滑りに行くって話してましたから」

「名前は分かりませんか？」

「確か、下平って言ってたような」

まだ事情聴取していないが、橋爪沙耶香と白石圭子の弟子の藤田薫子が話していた人物だ。フルネームは下平優一《ゆういち》。未だ電話に出ず、自宅を訪ねても留守だ。有紀は質問を続けた。

「榎本さんはどんな男性でした？」

「滅茶苦茶いい奴でしたよ。友達思いだったし、物静かで理性的で、怒鳴ったことなんか一度もありませんでした。ただ――」

「ただ？」

本田が大きな溜息をつく。

「あのマスクですから女性関係がちょっと――」

確かに榎本は美男だった。

「女性にだらしなかったということですか？」

「ええ、まあ――。婚約してからも、何人かの女性と関係があったと思います。『いい加減にしとかないと、そのうち婚約者にバレるぞ』って注意したんですけどねぇ」

「先ほど、榎本さんが当時付き合っていた女性って仰いましたよね。その女性の名前、藤田薫子さんですか？」

「そうです」

橋爪沙耶香は白石のアトリエで榎本と出会ったと話していたから、榎本は藤田の目を盗んで沙耶香に手を出し、結局、藤田を捨てたということか。なんとも節操《せっそう》のない男ではないか。しかも残虐性まで備えている。

「何か、榎本さんのことで疑問に思われたことは？」

「一つあります。榎本が暮らしていたマンションなんですが、結構いいマンションでね」

　確かに、グランドハイツ逗子は間取りが広くてグレードの高いマンションだった。

「それが何か？」

「家賃ですよ。榎本はいつも『給料が安い』ってぼやいていたんです。まあ、大学職員といってもたかが助教ですから無理はありませんけどね。それなのに、どこから家賃が出ていたのか？　一度尋ねたことがあるんですが。あいつ、笑って誤魔化して」

「親からの援助では？」

「あいつん家は母子家庭で、お母さんはパート勤めをしています。そんな状況で息子の援助ができます？」

　榎本の父親が二十年前に死んでいることは調べ済みだ。

「じゃあ、婚約者の橋爪さんが？」

「最近はそうだったかもしれません。彼女は金持ちですからね。でも、榎本は婚約するずっと前からあのマンションで暮らしていました」

「ということは、以前はパトロンがいたってことですか？」と戸田が言った。

「そんな気がするんですよ。どこかで金持ちのおばさんでも捕まえたんじゃありませんか」

　本田の事情聴取を終えた有紀は、喫茶店を出て長谷川を呼び出した。事情聴取の結果を伝えると、もう一度下平に電話してみろと指示が出た。

そんなこんなで下平の携帯にかけてみたが、何度かけても『圏外か電源が入っていないか——』の合成音声しか流れてこない。戸田と協議の結果、これから自宅を訪ねることになった。

「ねえ、東條さん。本田さん、榎本にはパトロンがいるんじゃないかって言ってましたよね。ひょっとして、あの銀座のママさんってことはないでしょうか」

「どうでしょうね」そうであっても、他人の男女関係などどうでもいい。「行きましょうか」

下平の自宅は江東区木場の十階建てマンションで、赤レンガ調の外装だ。オートロックではないから中には入れるものの、下平の部屋のインターホンも携帯と同じで、何度押しても返事はない。

「東條さん。家族に連絡を取ってみましょうか」

「そうですね。このマンションの管理会社に行けば分かるでしょう」

入居に際して公的証明書を提出しているはずだ。手分けして管理会社の連絡先を探すと、戸田が見つけてくれた。エントランスの入り口に表示されていたという。住所は中央区築地だそうだ。しかし、既に午後八時半を回っていて先方は電話に出ない。明日の朝、かけ直すことにした。

※

十月六日――

有紀と戸田は下平のマンションの管理会社を出た。電話で下平の緊急連絡先を教えて欲しいと頼んだが、個人情報保護法があるから身分証を確認しないと教えられないと言われ、渋々出向いてきたのだった。

下平が提出した書類の職業欄には宝飾デザイナーと書かれており、本籍地は静岡県浜松市だ。緊急連絡先の欄には浜松市の市外局番の電話番号が書かれてあるから、おそらく実家だろう。早速、電話をかけてみる。

呼び出し音が数回聞こえ、女性の《もしもし》の声に変わった。

「私、警視庁の東條と申します」

自己紹介するや、《見つかったんですか！》と女性が言った。

何のことだ？　電話するのは初めてなのに――。

《見つかったんですね！》

再び女性が言った。

「すみません。何のことかよく分からないんですけど」

《え？　優一が見つかったんじゃないんですか？》

優一と言った。ということは、下平は行方不明になっているということか？

「確かに、優一さんのことでお電話しましたが、別の件でして」

携帯の向こうから溜息が聞こえてきた。

《息子の捜索願を出していたものですから、てっきり見つかったのかと——》

だから下平は携帯に出なかったし、自宅マンションにも帰っていなかったのだ。しかし、どうして下平が失踪したのか？

「捜索願はどちらの警察署に？」

《東京の江東警察署です。息子の住所が江東区ですから——。自宅にも事務所にも行きました。でも、居所が分からなくて捜索願を》

新たな展開になりそうだ。「こちらでも確認してみます」と言って携帯を切った有紀は、榎本の幼馴染だった本田の証言を思い出した。白石の弟子の藤田のことだ。彼女は榎本の元恋人だったというから下平の行き先に心当たりがあるかもしれない。

戸田に下平の母親の証言を伝えた有紀は、まず長谷川に報告し、それから白石に電話して藤田の携帯番号を訊き出した。

教えられた番号に電話したが留守電になっている。しばらく待ってもう一度電話したが、今度も留守電だった。仕方なく、要件を留守電に入れて携帯を切った。

それから五分ほどして携帯が鳴った。藤田からで、美術館にいたから電話に出られなかったという。早速、下平が立ち寄りそうな場所に心当たりはないかと尋ねたところ、彼女は知らないと答えた。榎本と別れてから下平にも会っていないそうである。

礼を言って携帯を切るや、長谷川から電話があった。下平の捜索願のことで江東警察署に問い合わせたところ、今しがた下平の車が発見されたと教えられたという。場所は埼玉県の武蔵《むさし》丘陵《きゅうりょう》森林《しんりん》公園《こうえん》近くの山中で、車は林道から少し外れた場所に止めてあったらしい。そして下平は排ガス自殺を図っていたとのこと。長谷川は車をそのままにしておくよう埼玉県警に依頼したそうで、これから現地に向かうから合流するようにと有紀は命じられた。

汐留から首都高速に乗り、練馬で降りて関越自動車道に乗った。降り出した雨の中、東松山インターで降りて一般道に入る。

現場には多くの警察車両が止まっており、車を降りると長谷川が声をかけてきた。

「下平の車はあれだ。たまたまここを通りがかった県の農林部職員が発見した」

長谷川の指す方向を見ると、ツートン塗装の大型ＳＵＶ車があった。

「遺体は死後一週間以上経っているって見立てだが――」

「遺留品は？」

「プリペイド携帯を持っていた」

「そうだ。榎本の携帯に残されていたプリペイド携帯の番号と一致した。車を警視庁に運ぶ。お前はカーナビの航跡記録を調べるよう科捜研に依頼しろ。下平の過去の行動を知りたい。被害者達を拉致した場所に行った可能性もある」

「ひょっとして」

下平の車を警視庁に運んだのは夕刻だった。

まず鑑識が車内の遺留品捜索に当たり、有紀はその作業の終了を待って科捜研に足を運んだのだが、間が悪いことにあの男だけがオフィスに残っていた。丸山だ。

丸山が有紀の顔を見るなり椅子から立ち上がり、ニヤニヤしながら歩み寄ってきた。

「俺の顔を見にきたのか?」

丸山が頰をひと撫でしてみせる。

「熱でもあんの?」と返した有紀は、「他の職員は?」と続けた。

「見ての通り俺だけだ。皆は出払っていて今日は誰も戻らない」

有紀は腰に手を当てて溜息をついた。

「ついてない」

「悪かったな」と言った丸山が、頰を膨らませる。「俺がいちゃ悪いみたいじゃないか」

「まあ、この際だからあんたで我慢しとく。地下の駐車場まできて」

「駐車場？　ドライブにでも誘ってくれるのか？」

丸山が減らず口を叩く。

「いいからきて」

丸山はエレベーターに乗っても軽口を叩き続け、有紀は笑えない冗談を完全に無視した。

エレベーターを降りて少し歩き、下平の車を指差す。

「あの車のカーナビを調べて。七月十二日、八月一日、八月二十七日。車がどこをどう走ったかを――」

「面倒臭ぇなぁ……」

「何か言った？」

横目で睨むと、丸山が大仰に首を横に振った。

「いいえ――」

「じゃあ、さっさと始めて」

有紀は運転席のドアを開け、顎をしゃくって作業を促した。

「へぇへぇ」運転席に座った丸山が顔を顰める。「臭ぇな」

「死後一週間以上経った遺体が乗ってたからね」

「先に言えよぉ。マスクしてきたのに――」

「それで、どれくらいかかる？」

「さあね。明日中には終わると思うけど」

「明日？　冗談じゃないわよ。こっちは急いでんの」

「んなこと言ったって、今やってる仕事があるんだからしょうがないだろ」

「それは何時に終わる？」

「九時を回るな。それから有楽町のガード下で一杯やる。あ、良かったら一緒に行かないか」

「行くわけないでしょ！　今やってる仕事が終わってからでいいから調べて」

「冗談はやめてくれ。カーナビを外さなきゃなんないし、航跡を辿るのにどれくらいかかるかも分かんない。下手したら終電に間に合わなくなる」

お前の帰宅事情など知ったことか。

「つべこべ言わずにやれ！」

言った途端、丸山が口を尖らせた。

「脅迫だ！」

「脅迫だろうとなんだろうと、今日中に終わらせないと承知しない」

「じゃ、交換条件だ。終わったら飲みに行こう」

冗談ではない。むさ苦しい男の顔なんか見ながら酒が飲めるか。

「パス」

「そんなこと言わずにさぁ」

「パスだと言ったはずだけど？　でも、ちゃんと調べてくれたら今度付き合ってもいいかな」

「本当か！」

嘘である。だが、丸山にやる気を出させるには良い方便だ。「うん」と答えた有紀は、さっさとエレベーターに足を向けた。

八係の刑事部屋に戻ると、鑑識からの報告が上がっていた。後部座席とトランクスペースから複数の毛髪と血痕が見つかったそうで、それらをDNA鑑定に回したとのことだ。直後に長谷川からも連絡があった。下平を解剖した結果、一酸化炭素中毒で間違いないそうである。血中からは睡眠薬の成分も検出されたという。死後七日から八日とのことだ。

今日掴んだ情報をPCに打ち込んでいるうちに十一時を回り、状況を尋ねるべくデスクの電話に手を伸ばした。受話器を掴んで科捜研の番号を押す。

七回目のコールで丸山が出た。

「どう？」

《今やってるところだ》

「まだ終わらないの？　使えない男」

《こっちだって一生懸命やってんだよ！》

言いわけを聞く耳など持ち合わせていない。

「文句言う暇があったら早く作業を終えなさい」

《無茶言うなよ～》

情けない声が聞こえてきたが、無視して電話を切ってやった。あの男にはこのぐらいした方がちょうどいい。

それから十五分、もう一度催促の電話をしようとした矢先、デスクの電話が鳴った。丸山からで、たった今終わったという。その一言で通話が切れ、有紀は科捜研へと急いだ。

科捜研のドアを開けると、丸山が椅子をくるりと回して仏頂面《ぶっちょうづら》を向けてきた。

「ごくろうさん。それでデータは？」

丸山がノートPCのディスプレイをこっちに向けた。

「まず最初に、このカーナビの七月十二日以前の記録はない」

「じゃあ、記録を消したってこと？」

「いいや。恐らく七月十二日以降に購入したんだろう。このカーナビは最新モデルで、発売日は七月十一日だ。以前使っていたカーナビが故障したか、あるいは、元々カーナビをつけていなかったかだな。そして八月一日と八月二十七日、いずれの日もカーナビが作動していた。出発地点は江東区木場」

下平のマンションもそこにあるから、自宅から出発したということか。

「八月一日だけど、午後四時過ぎに発進して、午後五時二十三分に埼玉県所沢市で電源が落ちている」

関口千春も埼玉県所沢に住んでいた。

「再び電源が入ったのは二時間後、車は所沢インターから関越自動車道に乗り、同県の寄居《よりい》インターで降りて一般道を秩父方面に向かって走っている。次に電源が落ちたのは秩父郡小鹿野町《おがのまち》で、翌日の午前四時に再び電源が入って江東区木場に戻っているな」

「八月二十七日は？」

「同じく午後六時に木場を出発して、午後七時九分に目黒区柿の木坂で電源が落ちている。午後九時三十三分に再び電源が入っているけど、以後は八月一日と殆ど同じ。練馬から関越自動車道に乗って寄居インターで降り、そして午後十一時四十七分に秩父郡小鹿野町で電源が落ちている」

もう間違いない。佐伯理香も目黒区柿の木坂に住んでいた。下平の車から採取された毛髪と血痕のＤＮＡ検査を待つまでもない。下平が三人を拉致したのだ。

「他に分かったことは？」

「八月二日の昼も木場から小鹿野まで行き、一旦電源が落ちている。そして日付が変わった三日の午前一時に電源が入り、午前三時に東京都国立市で電源が落ちている」

関口千春の死亡推定日の範囲内だ。遺体が発見されたのも国立市。

「八月二十七日から九月二十日まで頻繁に小鹿野町まで通い、九月二十日は小鹿野町から港区芝浦に移動している」

佐伯理香を痛めつけに足繁く小鹿野に通ったのだろう。

「それと、七月十三日と十四日も小鹿野町に行き、十四日は小鹿野町から多摩市に移動している。他にもあるぞ。七月十五日から八月一日まで、頻繁に木場と所沢を往復しているし、八月三日か二十七日まで、これまた木場と柿の木坂を頻繁に往復している」

関口千春と佐伯理香を拉致する機会を窺い続けたのだろう。そして八月一日と二十七日に行動を起こした。峯村聖子の時も、同じ行動をしたに違いない。これだけ聞ければ十分だ。

「小鹿野町のどこに行ったか分かる？」

丸山がキーボードを叩く。

「秩父郡小鹿野町までしか出ないな。カーナビの航跡を辿ってみたら？」

「じゃあ、このデータを私が使ってる車のカーナビにインプットしといて」

「今からか？」

「当たり前。そうしないと朝一番で出かけられないもん」

「終電に乗り遅れちまうよぉ」

「諦めてここに泊まれば？　じゃあ、頼んだから」

車の合鍵を渡すと、「約束守れよ」と丸山が言った。

「約束って？」

惚《とぼ》けてみせた。

「デートの話だよ」

「飲みに行くって話なら覚えてるけど、デートの約束なんかした覚えはない。勝手に話を作らないで」

「同じようなもんだろ」

「大違い。第一、二人っきりで行くなんて言ってないし、男友達を四、五人連れて行こうと思ってた」

当然作り話だが――。

「え～！　そんなぁ……」丸山ががっくりと肩を落とす。「詐欺じゃないか……」

「人聞きの悪いことを――。勝手に勘違いしたあんたが悪い。じゃあ、場所と日時が決まったら教えて。友達連中に連絡しないといけないから」

涼しい顔でそう言い残した有紀は、科捜研を出て長谷川を呼び出した。

カーナビの件を伝えると、《これで決まったな》と長谷川が言った。

「でも班長、下平はどうして自殺を？　榎本が連続猟奇殺人事件の片割れであることはまだ報道されていませんから、下平が警察の動きを知る術はありません。当然、自分に捜査の手が迫っているなどとは思わないでしょう。自殺を考えるのは不自然かと」

《犯人は犯行現場に戻ると言うだろ。榎本を自殺に見せかけて殺したが、警察が他殺を疑っていないかどうかを確かめたくて下平は榎本のマンションに行ったんじゃないかな。そして、警察がいろいろと嗅ぎ回っていることを知った。そう考えれば辻褄が合う》

※

十月七日　午後八時半——

警視庁に登庁したのは午前八時半、地下駐車場に降りて車に行くと、ハンドルに張り紙がしてあった。

『バカヤロー。二度とお前の依頼なんか受けてやるもんか！』

丸山が腹いせにこんなことをしたのだろう。まるで子供だ。

早速、カーナビをチェックしてみると、例のデータがちゃんとインプットされていた。

丸山がぶつぶつ言いながら作業していた姿が目に浮かぶ。

すぐに戸田が現れ、有紀は昨夜の話をざっと伝えて車を発進させた。

霞ヶ関から首都高に乗って練馬で降り、環状八号線を少し走って練馬インターから関越自動車道に乗る。三十分ほど走ると寄居インターの看板が見えて車線変更した。

国道に降りてカーナビの航跡を辿るうち、道は県道に変わり、それはやがて舗装もされていない山道へと変わっていった。道幅も車一台が通れるほどしかなく、周りも草木が生い茂っている。だが、カーナビの航跡はまだまだ先があると教えている。

「東條さん。こんな山奥に何があるんですかね。人の出入りはなさそうだし、街灯一つありませんから夜は真っ暗闇ですよ」

「人の出入りがないということは、被害者達の存在も知られないということになります。榎本と下平にとっては好都合でしょう。被害者達は人里離れた場所で殺された可能性がありますから、正にうってつけのロケーションじゃありませんか」

尚も走ること十数分、ようやくカーナビの航跡が消えた。

「東條さん。あれ」

戸田の視線を追うと、鬱蒼《うっそう》と生い茂る雑草の向こうに朽《く》ちかけた家屋が見えた。

「被害者達をあそこで殺したんじゃないでしょうか？」

戸田の意見に頷いた有紀は車を降りた。雑草をかき分けてそこに向かう。

屋根は辛うじて残っているが、大きく湾曲《わんきょく》しているから明らかに梁《はり》が折れている。瓦も殆どが変色していて雨を防ぐことはできないだろう。屋根とは名ばかりで、中は雨漏りでやられているに違いなかった。壁は土壁で竹の骨組みが剝き出しになっており、木枠の窓のガラスは尽《ことごと》く割れている。完全に廃屋《はいおく》だ。こんな寂しい場所に取り残された、お化け屋敷さながらの家に近づく者などまずいない。ここで被害者達が殺された可能性は極めて高いと言える。

割れたガラス戸をこじ開けて中に入ると、眉を顰《ひそ》めたくなるほどのカビ臭が鼻を衝いた。広い土間には瓦礫《がれき》が散乱し、奥には崩れかけた竈《かまど》が見て取れる。間取りは昔ながらの田の字型で部屋数は四つ。どの畳も腐っていて見る影もなく、奥の床の間には座卓がぽつんと一つあった。まさに、忘れ去られた家という言葉がぴたりと当て嵌る。

「東條さん、見て下さい。これって血痕じゃないですか?」

戸田の声に振り返り、畳に染み込んだどす黒い塊を凝視した。

「こっちにもありますよ」

見ると、隣の部屋の畳にも大きな黒い塊があり、鑑識を呼んでルミノール検査してもらうことにした。携帯を出して本庁の鑑識課を呼び出す。

通話を終えた有紀は、改めて家の中を見回した。

榎本と下平はここで被害者達を嬲り殺しにしたようだが、二人が争うことになった理由は何だろう？　下平はどうして自殺したのだろうか？

「戸田さん。被害者達の痕跡を探しましょう」

作業を続けるうちに鑑識課の職員達が現れ、早速、ルミノール検査が行われた。職員の一人がルミノール試薬を作り、それを畳に付着した黒い塊に散布する。すかさず別の職員がそこにブラックライトを当てた。瞬く間に黒い塊が青白く光る。

やはり血痕だ——。

被害者三人のうち、関口千春だけが撲殺《ぼくさつ》されていたから出血は少なかった。そして血の塊も二ヶ所。いずれかが峯村聖子の血で、もう一方が佐伯理香の血ということになりそうだ。

それからも家の中を隈なくルミノール検査したところ、壁の至る所に血液反応がみられた。殴られた際に飛散した血もあるだろうし、刃物で切り刻まれた時に吹き出た血もあるだろう。否応《いやおう》にも陰惨な場面が幻視され、有紀は唇を強く噛んだ。

三人の被害者は『家に帰して下さい』と懇願しただろう。『殺さないで』と慈悲《じひ》を乞うただろう。それなのに榎本と下平は、理不尽にも彼女達を嬲り殺しにしたのだ。どうしてそこまで残忍になれたのか。

い。

※

十月九日　午前——

有紀と戸田は下平の生い立ちを調べるべく、昨日から静岡県浜松市を訪れていた。

榎本の母親同様、下平の母親も憔悴し切っていた。息子が自殺した可能性が高いと聞かされれば親なら誰だって落胆するだろう。下平のＤＮＡ鑑定が終わっていないためにまだ事実は伝えていないが、息子が殺人鬼と知った時のショックを思うと哀れでならない。

その後も下平の知人関係を当たったが、誰も下平のことを悪くは言わなかった。小中学校時代は生徒会長を務め、成績も良くて性格は明朗で活発。当然、教師達の評判も上々だった。高校は進学校で成績は常に上位、デザイン系の大学に進学している。卒業後は宝飾デザインの勉強のために渡欧し、五年のヨーロッパ生活を経て、帰国後は自社ブランドを立ち上げている。経営も順調のようで、金銭に関するトラブルも一切聞こえてこなかった。

東京に戻ったのは午後三時過ぎ、有紀は江東区木場に向かった。新幹線の中で長谷川から電話があり、下平の車から見つかった複数の毛髪と例の廃屋に残されていた血痕の

DNAが、峯村聖子、関口千春、佐伯理香のDNAと一致したという。更に、下平のDNAも、三人の膣に残されていた体液のDNAと一致。そんなわけで、下平の自宅を家宅捜索することになったから合流しろとの指示を受けたのである。これで下平が共犯者と確定した。

裁判所の家宅捜索許可が下りたのは、下平のマンションに到着して間もなくのことだった。管理人に部屋の鍵を開けてもらい、捜査用の白い手袋を嵌めて中に入った。すぐ右手に狭いキッチンがあり、奥に向かって部屋が二つ続いている。手前が四畳半で奥が六畳だ。キッチンには食器棚や炊飯器などが置かれ、シンクには洗い物が溜まっている。三角コーナーには生ゴミもあって異臭を放っていた。

「臭ぇな」と内山がぼやくと、すかさず楢本が、「お前の部屋よりはマシだと思うがな」と言った。

「全くだ」と長谷川も同調する。「内山の部屋は本当に酷い。男所帯に蛆が涌《わ》くって言うが、正にその通りだ。流しはゴキブリの巣窟《そうくつ》になってるし、布団はカビ臭いし」

「部屋全体がゴミ箱みたいなもんですからね。よく病気にならないもんだ」

楢本が言うと長谷川が大きく頷き、内山をまじまじと見た。

「こいつの生命力はゴキブリ以上だからな。ばい菌も裸足で逃げ出すさ」

内山以外の全員が笑い出し、内山がバツの悪そうな顔で首筋を掻いた。

「勘弁して下さいよぉ」

四畳半の部屋には机や本棚があり、本棚にはジュエリー関係の書籍やら雑誌が収まっていた。

六畳の部屋にはベッド、ガラスのテーブル、ロッカータンスが配置されて、ガラステーブルの上にはノートパソコンがある。一見、普通の部屋に見えたが、すぐにその考えは間違いだったと気づかされた。ベッドの脇にある、山と積まれたＤＶＤだ。どれもＳＭ物やＢＲＵＴＡＬ物で、下平の性癖と残虐性を象徴していた。ＤＶＤでは飽き足らなくなり、生身の人間を自分の欲求の捌《は》け口にしたということか。榎本の部屋にはこの手の物は一切なかったが、婚約者の橋爪沙耶香の手前、ここに自分の物を持ち込んでいた可能性もある。

長谷川が押し入れに視線を向けた。

「内山、中を見てみろ」

内山が押し入れを開けると、そこにもアダルトＤＶＤが山と積まれていた。

元木がそのうちの一枚を手に取り、内山の顔をまじまじと見た。

「これ、内山さんの部屋にあったのと同じですね」

「馬鹿野郎、余計なこと言うな！　曲がりなりにも女が一人いるってのに」

赤面して咳払《せきばら》いをした内山が、ＤＶＤを元の位置に戻す。

「それって誰のこと？」有紀は内山を軽く睨んだ。「ひょっとして私のこと？」

「他に誰がいるんだよ」

殆ど女認定していないということだから感謝しなければならないが、ここは怒ったところを見せておいた方がいいだろう。内山のことだから、こっちが黙っていれば調子に乗る。

「曲がりなりにも女ってどういうこと！」

「やめとけ」

楢本が二人の間に入った。

「元木、押し入れの中を調べろ」

長谷川に命じられ、元木がＤＶＤの山を外に出した。

「布団と毛布しかありませんね」

「天板は動くか？」と楢本が声をかける。

家宅捜索の時、天井裏を調べるのは鉄則だ。

元木が押し入れによじ登って天板を下から押し、「動きます」と言って暗い空間に首を突っ込んだ。「暗くてよく見えません。懐中電灯がありませんか？」

「ちょっと待て」

内山が携帯を出してライトを点灯させた。

それを受け取った元木が、再び暗い空間に頭を突っ込んだ。そして数秒後、「何かありますよ！」と声を飛ばした。「踏み台になる物を下さい！」

「ちょっと待って」

有紀は隣の部屋にあった椅子を摑み、それを元木の足下に置いた。

元木が椅子に乗る。

「届くか？」

長谷川が問いかけた。

「はい。摑みました」

元木が蜘蛛《くも》の巣を頭につけたまま押し入れから出た。手に握られているのは透明の大きなビニール袋で、中には明らかに女性の下着が入っていた。それも複数だ。

「班長。これって被害者達が身につけていた物じゃありませんか？」

内山が言う。

「かもしれんな。鑑識に回せ」

「変態野郎が！」

楢本が吐き捨てるように言った。

手分けして捜索するうち、ロッカータンスから見覚えのある物が見つかった。榎本のマンションの防犯カメラに映っていた人物が着ていた、ヨットパーカーとアポロキャップだった。パーカーの胸にはＵＳＡと書かれているし、キャップの柄も同じだ。

「榎本を殺したのも下平ですね」と有紀は言った。「でも、二人の間に何があったんでしょう？」

「謎だらけの事件だよ。全く――」

長谷川が頭を掻いた。

4

寝入った矢先に携帯の着信音で叩き起こされた。枕元を弄って携帯を探り当て、眠い目を擦《こす》りながらディスプレイを見る。鏡からだ。時刻は午後十時、こんな時間にどうしたというのか？　欠伸混じりで「はい」と答えた。
《何だ、寝てたのか？》
「ええ」ここ最近、榎本と秋田のことばかり考えていて寝不足だったため、今日は早めにベッドに入ったのだった。「それより、どうしたんです？」
《日本画ジャーナルを読んでいたら面白いものを見つけてな》
何の参考にもならない雑誌だったが、方々探してやっと見つけたことと、大枚《たいまい》二千円近くも払ったことから捨てるのが惜しくなり、わざわざ東京まで持ち帰って事務所の応接セットのマガジンラックに放り込んでいた。

「ちょっと待って下さいよ」ベッドから這い出し、寝息を立てている麻子を起こさないように寝室を出た。リビングに行ってカウチに座る。「所長が絵に興味があったなんてね」

《電車の中で暇つぶしになると思って持って出ただけさ》

「で、何です？　面白いものって」

《全日本日本画コンテストが開催されていた時期、有名な画家が個展を開いていたんだ。広告が出てるのさ》

「え？」

《そのページをスキャンしたからそっちに送る。とりあえず目を通してみろ》

通話が切れ、間もなくPCにメールが届いた、添付されているファイルを開く。

数点の絵の他に、『白石圭子日本画展。九月十一日から十七日まで。入場料千五百円』と書かれている。

一気に眠気が吹き飛んだ。白石圭子といえばCMにも起用されている有名画家だ。しかも、全日本日本画コンテストが開かれた時期と重なる。

もしや秋田は、彼女の個展にも足を運んだのではないだろうか？　同じ絵描きとして、秋田が興味を持っても不思議ではない。そしてその個展で何かを見て、気分を害したのではないだろうか。しかし、秋田が榎本に殺されたことは確実だ。何よりも、秋田は榎本の自宅の目と鼻の先で死んでいるのだ。

いや、待て。そうであっても、秋田が白石の個展に足を運んだ可能性があるのなら、彼女のことも調べてみるべきだ。画商の江口に訊けば連絡先が分かるかもしれない。

だが――。

もしも秋田が白石を訪ねたために殺されたとすると、迂闊《うかつ》に彼女と接触しない方がいい。まずは、秋田が何を見て『嫌なものを見た』と言ったかを探る方が先だ。おそらくは絵だろうから、白石が個展に出品した絵を全てチェックする。

江口に電話するとすぐに出てくれた。

「夜分に申しわけありません。鏡探偵事務所の槙野です」

《ああ、こんばんは。何かありましたか？》

「画商さんにこんなことを尋ねるのは大変失礼だと思うんですが、白石圭子さんってご存じですよね」

《ええ、大画家ですから勿論知ってますよ。懇意《こんい》にもしていただいています》

それは好都合だ。

「白石さんが先日開かれた個展なんですが、出品された絵を全部見てみたいんですよ」

《秋田さんと白石先生に接点が？》

「それはまだ分かりません。私の思い過ごしかもしれませんし」

うーんという声が聞こえた。

《個展に出品された絵を全部と言われても、全て売れたと聞いています》

画商の江口でも、絵を買った人物全員を探し出すのは無理か。

そう思った矢先、《ああ、そうか》と江口が言った。

《絵の写真じゃいけませんか？》

どのような絵だったか分かれば事足りる。「構いません」と答えると、《それなら日本画ジャーナルの版元に問い合わせてみればいいです》と返事があった。

《日本画ジャーナルは、白石先生が個展を開かれる時は特集を組みます。専属カメラマンが出品作品を全部撮影しているはずですよ》

「分かりました。明日にでも訪ねてみます。どうもありがとうございました」

携帯を切った槙野は寝室に戻ってベッドに潜り込んだ。だが、白石の個展のことが頭から離れない。もしも秋田が彼女の個展で嫌なものを見たとすると、話はもっとややこしくなるのだ。榎本と秋田の接点が益々分からなくなるし、新たに白石と秋田の接点を探らなければならなくなる。

完全に目が冴えてしまった槙野は、キッチンに行って冷蔵庫から缶ビールを出した。

※

十月十日　午後——

槙野はイグニッションを回して港区に進路を取った。

今朝、日本画ジャーナルに問い合わせて専属カメラマンの連絡先を訊き出し、本人とアポを取ったのである。幸い、白石が個展に出品した作品は全て撮影したとのことで、事務所にきてくれれば写真を見せると言ってくれた。

カーナビが「間もなく目的地です」と告げ、槙野は港区芝の一画で車を止めた。目前には十階建てのマンションがあり、カメラマンの事務所はここの七階だという。手土産片手に車を降りた。

カメラマンは太った男で愛想の良い対応をしてくれた。日本画ジャーナルとは十年以上専属契約を結んでいるそうで、白石のデビュー作から最近の作まで全て撮影したとのことだ。

個展の写真が用意され、槙野はそれを手にした。

「出品された絵は全部で三十四点。どれも出色のできと評判で、瞬く間に買い手がつきましたよ」

カメラマンがコーヒーを口に運ぶ。

「ほう」と答えて写真に目を通していく。そして最後の一枚となり、槙野は固まってしまった。

これは――。

幽霊画の写真だった。描かれているのは髪を振り乱す裸の女で、何とも言えない嫌な目をしてこっちを睨みつけている。両手を胸の前でだらりと下げ、口からも血を滴らせている。しかし、不気味さでは秋田の幽霊画の方が遥かに上だ。大画伯といえども、幽霊画では秋田に及ばないとみえる。

そう感じると同時に確信に近いものが芽生えた。秋田はこの幽霊画を見て『嫌なものを見た』と娘に伝えたのではないだろうか。同じ幽霊画を描く秋田だからこそ、この絵に何かを感じたのではないだろうか。だが、そうだとしても、どうして白石の弟子の榎本に会う必要があったのか。普通に考えれば白石本人に会うのが妥当だと思うのだが。

待てよ――。

そうなのかもしれない。この幽霊画のことで秋田は何かを直感し、白石に会ったのではないだろうか？

槙野は推理に没頭した。榎本は白石の弟子だ。師匠から依頼されて秋田を殺したとは考えられないか？　榎本は連続猟奇殺人事件にも関わっている人物なのである。それは飛躍し過ぎだと思う反面、可能性がないわけではないとも思う。そう考えれば、秋田と榎本の接点が見つからない理由も説明できるのだ。

ダメ元で、白石の過去を調べてみることにした。

この写真の束を借り受けたい旨を申し出ると、カメラマンは快く承諾してくれた。ネガがあるから写真はくれるという。丁重に礼を言って外に出た。

急いで事務所に戻った槙野は、白石が描いた幽霊画を鏡に見せ、さっき組み立てた推理を話して聞かせた。

鏡がしかめっ面で幽霊画の写真を見る。

「確かにお前の説なら、秋田と榎本の接点が見つからない理由も説明がつくな。だけど、今度は秋田と白石圭子の接点を見つけなきゃならん。二人の過去に何があったのか――」

もう一度、秋田の娘と秋田の取り調べをした大迫から話を聞かなければなるまい。榎本のことは知らなくても、白石のことなら知っている可能性がある。高坂に頼んで行ってもらうことにした。

「所長、彼女の戸籍を手に入れて下さい」

※

十月十一日　夕刻——

槙野は白石の戸籍に目を通していた。

現在四十四歳、独身。本籍地は佐賀県唐津市。家族は両親と妹が一人。現住所は目黒区中目黒だ。

白石の本籍地に出向いてみるか——。

すると高坂から電話があった。

「どうだった？」

《秋田の娘は画家の娘でもありますから白石画伯の名前は知っていましたが、面識はないと——。大迫さんに至っては白石画伯の名前も知りませんでしたよ》

「そうか——」何らかの進展があると思っていたのだが——。「分かった。東京に戻ってくれ」

受話器を置くと、「空振りだったたか」と鏡が言った。

「ええ。秋田と白石にはきっと接点があるはずなんですけど」

事務所のドアが開き、レジ袋を提げた詩織が入ってきた。ペットボトルが数本入っている。

「あ〜、重たかった」

「ごくろう」

鏡が袋を受け取り、ペットボトルを冷蔵庫に入れる。

詩織が鏡のデスクに目を向けた。

「お父さん。それ、何の写真？」

「CMに出ている白石圭子の絵の写真だ。先日の個展に出品された物さ」

「あの人の！」詩織が写真に手を伸ばす。「上手ねぇ。どうやったらこんな絵が描けるのかしら」

凡人には不可能だ。

写真を捲っていた詩織が手の動きを止めた。瞬く間に唇が歪む。

「気持ち悪〜い」

槙野は詩織の手にある写真を覗き込んだ。案の定、あの幽霊画だった。

げんなり顔を浮かべたというのに、何故か詩織がもう一度幽霊画の写真を見つめた。

「詩織ちゃん。どうしたんだ？」

「この絵、他の絵と作者が違うんじゃありませんか？」

「え？」槙野は幽霊画の写真を受け取り、他の写真と見比べた。だが、どこがどう違うのかさっぱり分からない。詩織に絵心があるから分かるのだろうか？　改めて彼女を見る。「どこが違うんだ？」

「何となく、絵のタッチが違うというか——。繊細さも力強さも足りないような」詩織が再び幽霊画の写真を見る。「あれ？」

「何だ？」

「落款ですよ。他の絵と違います」

言われてもう一度写真を見比べた。確かに他の絵と違うのだ。

どういうことだ？

鏡と顔を見合わせた槙野は写真を数えた。全部で三十六枚もあるではないか。カメラマンは、白石の絵は全部で三十四点と言っていたが——。

「槙野。この写真を撮ったカメラマンに問い合わせてみろ」

頷き、急ぎカメラマンを呼び出す。

「ああ。鏡探偵事務所の槙野です。昨日はどうもありがとうございました。いただいた写真なんですけど、全部で三十六枚あるんですよ。白石さんが個展に出品されたのは三十四点と仰いましたよね」

《白石先生のお弟子さんの絵が二点含まれているんですよ。一枚は幽霊画で、もう一枚は女性の肖像画です。白石先生は大変お弟子さん思いの方で、ご自分が個展を開かれる時、お弟子さんが描かれた絵の中で完成度の高い作品を一緒に展示なさるんです。個展なんて中々開けないでしょ？　だから、人の目に触れる機会を与えてあげているんです》

「なるほど。幽霊画を描かれたお弟子さんのお名前は？」

《さぁ、そこまでは伺っていません。白石先生にはお弟子さんが六人いますから、そのうちの誰かでしょうけど》

「お弟子さん達の名前、分かります？」

《ええ。榎本さん、星野さん、広瀬さん、田村さん、藤田さん、橋爪さんです。男性の弟子は榎本さんと星野さんだけで》

名前をメモする。

《幽霊画を誰が描いたか、白石先生に直接お尋ねになられてはいかがですか？》

「そうします。どうもありがとうございました」

携帯を切った槙野は話の内容を鏡に伝えた。

「おい。幽霊画を描いたのが白石の弟子ってことは、秋田はその弟子に会いに行ったんじゃないのか？　榎本も白石の弟子だろう？」

となると、白石は秋田殺しと無関係か？　いや、結論を急ぐな。

「誰が描いたのか確認してみます」

急いで画商の江口を呼び出し、個展の写真を手に入れたことをまず報告した。
「それでお願いがあるんですよ。白石さんの弟子が、あの個展に幽霊画を出品していたんです。それとなく、その弟子の名前を白石さんから訊き出していただけませんか。無論、調査のことは伏せて」
《知ってますよ》
「え？　誰です？」
《うちの画廊で働いてくれている女性です。名前は橋爪沙耶香》
まさか江口と関係がある人物だとは——。
《ですが、どうして彼女の絵を調べてるんです？》
「全日本日本画コンクールと白石さんの個展が同時期に開かれていたことから、秋田さんがどちらにも足を運び、偶然、幽霊画を見て、娘さんに『嫌なものを見た』と言ったんじゃないかと推理したんですが」
《じゃあ、彼女が秋田さん殺しに関わっていると仰るんですか？　幾ら何でもそれはない。彼女のことは子供の頃からよく知っているから断言しますよ》
「そんなに前からご存じなんですか？」
《はい。身内みたいなものです。そうそう、秋田さんに絵の依頼をした時も彼女を連れて行きました》

「その時に席を外されたことは?」
《一度トイレを借りましたけど》
「その時、二人に何かあったのかもしれませんよ」
《有り得ませんよ》
江口が笑い飛ばす。
まあいい。作者が分かったのだから目的は果たせた。とりあえず口止めだ。
「江口さん。このこと、橋爪さんには内密に願えますか」
《言いませんよ。話したら彼女が気分を害しますからね》
槙野は礼を言って携帯を畳んだ。
江口はああ言ったが、それは橋爪という女性が身内のような存在だからだ。彼女が関与していないという証拠は何もない。

夕食を終えた槙野はカウチに座って写真の束を見返した。麻子はというとバラエティー番組を見ている。缶ビールが空になり、冷蔵庫からもう一本出してカウチに戻ると、麻子が写真を見ていた。

「何だ。絵に興味があんのか?」

「そういうわけじゃないけど、何の写真かなと思って——」

「白石圭子って画家の絵だ」

「白石圭子って、インスタントコーヒーのＣＭに出てる人よね」

「そうだ」

槙野がそう答えるや、突然、麻子が写真をテーブルに置いた。だが、見終わったという様子ではない。眉間に皺を寄せて唇まで噛んでいる。

「どうした？」

「何でもないわ」

怒ったような口調で言ったかと思うと、麻子は立ち上がって寝室に入ってしまった。

何だ、あいつ――。

幽霊画が気味悪かったのだろうか？

槙野は寝室のドアを開けた。真っ暗だ。

「おい、麻子。具合でも悪いのか？」

「何でもないったら――」

麻子が寝返りを打って背中を向けた。

一緒に暮らし始めて二年になるが、こんなことは初めてだった。いつも笑顔を絶やすことなく、不機嫌な顔さえ見せたことがなかったというのに――。

こんな時はそっとしておくに限る。ドアを閉めてカウチに戻った。

テレビに視線を向けると画面がいきなり切り変わった。「警視庁より中継」のテロップがあり、すぐに記者会見が始まった。

内容は連続猟奇殺人事件に関するもので、容疑者二名の名前が告げられた。一人は榎本拓哉、もう一人は下平優一。二人のDNAが、被害者三人の体内に残されていた体液のDNAと一致したという。やはり榎本が片割れか――。

だが、秋田に関するコメントは一切なかった。警察も、まだ全てを把握していないのだろう。

中継が終わると携帯が鳴った。江口からだ。

「先ほどはどうも。何か?」

《今、警視庁の記者会見を見たんですけど》

「私も見ていましたよ」

《榎本という人物のことなんですが、先ほど話に出た橋爪さんの婚約者です》

「何ですって!」

思わず大声が出た。

《以前彼女から、『婚約者の榎本さんは帝都芸大の助教で、逗子に住んでいる』と聞かされましたし、婚約者がつい最近自殺したことも聞かされていました。だから間違いありません。驚いてしまって》

鏡からは口を噤《つぐ》んでおけと言われたが、クライアントに隠し事をするのは探偵道に反する。何よりも、警察が榎本のことを発表した。もう隠す必要はあるまい。

「実を申しますと、早い段階で榎本の存在は突き止めていたんです。ですが、警察も榎本を調べていて、そのことを口止めされていたものですから江口さんにはお伝えしませんでした」

《そうだったんですか》

もし江口に榎本のことを話していたら、もっと早く橋爪沙耶香に辿り着けたかもしれない。

《でも槙野さん。沙耶香ちゃんが秋田さん殺しに関与しているとはどうしても思えんのですよ》

「それについては警察が調べますよ」

《確かにね。それでは——》

江口が沈んだ声を残して通話を切った。

橋爪沙耶香のことを教えておいた方がいいと判断した槙野は東條を呼び出した。

呼び出し音が、《はい。東條です》の声に変わった。

「忙しいか?」

《いいえ、帰宅するところです。ところで何か?》

「ちょっとややこしいことになってな。画家の秋田の件なんだが、どうも榎本に会いに行ったんじゃねぇようだ」
《でも、秋田は榎本のマンションの目と鼻の先で死んでるじゃありませんか》
「確かにそうだ。だけど、秋田は榎本に会いに行ったんじゃねぇと思う」
《じゃあ、誰に会いに行ったと？》
「榎本の婚約者だ」
《橋爪さんに！》
「いきなりでけぇ声出すなよ。鼓膜が破れるかと思った」
《すみません》
「彼女のこと、知ってるみてぇだな」
《ええ。事情聴取しましたから》
「彼女が画家の白石圭子の弟子だってことは？」
《勿論知っています》
「なら話が早い」
槙野は、橋爪沙耶香に辿り着いた経緯を詳しく話した。
《白石さんの個展に幽霊画を？》
「そうなんだ。全日本日本画コンテストを見に行った秋田は、同時期に開催されていた白石圭子の個展にも足を運んで偶然幽霊画を目にした。そしてその絵に嫌なものを感じ、作者の橋爪沙耶香に会いに行ったんだろう。それとな、彼女は秋田に会ってる。勤務先の画廊のオーナーと一緒に秋田の自宅を訪ねたんだ。画廊のオーナーは江口さんといって、うちのクライアントだ」
《秋田の死に、橋爪さんが関係している可能性があるってことですね》
「そうとしか考えられねぇ。なぁ、榎本の婚約者が不気味な幽霊画を描き、同じ幽霊画を描く秋田が榎本の自宅の目と鼻の先で死んだ。これはただの偶然か？」
《何かありそうですね》
「俺もそう思う。榎本の婚約者の身辺を探ってみたらどうだ？」
《そうします。ねぇ、槙野さん。このことを誰かに話されました？》
「うちの事務所の者は知ってる。他は江口さんだけだ」
《江口さんが橋爪さんに何も話していなければいいんですけど——》
「一応は口止めしたがな」
《江口さんの連絡先を教えて下さい》
番号を教えると、携帯の向こうからメモを取る気配が伝わってきた。
「それとな、秋田を取り調べた刑事にも会っていろいろと訊き出してきたんだ。参考になるかもしれねぇから、その証言をメールで送ってやる。アドレスは？」

アドレスを書き留めると、《どうして情報をくれたんですか？》と東條が訊いた。

「ここから先は警察の領域だと思ったからさ。それに俺は、警察に後ろ足で砂をかけた。その罪滅《つみほろ》ぼしって意味もある」

返事がないのは信じていないということか。まあいい、言ったことに偽りはないのだ。

「ところで、俺に何かプレゼントはないか？」

《情報ですか？　残念ながら秋田さんに関するものは何も――。嘘じゃありませんよ。他班が調べ直していますけど進展はないと聞いています》

「信じておこう」

5

通話を終えた有紀は、携帯をメール画面に切り替えた。

数分してメールが届いて確認すると、槙野からだった。本文には『送った』の三文字があるだけだが、ちゃんとファイルは添付されている。保存に設定してそれを開く。

ファイルに目を通すと溜息が出た。大迫なる元刑事の証言は完全にオカルトだった。亡霊だとか魔除けの御札だとか、信じる気にもなれない。秋田は幻覚を見ただけだ。

そう結論して通話モードに切り替え、さっきのメモを見ながら番号をタッチした。

スリーコール目で男性が出て、《江口画廊でございます》と答えた。
「警視庁捜査一課の東條と申します。鏡探偵事務所の槙野さんからそちらの電話番号をお聞きしまして」
《警察の方?》
「はい。先日亡くなられた画家の秋田さんのことと、そちらでお勤めの橋爪さんのことでお伺いしたいことがあります。お時間いただけませんか?」
《やはりそのことでしたか。槙野さんから話があったんですね》
「そうです」
《ですが、これから商談があるもので十時以降にならないと——》
「構いません」
《では、うちの画廊にいらして下さい》
「お一人でしょうか?」
何があるか分からない。橋爪沙耶香にこっちの動きを知られたくなかった。
《はい》
江口画廊は新宿御苑にほど近いビルの一階にあった。壁には何点もの絵が飾られている。画廊とは縁のない人生を送ってきたが、予想以上に落ち着いた空間である。赤い絨毯を踏みしめて奥に進み、「すみません」と声をかけた。

出てきたのは身だしなみの行き届いた初老の男性だった。

「東條です」

有紀は腰を折り曲げた。

「江口です」

「無理を言って申しわけありません」

「いえいえ。まあ、おかけ下さい」

促されてソファーに座った。

「槙野さんからお聞きと思いますが、秋田さんは亡くなられる前、橋爪さんに会いに行かれたかもしれないんです」

「私は信じていませんけどね。刑事さん、彼女が犯罪に手を染めることなど有り得ない。彼女のことは子供の頃からよく知っていますから」

「子供の頃からご存じ？」

「はい。彼女の亡くなったご両親は資産家で、昔から私の画廊を贔屓《ひいき》にしてくれていました。だから娘の沙耶香ちゃんも、時々お母さんに連れられて画廊にきていたんですよ。子供の頃から絵の好きな女の子でした。そのうち、横浜芸術大学の絵画科に合格したと聞いたもので、絵の勉強がてらうちでアルバイトしないかと誘ったら、二つ返事でＯＫ

してくれました。今もよく働いてくれます」

「彼女の両親は亡くなったと仰いましたね」

「はい。四年前に交通事故に遭われて」

「では、彼女が遺産相続を」

「彼女と三つ上のお兄さんがね。お父上の会社もお兄さんが継いでいます。経営は順調だそうですが」

有紀は江口の話を手帳に書き込んでいった。

「彼女の履歴書は？」

「ありません。さっきも言いましたが、お得意さんのお嬢さんで身元は確かですから」

江口に「警察がきたことは内密に」と釘を刺した有紀は、画廊を出て長谷川を呼び出し、槙野の話と江口の証言を具《つぶさ》に伝えた。

《榎本の婚約者まで秋田殺しに関わってる可能性があるってのか？　話がややこしくなってきたな。だが、動機は何だ？》

「それが謎なんです。班長、橋爪沙耶香を内偵させて下さい。下平の部屋からの押収物の件もありますし」

槙野には話さなかったが、押し入れの天井裏に隠してあったヨットパーカーに女性の髪の毛が付着していたのだ。ＤＮＡ鑑定の結果、榎本と下平の犠牲になった三女性のＤ

NAとは違うことが判明して現在捜査中である。

《分かった。明日の朝一番で緊急捜査会議を開いてくれるよう係長に頼んでみる。ご苦労だった》

第六章　罠

1

十月十三日　午前十時　横浜芸術大学――

捜査会議で橋爪沙耶香の内偵指令が出され、二班は彼女の身辺を調査した。現在二十七歳。本籍地は神奈川県横浜市緑区。兄が一人いて、現在、その兄が父親の経営していた不動産関連会社を継いでいる。有紀と戸田は、橋爪沙耶香の学生時代を調べるべく横浜芸大に出向いてきた。

彼女が専攻していた日本画科の教授によると、絵の素質はかなりあったそうで、大人しい性格だったという。事情聴取した時の印象もそうだったが、育ちの良さが滲み出ていた。ただ、積極的に人と交流するということはなく、どちらかというと一人でいることが多かったそうである。悪い噂も皆無で、今でも時折訪ねてくるのだそうだ。

教授室を出た二人は、大学の事務局に行って彼女の出身高校を調べることにした。

事務局で警察手帳を提示して事情を話すと、ものの五分もしないうちに結果が出た。

東京都港区にある私立桜花《おうか》学園とのこと。セレブの子息や令嬢が多い高校として有名だ。

「あれ？」と言って戸田が首を捻った。

「どうかしました？」

「ええ」戸田はそう言うや、ジャケットの内ポケットから手帳を出してページを捲った。

「やっぱりそうだ。佐伯さんも同じ高校の出身ですよ」

「え！」

有紀も手帳を出して確認した。すっかり失念していたが、確かに『佐伯理香、私立桜花学園卒業』と走り書きしてある。生年月日に視線を移す。橋爪沙耶香は十二月生まれで佐伯理香は五月生まれ。二人は同級生だ。

橋爪沙耶香が、秋田ばかりか佐伯理香とも繋がりがあったとは――。ということは、連続猟奇殺人事件にも関与しているということか？

ひょっとすると――。

手帳を捲り、二人目の被害者である関口千春のデータに目を通した。私立明豊《めいほう》中学校卒業となっている。

「戸田さん。橋爪沙耶香の出身中学はどこになってます？」

戸田が職員から渡されたコピー用紙に視線を落とす。

「私立明豊中学校になってますけど」

「関口さんもですよ。しかも橋爪沙耶香と同い年。二人は同級生でもあったんです」

一連の事件の犯人は男二人。そう断定して被害者達の男子同級生を対象に事情聴取を行っていたから今まで分からなかったのだ。

「東條さん。佐伯さんの同級生に事情聴取しましたよね。コンビニの」

「はい。彼女にもう一度会ってみましょう。橋爪沙耶香のことを覚えているかもしれません」

長谷川にこのことを伝えると、楢本を関口千春の同級生の事情聴取に向かわせるという。そっちの事情聴取が済んだらすぐに合流するようにと指示を受け、二人は目黒区柿の木坂を目指した。


コンビニに入ると、あの女性がレジカウンターにいた。店内に客はいない。

有紀は彼女に会釈してみせた。

「こんにちは」

「また理香のことですか?」

「いいえ。今日は、あなたの高校の同級生だった橋爪沙耶香さんのことでお伺いしました。覚えていらっしゃいますか？」

「ああ、あの子ね」

すぐに思い出したということは、それだけ印象に残っているということだろう。

「よく覚えていますよ。高二の時に同じクラスでしたから」

「どういう生徒でした？」

「大人しい子でしたよ。絵が凄く上手で――。でも、可哀想な子でもありました。イジメられていたんです。理香に――」

そういえば、前回事情聴取した時もイジメの話があった。佐伯理香は相手の身体的な欠点をあげつらって泣くまでやめなかったという。橋爪沙耶香もそんな犠牲者の一人だったのだろうか。

「『家が金持ちだからっていい気になるな』っていつも言われていました。橋爪さんは家のことを鼻にかけたりするようなことはしなかったんですけどねぇ」

「それなのにイジメられたんですか？」

「ええ。一度だけ、彼女のお母さんが車で学校に迎えにきたことがあったんです。それも超高級車のベントレーで。そして次の日から理香のイジメが始まりました」

「たったそれだけのことで？」

「プライドが許さなかったんじゃないですか。理香ん家もお金持ちで、時たまベンツで送り迎えしてもらっていました。でも、ベントレーに比べたらベンツなんて大衆車みたいなものでしょ。だからプライドが傷ついたんじゃないかしら。私にこう言っていました。『ブスのくせに生意気な！』って」

橋爪沙耶香はブスではない、美人だ。美貌の佐伯理香からすれば橋爪沙耶香もブスに見えたということか。

「橋爪さんは、いつも理香から『冴えない女』って言われていたんです。イジメられ易い子ってどこにでもいるじゃないですか。橋爪さんは大人しかったから、理香にとっては格好の餌食《えじき》だったんでしょうね」

「イジメは高二の時だけ？」

「違うと思います。私は三年のクラス替えで理香と別のクラスになったんですけど、橋爪さんは三年も理香と同じクラスでした。だから、イジメをずっと耐えていたんじゃないかしら。可哀想に――」

「具体的にどんなイジメがあったんでしょうか？」

戸田が訊く。

「初めは無視からでした。理香はクラスのボスでしたから、他の生徒も彼女の命令に従って――。私もそうでした、イジメられるのが嫌で――。橋爪さんには申しわけないことをしたと今でも思っています。イジメはエスカレートして、言葉の暴力が始まりました。手こそ出しませんでしたが、理香は橋爪さんに辛辣《しんらつ》な言葉を投げつけて」

「イジメがあったのに転校しなかったということは、橋爪さんのご両親は抗議しなかったことになりますね。そのへんの事情はご存じですか？」

戸田が重ねて質問する。

「橋爪さん、イジメのことを言わなかったんだと思います」

「どうしてでしょう？」

今度は有紀が尋ねた。

「言えば転校させられると思ったんじゃないかしら」

「そんな目に遭いながらも学校に残りたかったということですか？」

「ええ。イジメが始まるまで、私と橋爪さんはよくお喋りしていたんですけど、彼女はいつも美術部の男子生徒の話をしていました。彼女も美術部で、彼のことが好きだったんです」

転校すればその男子生徒とも会えなくなる。だからイジメに耐えたということか。

「そういえば、一つ事件があったことを思い出しました。美術部でのことなんですけど」

有紀は彼女に顔を寄せた。

「教えて下さい」

「橋爪さんが全国高校絵画大会に出すために描いていた絵が、誰かの手で切り刻まれていたんです。美術部の顧問の先生が犯人探しをしたんですけど結局見つからず——。でも噂が立ったんです。理香がやったんじゃないかって。いつも橋爪さんをイジメていたから疑われても仕方がないですよね。三年の二学期のことでした」

「犯人扱いされた佐伯さんは？」

戸田が尋ねた。

「しばらく学校を休んでいました。さすがに全校生徒から白い目で見られ、いたたまれなくなったんじゃないですか」

「じゃあ、橋爪さんは全国高校絵画大会に絵を出せなかったんですね」

有紀が確認した。

「いいえ、描きかけていた別の絵を急いで仕上げて出したんです。それが金賞を取って」

「ほう。怪我の功名ってやつですね」と戸田が言う。

穿《うが》った見方をすれば、その事件を彼女が仕組んだとも考えられる。つまり、仕返しのための自作自演だ。

彼女が有紀を見る。

「でも刑事さん。どうして橋爪さんのことを調べてるんです?」

「まあ、いろいろとありまして。そこでお願いなんですが、警察が彼女を調べていることは他言無用に願えませんか」

「彼女が理香の死に関係してるってことですか？」

「違います」

否定すると、彼女は何とか頷いてくれた。信じてくれたかどうかは別として、これだけは釘を刺しておかなければならない。橋爪沙耶香に警察の動きを知られては拙いのだ。

戸田が有紀に目を向けた。

「喉が渇きましたね。何か飲みませんか？」

事情聴取に二度も応じてくれたのだから、少しは売上に協力しないと申しわけないということだろう。有紀は缶コーヒー、戸田はコーラとサンドイッチを買い、二人は礼を言って店を出た。


車に乗って喉を潤した有紀は、早速、長谷川を呼び出した。

「班長。橋爪沙耶香は佐伯理香からイジメを受けていたそうです」

《やっぱりな。今しがた楢さんから電話があった。橋爪沙耶香は中学時代、関口千春からも酷いイジメを受けていたそうだ。同級生の一人が教えてくれたらしい。それと峯村聖子なんだが、絵画教室の元生徒が、彼女が榎本の車に乗るところを目撃したことがあ

ると証言した。内山が摑んだ》
「男性の車に乗るということは、それなりに親しい間柄ということになりますね」
《榎本は女癖が悪かったというから、おそらく男女の関係にあったんだろう》
「そんな関係にあった女性を惨殺したりするでしょうか？」
《問題はそこなんだ。橋爪沙耶香が関与しているとなると話は違ってくる。峯村さんが失踪した時、あの男にはアリバイもあったしな》
「誰かにハメられたと？」
《そう考えるのが妥当だと思う。被害者三人の体内には榎本の精液が残されていたが、教え子を襲った男がわざわざ自分の精液を残すだろうか？　アリバイがあるから警察の手は自分に伸びてこない。だから安心して精液を残したと我々は推理したが、橋爪沙耶香が関与しているなら別の推理も成り立つ。何と言っても彼女は榎本の婚約者だ。榎本の精液を手に入れるのは朝飯前だろ？》
「ベッドインしてコンドームをつけさせ、手に入れた榎本の精液を峯村さんの膣に注入したってことですね」
《ああ。榎本が峯村聖子と男女の関係にあり、それを婚約者である橋爪沙耶香が知ったとする。お前なら、婚約者に浮気されたらどうする？》
「怒り狂うでしょうね」と答えておいた。普通はそういうものだろうから——。

《その怒りがエスカレートして、まず峯村さんに殺意が向いたと俺は考える。そして殺害計画を練って実行に移した》
「筋書きは？」
《まず、榎本と寝て彼の精液を手に入れ、それを冷凍保存しておく。次に下平に近づき、同じく彼の精液を手に入れて冷凍保存する。それから峯村さんを拉致して惨殺し、二人の精液を膣に注入して遺体を放置。そうすれば、遺体の損傷具合と峯村さんの体内から検出される男性二人分の精液から、警察は男性二人による猟奇殺人事件と断定して捜査を始めると考えた。事実、俺達はその線で捜査を開始したよな》
「下平を巻き込んだ理由は？」
《捜査の攪乱《かくらん》が目的だろう。犯人が一人より二人の方が捜査は難航するからな。問題はここからで、二つ目と三つ目の殺しは後付けで強行したんだ。峯村さん殺しで警察が頓《とん》珍漢《ちんかん》な方向を向いて捜査していることを報道で知った橋爪沙耶香は、自分の計画が上手くいったと確信し、それならば同じ手口を使えば他の人間も殺せるんじゃないかと直感した》
「関口千春と佐伯理香ですね」
《そう。自分をイジメた恨み骨髄の女達だ。そして二人を拉致して殺し、一連の事件を連続猟奇殺人事件に仕立て上げた。その後、自分を裏切った榎本を自殺に見せかけて殺し、防犯カメラに映った服を下平の部屋のロッカータンスに隠した。あのＤＶＤの山も、下平を精神異常者に仕立て上げるための細工だったんじゃないか？　それから下平も殺した。下平は何も知らないで橋爪沙耶香を抱き、連続猟奇殺人事件の犯人にされたことも知らずに死んだんだろう。榎本もな》
「じゃあ、下平の車から検出された被害者達の毛髪と血痕も橋爪沙耶香が細工したってことですね」
《それだけじゃない。カーナビも例のプリペイド携帯もだろう。橋爪沙耶香は自分の車で被害者達を拉致して秩父まで運び、その時にカーナビを起動させてわざと航跡を残した。そしてそのカーナビを下平の車にセットした。我々はそれを知らずにカーナビの航跡を追い、殺害現場に行き着いたってわけだな》
「下平の連絡先を教えたのも彼に疑いが向くようにですか。例のプリペイド携帯も、橋爪沙耶香が犯行に使うために購入したと考えた方がいいですね」
《ああ、さんざん振り回してくれたじゃないか。だが、それももう終わりだ》
「ですが班長、秋田が殺された理由は？」
《それだけがどうしても分からん。橋爪沙耶香に喋らせるしかあるまい。東條、捜査会議を開いてくれるよう上に話す。すぐ捜査本部に戻ってこい》
「はい」

幽霊画のことといい、橋爪沙耶香のことといい、一連の事件の根底には何があるのか？　頭が混乱してきた。

2

自宅マンションに辿り着いた槙野は、いつものように二〇三号室のインターホンを押した。しかし返事がない。いつもは麻子が、とびきり明るい声で『お帰り』と言ってくれるのだが――。

鍵を出してドアを開けると中は真っ暗だった。買い物にでも行ったのだろうか？

玄関の明かりを点け、リビングとキッチンの明かりも点ける。

キッチンテーブルにはラップがかけられた大皿があり、好物のエビフライが盛られていた。皿の下にはメモがある。

何気なくメモを手に取った槙野だったが、走り書きされた字を見て愕然《がくぜん》とした。

『アパートが見つかりました。黙って出て行ってごめんなさい』

妻が家を出た時のことが脳裏を掠《かす》めて行く。あの時も張り込みから帰ってくるとリビングに書き置きがあった。

どういうことだ？　麻子を怒らせることでも言ってしまったか？

身体の力が抜けて椅子に座り込んでしまった。

元々、アパートを借りるまでという約束で間借りさせたが、二年も一緒に暮らした男に走り書き一つしか残さないというのはあんまりではないか。確かに『好きだ』とも言わなかったし、『ずっと一緒に暮らそう』とも言わなかった。しかし麻子がいなくなった今、ようやく彼女を愛していたことに気づいた。

ふと、あの日のことを思い出した。白石の絵の写真を見ていた麻子が急に不機嫌になったことだった。

あの時は幽霊画が気味悪かったのだろうかと思ったが、よくよく考えれば、秋田の幽霊画を見ても平然としていた麻子が橋爪沙耶香の幽霊画程度で心を乱されるはずがない。では？

そういえば、写真をあのままにしてあった。

リビングに行ってテーブルの上を見た。麻子もあれきり見なかったようで、写真の束がそのままの位置にある。摑み上げて一番上の写真を見ると、それは女性の肖像画だった。悲しげな目が印象的だ。タイトルは『嘆き』。

ひょっとして、これを見たことで麻子の心に何かが起きたのではないだろうか？

二年も一緒に暮らしたのだ。所詮は縁がなかったでは済ませたくない。未練がましいと言われようが、何としてでも探し出す。探し出して理由を問い質《ただ》す。『あんたに飽きただけよ』と言われるのならそれでいい。納得できる理由があればそれでいい。しかし、このままでは引き下がれない。

もう一度、あの時の麻子を思い浮かべた。

あの目は――。

そうだ。あの目は取調室で容疑者が見せる怯《おび》えの目とよく似ていた。後悔、怒り、不安、それらの感情が入り混じった目。

再び肖像画の写真を見る。

麻子はこの写真に何を見た？　何を感じてあんなに怯えた目になった？

彼女は過去のことを一切話さなかった。こっちも、それでいいと今まで思っていたが――。

まさか、自分の過去か！　それが原因でここを出たとしたら……。

麻子の前の亭主は前科三犯のチンピラだった。そんな人種とまともな出会いがあったとは思えない。それに、容疑者が取調室で見せるようなあの目――。まさか、麻子も同類だったということか？

気がつくと携帯を握っていた。かける相手はただ一人。

五回目のコールが鳴り止まないうちに堂島が出た。

《また何かあったんすか？　できれば、もうそっとしておいて欲しいんすけど》

「俺だって、お前の酷い鼻声なんざ聞きたくねぇよ。だが、背に腹は代えられねぇ。今から言う女の前科《まえ》を調べてくれ。神崎《かんざき》麻子、三十五歳。神様の神に川崎の崎、大麻の麻に子供の子だ」

《折り返し電話します》

仏頂面をぶら下げてキーボードを叩く堂島を想像しつつ、握ったままの携帯が鳴るのをひたすら待った。それから五分が過ぎ、着信音が鳴ると同時に通話ボタンを押した。

「分かったか？」

《殺人——》

「殺しだと！」

《違いますよ。最後まで聞いて下さい。殺人未遂です》

「脅かすな！」

《先輩が勝手に早合点したんでしょ》

確かにそうだ。気を取り直して続きを促す。

「それで？」

《事件が起きたのは十八年前になってますね》

麻子が十七の時か。

「ってことは、女子少年院《ねんしょう》入りか」

《いいえ。被害者が訴えを取り下げて鑑別所送致で済んでます》
「殺されかけたのに訴えを取り下げた？」
《ええ、変わった事件ですよね。それから半年して、保護観察付きで鑑別所を出ています》
益々分からなくなってきた。麻子と被害者の間に何があったのか。
そんなことより、麻子の保護観察をしていた人物に会えば彼女の行き先が摑めるかもしれない。
探し出す手立てがない以上、なりふりなど構っていられなかった。
「保護観察官の名前は？」
《後藤雅彦《ごとうまさひこ》ってなってます。当時の住所は神奈川県横須賀市〇〇町一ノ九》
住所を書き留める。
「電話番号は？」
《そこまでは分かりません》
「すまなかった。座敷豚《おくさん》によろしくな」と言って携帯を切った。
観察官の住所は横須賀だ。時刻は午後七時過ぎ、ここから横須賀までは一時間半もあれば行けるから九時前には着ける。今もこの住所に観察官が住んでいるという保証はどこにもないが、居ても立ってもいられない。住んでいなければそれまでのこと。ダメ元で行ってみることにした。

冷蔵庫の中のバナナを頬張って空腹を抑えた槙野は、「いてくれよ」と願って部屋を飛び出した。車に乗ってカーナビに住所を打ち込む。

落ち着かぬままハンドルを握り続けるうち、目的地まであと僅かであることをカーナビが告げた。少し走ったところで車を止め、メモを睨みつけながら番地を探す。

そして行き着いたのは小さな一戸建てだった。表札は『後藤』、引っ越していなかったようだ。猫の額ほどの庭があり、狭い駐車スペースに軽自動車が止められている。

槙野は大きく深呼吸をした。本人がいてくれればいいが――。

覚悟を決めてインターホンを押した。

《どちら様でしょうか？》

男性が出た。声からすると老人か。

「夜分に恐れ入ります。槙野と申します。後藤雅彦さんはご在宅でしょうか？」

《私ですが》

いてくれた！

「少々お伺いしたいことがありまして――。後藤さんが十八年前に保護観察をしておられた神崎麻子のことなんです」

　ややあって、《ああ。彼女ですか》の声が返ってきた。《彼女がどうかしましたか？》

「行方不明になっておりまして、後藤さんなら彼女が立ち寄りそうな所にお心当たりがあるのではないかと思い、失礼を承知でお伺いした次第です」

《ちょっと待って下さい》

　玄関ドアが開いて小柄な老人が顔を出した。穏やかそうな表情は、いかにも好々爺《こうこうや》といった印象だ。

「夜分に恐れ入ります」

《どうぞ入って下さい》

　リビングに通され、振る舞われたコーヒーを飲みながらの話になった。まず、名刺を差し出した。

「探偵さんですか」

　後藤老人が訝りもせず言った。

「はい。ですが、今日は探偵としてお伺いしたわけではありません。一人の男として参りました」

「彼女と付き合っておられたということですね」

「はい。二年前から一緒に暮らしていました」麻子と知り合ったことから今日までのことを包み隠さず話した槙野は、「彼女はこれを残して家を出ました」と付け加えて走り書きメモを見せた。

「この綺麗な字は彼女の字に間違いない。この文面からすると、あなたを憎んで家を出たわけではなさそうだ。憎んでいれば書き置きすら残さないはずですから」

「ええ。仲良くやっていたんですが」

「知っていますよ」

「え?」

「毎年、神崎さんは年賀状と暑中見舞いを送ってくれるんですが、二年前、『ある男性と一緒に暮らしています』と暑中見舞いが届きました。そして去年と今年の暑中見舞いにも、『一緒に暮らしている男性とは上手くやっている』と書かれていましたよ。槙野さんがその男性だったんですね」

「暑中見舞いのことは知りませんでした」

リビングを出て行った後藤老人が、しばらくして戻ってきた。手にはハガキの束が握られており、それを槙野に渡した。

ハガキに目を通すと、どれも麻子が書いたものだった。見慣れた綺麗な字でびっしりと書き込まれており、槙野のことを綴《つづ》っているハガキも数枚あった。

「麻子の行き先に心当たりはありませんか?」

しばらく考えるふうをしていた後藤老人だったが、「残念ながら」と答えた。

そう簡単には見つけられないということか。

槙野は肩を落としたが、気を取り直して麻子が殺しかけた被害者のことに触れた。手がかりになるかもしれない。

「麻子が起こした事件の被害者ですけど、どうして告訴を取り下げたんでしょうか？」

「被害者のお母さんが説得したからです」

親ならば娘を殺しかけた人間を許せるはずがない。それなのにどうして？

「神崎さんが殺人未遂を起こしたのは酷い嫌がらせが原因です。児童施設で育った彼女は横須賀の縫製工場に就職したんですが、被害者から酷い嫌がらせを受けたといいます。でも、彼女はずっと我慢していてね」

「どんな嫌がらせを？」

「制服を破られたり、ロッカーの中の私物を壊されたりしたらしいです。嫌がらせはエスカレートするばかりで、とうとうある日、神崎さんは我慢の限界を超えた嫌がらせを受けて――」

「限界？」

「はい。施設を出る時に皆からプレゼントされたハンドバッグを刃物でボロボロにされたそうです。誰がやったか証拠はなかったそうですけど、神崎さんは被害者がやったと直感し、仕事帰りに待ち伏せして抗議したといいます。ですが、相手は知らぬ存ぜぬを通した挙句、神崎さんの頬を殴りつけたと。それでカッとなって首を——。運良くそこへ男性が通りがかって二人を引き離したんですが、被害者は既に心停止していましてね。それで神崎さんは逮捕されました」

「ですが、事件は未遂で終わっています。被害女性は蘇生したんですね」

「はい。救急隊とERの処置が良かったんでしょう。しかし、被害者が心停止まで起こしてはただの傷害事件では済みません。結局、家庭裁判所で鑑別所送致の決定が下されました」

「普通、殺人未遂なら女子少年院送致ですよね」

「ええ。さっきも言ったように告訴が取り下げられ、被害者の母親からも情状酌量希望の訴えがあったから鑑別所送致で済みました」

「被害者の母親はどうしてそこまで麻子を庇《かば》ったんですか？」

「被害者、つまり娘がしでかしたことを恥じたからです。被害者の母親は子供時代に酷いイジメ体験を持っていて、常日頃から娘には、『絶対に人を傷つけるな』と教育していたそうです。ところが、娘は母親の意に背いて——。事件後、神崎さんに同情的な意見が多いことを知った母親が娘の行動を調べ直し、その結果、『神崎さんもまた被害者だったと知った』ということでした」

「嫌がらせの原因は？　施設出身だからですか？」

「それも多少はあったようですけど、主な原因は、被害者が想いを寄せていた男性工員が、自分ではなくて神崎さんに想いを寄せていることを知ったからです」

嫉妬だ。『施設出身と馬鹿にしていた女に負けた』その悔しさが嫌がらせをエスカレートさせたに違いない。

「麻子と被害者の母親との付き合いは？　彼女のことだから、礼の一言でも言いに行ったと思うんですが」

「ありました。しかし、その母親は十年前に病死されましてね。いつだったか、神崎さんからの手紙に、その母親の月命日には必ず墓参りをしていると書かれていましたよ」

ということは、今でも墓参りを続けているのではないだろうか？

待てよ――。

そういえば毎月二十日、麻子は必ずどこかに出かけて行った。被害者の母親の墓参りか！

「その墓ですが、どこにあるかご存じありませんか？」

「さすがにそこまでは聞いていませんねぇ」

事件と加害者の名前が分かっているのだから家庭裁判所の記録を探るのは簡単だ。自腹を切って弁護士の高坂に依頼することにした。あとは被害者の情報から母親の名前を突き止め、どこに埋葬されたかを探り出す。こっちは探偵だ。その程度の調査なら朝飯前である。そして二十日になるのを待って墓地に行けば麻子に会えるかもしれない。

「最後にもう一点。この写真の絵に心当たりはありませんか？」

槙野はジャケットの内ポケットから女性の肖像画の写真を出した。

写真を手に取った後藤老人が即座に首を横に振る。

「ありません」

この絵が描かれたのはつい最近だ。後藤老人に心当たりがないのも当然か。

「夜分に申しわけありませんでした」

「私の話が参考になりましたか？」

槙野は強く頷いた。

「必ず麻子を見つけます」

「見つけたら、今度は彼女を放さないように――」

「無論です」

辞去した槙野は、早速、高坂を呼び出した。

3

十月十六日　午後――

東條有紀と戸田は、張り込みの交代をするべく橋爪沙耶香のマンションに向かってい
た。

　橋爪沙耶香のことだが、捜査本部の方針通りには進まなかった。彼女に任意同行を求めて多摩中央警察署まで引っ張ったまでは良かったが、いざ尋問を始めようとしたところで事態は一変した。彼女の顧問弁護士が現れたのである。こちら側には決め手となる物証はなく、『依頼人を連れて帰ります』の声に抗《あらが》うことができず、指を咥えて橋爪沙耶香を帰すことになったのだった。現在、二班と五班が交代で彼女のマンションを張り込んでいる。

　しかし悪いことばかりではなかった。新たな情報として、彼女が秩父市小鹿野町にあるゴルフ場の会員であることが分かったのだ。被害者を監禁殺害したと見られている廃屋も小鹿野町にある。更に、そのゴルフ場は橋爪沙耶香の兄が経営する会社が所有していて、廃屋がある場所も含めてゴルフ場の周りの土地も同会社の所有地だった。つまり、橋爪沙耶香には土地勘があったということだ。それともう一点、彼女が軽井沢に別荘を所持していること。両親の死に伴って財産分与されたのである。楢本が調べたところ、かなり広い敷地をフェンスが囲っているらしい。

　すると長谷川から電話があり、思わず「どうして！」の声が口を衝いて出た。橋爪沙耶香が逃走したというのである。

「五班が張り込んでいたでしょう」
《あのマンションは外部から玄関が見えない構造になっている。だから逃走経路が全く分からんそうだ。昨日からカーテンが開かないから五班が不審に思い、携帯と固定電話に電話したところ、どちらにも出なかったもんだから事情聴取の名目で部屋を訪ねたらしい》
「それで彼女が消えたことに気づいたってことですか」
思わず唇を嚙む。どこまでも狡猾《こうかつ》な女だ。
《だが、監視中に忽然《こつぜん》と姿を消したとなれば、裁判所だって逃走を疑うから関係各所の家宅捜索令状が出るはずだ。今、管理官が裁判所にかけ合ってくれている。橋爪沙耶香の自宅は俺達で調べるから、お前は軽井沢に行って橋爪沙耶香が所有する別荘で待機しろ。長野県警にも協力要請しておく。令状が出たら元木に持たせる。住所を言うぞ》
橋爪沙耶香の別荘に到着したのは夕刻前、既に長野県警の車両が集まっていた。鑑識の車もいる。白いフェンスの向こうには芝生が敷き詰められた広い敷地があり、白樺やモミジが所々に植えられて大きな庭石も幾つか見られる。その中央に白亜の洋館が佇んでいた。
それにしても、橋爪沙耶香はどこに逃走したのか？

別荘の前で一時間ほど時間を潰すと、近くで黒塗りのセダンが止まって元木が降りてきた。こっちに向かって封筒を左右に振る。令状だろう。

「先輩。橋爪沙耶香の指名手配、間もなくかかるそうです」

「了解」

有紀の目配せで、元木がフェンスの鍵をバールで壊した。途端に警報音が鳴り響く。その音に構わず、有紀が先頭になって白亜の洋館に向かった。

当然玄関ドアも施錠されており、元木が再びバールを振るう。このドアだけでも百万円以上しそうだが、緊急事態だから仕方ない。

玄関に入るとシロクマの剝製《はくせい》が出迎えてくれた。床は大理石で広さは十畳以上あり、天井からはスワロフスキーと思われる豪華なシャンデリアがぶら下がっている。自分の生活水準とのあまりのギャップに溜息が漏れた。

一階の捜索を元木達に任せ、有紀と戸田は二階を捜索することになった。

螺旋《らせん》階段で二階に上がり、踊り場で左右に分かれた。ドアは全部で六つ。右側の三つの部屋を有紀が担当し、慎重に一番手前のドアを押し開いた。中の様子を窺いながら、ゆっくりと足を踏み入れる。

ドレッサールームだった。天井まである大きなロッカーが三つ並び、その正面は全面ガラス張りだ。一つ一つロッカーを開けてみると、あるのは女性用のブランド服ばかりだった。

廊下に出て隣の部屋に入った。ベッドルームだが、生活感がないからゲストルームか。収納スペースには何もない。

一番奥の部屋のドアを押し開くと、真っ先にベッドが視界に入ってきた。ドレッサーなどもあるから、ここが橋爪沙耶香の部屋だろう。

「東條さん。あっち側には何もありませんでしたよ」

その声の後、すぐに戸田が入ってきた。

「こっちもです。何もありません」

一階に下りて元木を探すと、彼は広いキッチンにいた。そこへ長野県警の捜査員が入ってきた。奥に鍵のかかった部屋があるという。

そこに足を運ぶと、白い扉が行く手を遮っていた。

「元木、壊して」

元木が数歩下がって身構える。そして、一気に走り出して体当たりをドアに見舞った。次の瞬間、けたたましい音が鼓膜を衝き、元木の身体も消え去った。同時に転げ落ちる音がした。向こう側は階段だ。地下室があるらしい。

「大丈夫！」

「痛ててて――」

階段から転げ落ちたのだから痛くて当たり前だ。だが、悲鳴ではないから怪我はしていないようである。頑丈な元木ならではだ。

「明かり点けて」

下が明るくなり、有紀は階段に足をかけた。

階段は九段あり、地下のフロアーは広さ十畳ほどだった。壁も床もコンクリートの打ちっぱなし。中央には木工作業に使われるような作業台があって、左側の壁に設《しつら》えられた棚には小物や工具類が納められている。作業台のそばにもサイドテーブルほどの台があり、そこには出刃包丁とカッターナイフ、裁《た》ち鋏があった。正面の壁にはシンクが設置され、その横には金属バットも立てかけてあるではないか。金属バットと並んで角材もあるが、何故か先端が尖っていた。

杭か――。

「先輩、これって――」

元木が台の上の出刃包丁を手に取る。

「どれもこれも、三人の被害者殺害に使われた物かもね。元木、鑑識を呼んで」

直《ただ》ちに現場保存措置が取られ、鑑識職員達が遺留品の捜索作業に入る。

狭い空間でもあり作業は三十分足らずで終了し、「班長に報告します」と言った元木が階段を駆け上がって行った。

五分ほどで元木が戻り、東京組の報告をしてくれた。現在、長谷川は橋爪沙耶香の兄に事情聴取しているそうで、楢本と内山は橋爪沙耶香の知人関係を当たっているらしい。彼女が所有している車だが、トランクには毛髪と血痕が残されており、DNA鑑定を急いでいるとのことだ。

4

十月十八日——

槙野が江口画廊を訪れたのは夕刻、出迎えてくれた江口に笑顔はなく、目も心なしか充血しているようだった。

「具合でも悪いんですか？」

「例の報道を聞いてからね」

一昨日、橋爪沙耶香が連続猟奇殺人事件の新たな容疑者として指名手配された。

「江口さん。こんな形で報告書をお渡しすることになるとは思いもしませんでした。まさか、この画廊に勤めていた女性が——」

江口が目頭を抑えてかぶりを振る。

「私は未だに信じられません。あの優しくて大人しい彼女が人を殺すなんて——しかも大勢を——。彼女は、いつもお母さんの後ろに隠れているような臆病な子でね。ここに初めてきた時もそうでしたよ。それがいつの間にか綺麗な娘さんに成長して、うちで働いてくれることになった。身内のいない私にとっても、彼女は娘のような存在だったんです。まさか——という言葉しか出てきません」

「ワイドショーなんかは、過去のイジメが原因で精神が破綻したんじゃないかって言ってますがね。まあ、あの殺し方を見ればそう考えざるを得ないかもしれません」

「人間とは分からないものですね。彼女にあんな残虐性が備わっていたとは——」

江口が溜息を吐き出す。

「話は変わりますが、一つだけ分からないことがあるんです。秋田さん以外の殺害動機についてはある程度報道されているから理解できるんですが、秋田さんが橋爪沙耶香に会った理由は何だったのか？　幽霊画を描いたことに関係しているようですが、どうして幽霊画を描いたことが殺人にまで発展してしまったのか——。彼女から、秋田さんのことで何かお聞きになっていませんか？」

「とにかく心酔していましたよ。『白石先生でも、秋田さんほどの恨みの目は描けないだろう』と話していましたからねぇ。まあ、秋田さんとの間に何があったのかは逮捕されれば詳《つまび》らかになるでしょうが、私には彼女が生きているとは思えません。既にどこかで自らの命を絶っているような気がして——。何故と問われても根拠はないんですが、子供の頃から彼女を見ているものですからそう思えて」

「捕まれば間違いなく極刑ですから、自殺している可能性は確かにありますね。しかし、捕まって貰わないと真相が闇に紛れてしまう。警察には、何としてでも捕まえてもらわないと」

江口がA4サイズの茶封筒を開き、中から報告書を引っ張り出した。それに目を通し、続いて請求書を見る。そして小さく頷いた。

「槙野さん、大変お世話になりました。支払いは小切手でよろしいですか?」

「はい」

江口が奥に引っ込み、小切手を手にして戻ってきた。

「裏判、押してありますから」

「恐れいります」小切手を受け取って深々と頭を下げた。「それではこれで――」

画廊を出た槙野は空を見上げた。快晴で雲一つないが、心は何故か晴れなかった。今回の事件はあまりにも惨過《むご》ぎる。秋田は妻を殺したが罪は償った。それなのに、結局は自分も殺されてしまったのだ。因果応報《いんがおうほう》というやつだろうか。

車に乗ると携帯が鳴った。高坂からだ。

「おう、どうした?」

《さっき、石崎法華さんから電話があったんですよ。松江にいた時、彼女が『嫌な夢を

見た』と言って電話をかけてきたでしょう》
「ああ。それがどうした？」
《気になったもんですから、東京に帰ってすぐ彼女に会いに行ったんです。その時に、秋田の幽霊画の話になって――》
「それで？」
《昨日、法華さんも石見銀山まで行ったと言うんです》
「龍源神社にか」
《ええ。『宮司さんにあの絵を見せてもらいましたが、あまりの邪気に卒倒しかけたほどでした』って――。それで法華さんが言うには、『もうこれ以上、あの絵にも作者にも関わってはいけない。写真も処分して下さい。でないと、とんでもないことになります。命を取られますよ』って》
さすがにそこまで言われれば、石崎法華が霊感商法の類《たぐい》で話をしているわけではなく、本気でこっちの身を案じていると思わざるを得なかった。今まで疑っていて申しわけない思いが湧いてくる。だが、もう全て終わったのだ。橋爪沙耶香は指名手配されたし、いずれ真実が明らかになるだろう。ここは素直になって、石崎法華の忠告に従うことにした。
「幽霊画の写真、どうしたらいい？」

《法華さんが何とかするって仰ってますから、僕が安徳寺まで持って行きますよ》
「分かった」

※

十月二十日　午前十一時――

朝からどうにも落ち着かない。携帯用の灰皿も吸殻で膨らんでいる。

物陰にいる槙野は何本目かのタバコに火を点けた。その矢先、玉砂利を踏み鳴らす音が聞こえて視線を上げた。

ようやくきたか――。

目前には、花束と水桶を提げた白いワンピース姿の麻子がいた。

彼女はずらりと並んだ墓石の真ん中辺りで立ち止まり、小ぶりな墓に歩み寄って行く。

その墓に花を手向《たむ》け、墓石に水をかけて線香に火を点ける。

槙野はその様子を見続けた。

やがて麻子がしゃがみ、墓石に向かって手を合わせた。

長い長い合掌だった。それは、深い感謝の現れに違いなかった。

麻子が立ち上がって水桶を摑み、槙野は意を決して物陰から出た。ゆっくりと麻子に向かって歩いて行く。

気配が伝わったようで麻子がこっちを向く。目が大きく見開かれる。

「探したぞ」

「どうしてここに——」

「二年も探偵と一緒に暮らした女の台詞とは思えねぇな」

麻子が目を伏せる。

「そうだったわね。あんた探偵だもんね」

「元刑事でもある」槙野は肖像画の写真を麻子の眼前に突きつけた。「原因はコイツか」

写真を一瞥した麻子が、目を逸《そ》らしてから頷いた。

「あんたがここにきたということは、私の過去を調べたからよね。じゃあ、私がどういう女なのか知ってるでしょ」

「ああ」

「あんたは私と違ってちゃんとした人だもん。殺人未遂を犯した女がそばにいたら、きっといつか迷惑がかかると思った。もっと早くにあの部屋を出るつもりだったけど、何だか居心地が良くてついズルズルと——。でもね、その写真を見て自分がどういう女なのか改めて痛感した。だから出て行くことにしたの」

「お前に言ってなかったが、俺も脛に傷を持つ身だ」

「え？」

麻子が槙野を見据える。

「俺は警察を辞めたんじゃねぇ。クビになったんだ。違法カジノのガサ入れ情報を、そのカジノを仕切っている組に流した。つまり裏切り者だ」

「どうしてそんなことを？」

「金に困ったからだ。ギャンブル好きが祟ってサラ金に手を出したのさ。そのうち返済が焦げ付き始め、にっちもさっちもいかなくなった。それを今言った組の組長が嗅ぎつけて、『金を回しましょうか』と言ってきやがったんだ」

「それで転んだのね」

「そういうこと。だから、俺はちゃんとした人間なんかじゃねぇ。なぁ、麻子。今まで言わなかったが――」

「何？」

槙野は唾を飲み下した。言葉にしないと伝わらないこともある。

「俺はお前が好きだ。一緒にいてくれねぇか」

「私が人を殺しかけた女だって分かってるの？　いいえ。助かったとはいえ、相手は一度死んだのよ。つまり、私は人を殺したも同然なのよ」

「分かってるさ。だが、お前は酷い嫌がらせを受けていた。はっきり言って、俺はお前の過去に興味はねぇ。だから、お前も過去のことは忘れちまえよ。被害者は今も生きてるじゃねぇか」

麻子が俯き、涙の雫《しずく》が玉砂利に落ちた。

「一緒に帰ろうや。お前のエビフライが食いてぇ」

麻子が洟《はな》を啜《すす》る。

「ホントにいいの？」

「いいに決まってんだろ。それと――これ」槙野はラッピングされた小さな箱を渡した。

「開けてみてくれ」

麻子がリボンを解いて箱を開けた。

彼女の目に驚きの色が射す。

「いつか、もっとデカい指輪を買ってやる。今はそれで我慢してくれ」

麻子が小さく頷いた。

「ホント言うとね。『ひょっとしたら見つけ出してくれるかな』なんて淡い期待もあったのよ。だから、今は心臓ドキドキで」

雨降って地固まると言う。これで良かったのかもしれない。

「今までどこにいたんだ？」

「短期滞在型のアパートよ。ちゃんと落ち着ける所を探していたんだけど――」

「よし、このままそこに行って荷物を回収だ。だけど麻子、この絵の写真を見て自分がどういう女なのか改めて痛感したってのはどういうことだ？」

麻子が大きな溜息を吐き出した。

「その絵の目よ。私が被害者の首を絞めた時、彼女もその絵の目と同じ目で私を見上げていた。『助けて、助けて』と言っているようだったわ。ねぇ、その写真だけど」

「分かってる。処分するよ」

槙野は改めて写真を見た。タイトルの『嘆き』そのままに、何とも言えない悲しげな目だ。

麻子を車に乗せて帰路に就いた槙野だったが、さっき彼女が言ったことが頭の隅にこびりついて離れない。『私が被害者の首を絞めた時、彼女もその絵の目と同じ目で私を見上げていた。助けて、助けてと言っているようだったわ』

あの肖像画の作者は、麻子の罪悪感を呼び覚ますほどの技量を持った画家ということになるが、モデルは誰だろう？　更にそのモデルが、麻子が首を絞めた被害者と同じ目をしていたのは何故だろう？

まさか……。

考えまいとしても浮かんでくる。殺されかけていたのではないかと。考え過ぎだと否定してみるものの、どうしてもその考えが頭を擡げてしまう。

待てよ――。

秋田は妻を殺している。当然、麻子と同じように殺されようとする妻の目を見たはずだ。ひょっとして秋田は、あの肖像画を見て殺されようとする妻の目を思い出したのではないだろうか。

橋爪沙耶香が描いた幽霊画のレベルは秋田が描いた幽霊画のレベルには遠く及ばない。その程度の幽霊画で、秋田の心が乱れただろうか。秋田が娘に『嫌なものを見た』と言ったのは、あの肖像画を見たからではないだろうか。では、絵のモデルは誰に殺されようとしていたのか。

モデルが視線を向けた人物というと――絵の作者か！　そして秋田がその作者に会いに行ったとしたら――。

誰だ？　誰が描いた？　白石圭子か？　それとも、弟子の誰かか？

「どうしたの？　難しい顔して」

麻子の声で現実に立ち返り、槙野は「何でもない」と答えた。「晩飯、エビフライがいいな」

「いいよ。沢山作ってあげる」

麻子を自宅に連れ帰った槙野は、エビフライの支度を始めた麻子を横目にしながら書斎に入った。カメラマンから譲り受けた写真の束を持ち、肖像画の落款を他の絵の落款と比べてみる。

違う。白石の落款でもなければ橋爪沙耶香の落款でもない。別の弟子があの肖像画を描いたことになる。

肖像画の写真をノートPCのディスプレイに立てかけた槙野は、江口に電話して白石の連絡先を訊き出した。アトリエの番号だという。

すぐさま教えられた番号にかけて相手が出るのを息を殺して待つ。

《はい》

女性の声だった。

「槙野と申します。白石先生ですか？」

まず咳が聞こえ、続いて洟を啜る音が続いた。

《失礼しました。白石先生はお仕事中ですので、ご用件は私が承《うけたまわ》りますが》

酷い鼻声だ。風邪でも引いたか。

この際誰でもいい。肖像画の作者が分かればいいのだ。しかし、不用意に探れば肖像画の作者に不審を抱かれて墓穴を掘る可能性もある。ここはデタラメを並べ立てることにした。

「白石先生が開かれた個展のことなんですが、お弟子さんの絵を二点展示されましたよね」
《ええ――》
「女性の肖像画を描かれたお弟子さん、誰だか教えていただけませんか。というのも、あの肖像画がえらく気に入ってしまったんです。ですから、売っていただきたいと思っているんですが」
《ご商談ということですね。でしたら山田さんご本人にお電話下さい》
「山田さん？」
そんな弟子はいなかったはずだが――。
《はい。もうこちらとは無関係の方ですので、仲介等はいたしかねます》
「無関係というと？」
彼女は一瞬言い澱《よど》んだが、《個展が終わってすぐ、白石先生が破門に――》と教えてくれた。
だから、カメラマンから教えてもらった弟子の名前の中に山田なる人物の名前がなかったのだ。
「どうして破門に？」
《詳しい理由は存じません》
白石との間で何かトラブルがあったということか。

「分かりました。こちらでお話しさせていただきます。フルネームと電話番号をお願いできますか」

《ちょっと待って下さいね》

ややあって《いいですか？》の声があった。

「はい」

《フルネームは山田優子《やまだゆうこ》さん》

「野山の山に田んぼの田ですか？」

《そうです。優子は優しい子と書きます。電話番号は090－8067－………》

それを書き留めて「ご自宅の電話は？」と問い返した。

《書いてませんねぇ》

万事携帯で事足りるからと、最近は固定電話を契約しない人間が増えている。山田優子もその口か。

「ご自宅は？」

《練馬です》

「詳しい住所は？」

《あれ？　変ねぇ。この住所録は足立区になってる——。引っ越したのに》

独り言が聞こえたが、こいつは厄介だ。山田優子という名前はかなりありふれていて、練馬区には同姓同名の女性がかなりいるに違いない。しかも、固定電話がなくて正確な住所も分からないとなれば、個人を特定するのに時間がかかる。直接電話して訊き出すしかないか。

名前が分かっただけでも儲けものだ。礼を言って携帯を切り、すぐさま山田優子に電話した。

だが、またしても厄介なことになった。現在使われていないというのだ。

頭を抱えかけたところで携帯が鳴った。相手はさっきの女性だった。

《ごめんなさい。白石先生にお話ししたら、あの携帯番号は使われていないって教えられて――。あの、帰り道なもので、私、彼女を家まで送って行ったことがあるんです。よかったらお連れしましょうか？　ちょうど今日は車できていますから》

吉報だ。「是非お願いします」と答えた。

《今、どちらにいらっしゃいます？》

「大田区の雪谷大塚なんですが」

《じゃあ、二時間後の八時に、西武線練馬駅の交番前で。私、芥子色《からしいろ》のワンピースを着ていますから》

二時間後ならエビフライを平らげる時間は十分にある。

「あの、お名前は？」

《経理を担当している池上《いけがみ》と申します》

「池上さんですね。お待ちしてます」

携帯を畳んでキッチンに行き、麻子に「腹減った」と告げた。

「もうすぐできるから待ってて」

ほんの七、八分で山盛りのエビフライが食卓に並び、ノンアルコールビールのプルリングを開けた。これから初対面の人物と会うのに酒臭い息では失礼だ。

やはり麻子の作ったエビフライは格別だった。瞬く間に全部平らげた槙野は膨れた腹を摩った。

「ちょっと出てくるから」

「これから？　仕事？」

「ああ」山田優子の住まいを確認するだけだから時間はかからないだろう。「十時には戻る」

ジャケットに袖を通して部屋を出た槙野は、最寄駅まで歩いた。

一時間ほどで西武線の練馬駅に到着し、高架下にある交番前で池上という女性を待っていると、ちょうど約束の時間に電話があった。車を止める場所がないから、そこから北に行ったところにある練馬文化センターの前にいるという。車種はプリウスだそうだ。

槙野は歩き出し、すぐにハザードランプを点灯させているプリウスを見つけた。助手席のドアを開けて、ワンレンの池上に「どうもすいません」と声をかける。

「いいえ、乗って下さい」

助手席に乗り込んでドアを閉め、シートベルトをしようとした刹那、今まで経験したことのない衝撃が体中を駆け抜けた。電撃だと悟った時には既に遅く、槙野は瞬く間に闇に落ちた。


目覚めると闇の中にいた。

ここはどこだ？

徐々に記憶の断片が繋がり始め、車の中で起きたことに辿り着いた。不意を衝かれてスタンガンの電撃を受けたのだった。

肌を通して伝わってくるこの感覚は――畳か。

上体を起こそうとしたが無理だった。後ろ手に縛られて足も縛られている。声を出すこともできなかった。口の中に布のようなものを入れられてガムテープで塞がれているのだ。

あの女――。

彼女が肖像画の作者で、経理担当と偽ってこっちを呼び出したのだ。おそらく、山田優子という名前はデタラメだろう。無論、池上という名前も――。迂闊だった。警察をクビになったことで、身体も勘も危機察知能力も、全てが鈍っていたようだ。

石崎法華の忠告が脳裏を駆け抜けて行く。

『もうこれ以上、あの絵にも作者にも関わってはいけない。写真も処分して下さい。でないと、とんでもないことになります。命を取られますよ』

彼女の言ったことが、まさかこんな形で現実になろうとは——。彼女の忠告を受け入れて、あのまま幕を閉じておくべきだったのだ。今更ながら唇を噛む。

そんなことよりあの女だ。白石のアトリエにいたのだから橋爪沙耶香のはずはないが、どうしてこっちの存在に気づいたのか。こっちは白石どころか、彼女の弟子にも誰一人として会っていないのだ。それなのに、こっちがいろいろと嗅ぎ回っていることにあの女は感づいた。だからこっちを騙して拉致した。どうして自分が探られていると察したのか？

江口が話したのか？

いや、そんなはずはない。こっちは白石の連絡先を教えて欲しいとしか言っていないのだ。それなのに、あの女はこっちのことを知っていた。

何故だ？

車に乗った時に顔を見たが、車内は暗くて顔立ちまではハッキリと確認できなかった。

突然、物音がして、心臓が大きな鼓動を打ち鳴らした。

誰かいるのか?

目を凝らすうち、部屋の中に明かりが射した。月明かりだ。窓から射し込んでくる。それを頼りにもう一度周りを見回す。

いる。誰かが横たわっている。体をくねらせて低い呻《うめ》き声を漏らしている。槙野は転がりながらその人物に近づいた。自分と同じように口にはガムテープが貼られている。髪が長くてスカートを穿いているから女性であることは間違いないが。

槙野は顔を畳に擦りつけ、ガムテープを剝がすことに懸命になった。皮膚が擦れて痛みが走るが、構わずに擦り続けた。そのうち頬に激痛が走った。皮が剝《む》けたのだ。だが、構わずに擦り続けてやっと手応えを得た。ガムテープの端が確かに少し捲れている。尚も顔を畳に擦りつけ、ようやくガムテープとおさらばした。口の中の物も吐き出す。

自由になった口で女性のガムテープも剝がしてやろうと思ったが、残念ながら今以上に近づけない。足から伸びるロープが柱に括りつけられているのだった。これではどうすることもできないではないか。

麻子の顔が脳裏を過《よぎ》る。やっと見つけ出し、これからもう一度やり直そうとした矢先だったというのに——。

嘆いている場合ではない。何としてでもこの状況を打開しなければならない。何かないか。何か方法はないか。

やがて外が白み始め、女性の顔も見えるようになった。若い女性だ。殴られたようで顔が腫れ上がっている。こっちを見る目は救いを求めているが、この状況では彼女どころか自分の身も守れない。更に明るくなって女性の状況がはっきり分かった。思わず目を背けてしまう。

両足首が血塗れだった。アキレス腱が切断されている。連続猟奇殺人事件の手口と同じだ。橋爪沙耶香もここにきたのか。では、あの女も橋爪沙耶香の仲間か。それ以前に、この女性は誰だ？

部屋の全容も明らかになった。下は畳だから和室であることは分かっていたが、見事な彫刻の欄間《らんま》が設えられ、柱も鴨居《かもい》も見たことがないほど太い。どれも黒光りしているから柿渋《かきしぶ》で磨かれているようだ。古民家の一室に間違いない。

「痛むか？」と女性に声をかけた。痛むに決まっているが、そんなことしか訊いてやれない自分が情けない。

女性が涙目で強く頷く。

「名前は？　これから『あいうえお』を言うから、名前の文字に該当したら頷いてくれ。言うぞ」

槙野はあ行から始め、か行、さ行へと進んで行った。

第七章　化け物

1

十月二十一日　午前十一時——
橋爪沙耶香の兄の話を受け、有紀と戸田は橋爪沙耶香が立ち寄りそうな場所で事情聴取を行っていた。すると長谷川から連絡があった。
《探偵の槙野が行方不明だそうだ》
「え?」予想もしなかった報告だった。あの強面《こわもて》の槙野が失踪?
《鏡さんから管理官に電話があった》
「いつからですか?」
《昨夜からだ。同居している女性に『仕事で出てくる』と言って家を出たまま戻らないらしい。槙野は一度も無断欠勤したことがないそうで、携帯に電話しても出ないことから、鏡さんが変だと思って連絡してきた。鏡さんが言うには、『槙野は秋田のことを調べていたから、それに関係してるんじゃないか』ってことなんだが――。橋爪沙耶香が噛んでるかもな》

「指名手配中の女にそんなことができますか？　それに槙野さんは大男で、普通の女性が拉致するのは簡単じゃありませんよ」

《橋爪沙耶香に共犯者がいたとしたら？》

そういえば――。

白石の弟子の星野のことだ。橋爪沙耶香のことですっかり忘れ去られた存在になっていたが、彼は七月十二日、八月一日、八月二十七日のアリバイも、榎本が死んだ時間のアリバイも持っていないのだ。

《とにかく、槙野の家に行って同居女性から話を訊いてこい。橋爪沙耶香の逃亡先に繋がる証言が得られるかもしれん》

「急行します」

槙野の住所を書き留めた有紀は、大田区の雪谷大塚を目指した。

辿り着いたのは四階建ての古びたマンションで、槙野の部屋は二階にあった。

同居女性は神崎麻子と名乗り、槙野が出て行った時の状況を話してくれた。

「槙野さんは、行き先を告げずに出て行ったんですね」

「ええ。急に出かけると言って」

「誰かと電話で話していたということは？」

「彼は、帰宅してから夕食の席につくまでずっと自分の部屋にいました。ですから、電話していたかどうか分かりません」

部屋に何か手がかりがあるかもしれない。

「槙野さんのお部屋を見せていただいても？」

「構いません。こっちです」

案内されてドアを開けると、いきなりタバコの臭いが鼻を衝いた。机の上にはノートパソコンがあり、灰皿も山となっている。それにしても窮屈な部屋だ。大男の槙野がここで過ごしていた姿を想像すると何故か笑える。

そんなことより手がかりだ。

ぐるりと首を巡らせると、ノートPCのディスプレイに一枚の写真が立てかけてあった。PCの横には写真の束がある。立てかけてある写真を手に取ると、それは女性の肖像画だった。もの悲しい目が何故か郷愁を誘う。写真の束も摑んでみる。一番上の写真は幽霊画だ。

「その写真の束、白石圭子さんが描かれた絵だそうです。全部、個展に展示されていたって」

麻子が言った。

となると、この幽霊画の作者は橋爪沙耶香か。

槙野がこの部屋を出る直前までこの写真の束を見ていたかどうかは定かでない。だが、これがここにある以上、その可能性はある。それにしても、どうして幽霊画ではなくて女性の肖像画だけが別になっているのか？

肖像画の写真と他の写真を見比べるうち、有紀はあることに気づいた。落款だ。肖像画の落款が、幽霊画の落款とも他の絵の落款とも違うのである。

槙野から聞かされたことを思い出した。『白石は自分の個展に弟子の絵も二点展示していて、そのうちの一点が榎本の婚約者が描いた幽霊画だった』と。

ということは、この肖像画も白石の弟子が描いたことになる。

有紀は肖像画の写真を麻子に見せた。

「この写真なんですが、何か思い当たることは？」

麻子の表情が明らかに変わった。眉間に皺を寄せて目を逸らす。

写真を見ただけで、どうしてこうも態度が変わるのか。

不安のどん底にいるだろう女性に事情聴取するのは心苦しいが、何かの手がかりになるかもしれない。

「この写真がどうかしたんですか？」

麻子は答えようとしない。背中を押す必要があった。

「あなたの証言で槙野さんが見つかる可能性もあるんですよ」

逡巡《しゅんじゅん》した様子だったが、彼女がやっと頷いてくれた。


話が終わり、有紀は麻子の愛情の深さを感じた。殺人未遂で鑑別所に送致された過去があれば、殆どの女性は口を噤むだろう。だが、彼女は違った。槙野を愛しているからこそ、自分の過去を話すことで槙野の行方が分かるかもしれないと考えたからこそ、全てを打ち明けてくれたのだ。それにしても、この肖像画の目を見て、彼女が過去の自分と改めて向き合うことになったとは――。

麻子の証言を鑑《かんが》みれば、槙野がこの肖像画に疑問を抱き、秋田殺しとの関連を疑ったとしても不思議ではない。何といっても元刑事だ。猜疑心が疼き出してこの絵の作者を突き止めようと考えた可能性は十分にある。

では、どうやって突き止めようとしたか？

簡単なことだ。白石に尋ねればいい。そして作者を突き止め、何らかの理由で出かけた。

しかし、作者が分かったとしても、わざわざ出かけたのは何故だ？　不用意に相手の正体を探れば墓穴を掘る可能性があることぐらい、元刑事の槙野なら十分に分かっていたはずだ。それなら槙野だって何か他の理由をつけ、さりげなく白石に尋ねただろう。だが、槙野は何故か姿を消した。

ということは、肖像画の作者に察知されて誘《おび》き寄せられたか？　もしそうなら、槙野は完全に油断したことになる。

肖像画の作者が関係していると断言はできないが、調べてみる価値はある。そしても し、肖像画の作者が槙野の失踪に関与しているなら事は慎重に運ばなければならない。槙野が生きているとすれば、人質を取られているのと同じことなのである。

画商の江口なら何か知っているのではないだろうか？

急いで電話すると思った通り、『昨日、白石先生の連絡先を教えて欲しいと槙野さんから電話がありました』と教えてくれた。だが、白石の連絡先を尋ねるぐらいだから、槙野は彼女と面識がなかったはずだ。それなら当然、槙野は白石の弟子達とも面識がなかったことにならないか？

有紀は頭を整理した。

白石も彼女の弟子達も槙野のことを知らなかったはずなのに、槙野はそのうちの一人に拉致された可能性がある。ではその人物は、どうやって槙野のことや槙野の行動を知ったのか？　ひょっとして、アトリエ以外で会った可能性はないだろうか。そのことに槙野が気づかなかったとしたら——。だとするなら、槙野が秋田のことを調べるために会った人物が、白石の弟子だったという可能性も出てくる。

白石に電話して肖像画の作者を訊き出すか。

いや、待て。それは危険だ。彼女の口からこっちの動きが漏れるかもしれないし、白石自身が槙野の失踪に関与している可能性も否定しきれない。更に、一連の猟奇殺人事件のこともある。白石は女性だから榎本と下平の精液を手に入れようと思えば手に入れられるし、連続猟奇殺人事件の容疑者は男性二人とされていたから彼女のアリバイを調べることもなかった。

今は手詰まり状態。まずは槙野が会ったと思われる人物を片っ端から調べよう。鏡探偵事務所に行けば、槙野が書いた報告書のコピーがあるはずだ。それを参考にすれば、槙野が接触した人物達を割り出せるかもしれない。

2

どうして橋爪沙耶香が縛られているのか。しかも、アキレス腱を切られて——。

あの時、名前を訊き出そうと『は行』に移った途端に彼女が頷いた。次は『さ行』のいで頷き、続いて『た行』のつでまたもや頷いたのだった。はとしで頷いた段階でもし

や の考えが浮かんだが、さすがにつでも頷けば橋爪沙耶香の名前が浮かび、『橋爪沙耶香か！』の問いかけに彼女は大きく頷いたのだった。

何がどうなっているのか？

周りに人がいないかと声を限りに叫び続けたものの、返ってくるのは鳥の声ばかりで、ここが隔絶された場所であることを思い知らされるだけだった。

どれほど時間が経っただろう。再び闇が訪れ、やがて車の音が聞こえてきた。すぐに足音がして、懐中電灯の明かりも見え始めた。

ごくりと唾を飲み込んだ。心臓の鼓動も激しくなる。

あの女か——。

嘗《かつ》てこれほどの緊張感を、いや、恐怖を味わったことはない。脂汗が頬を伝って行く。

そして心臓の鼓動と恐怖が極限に達した瞬間、懐中電灯の明かりが顔を射した。眩しくて相手の顔が見えない。

「ガムテープ剝がしちゃってるじゃないの。悪い子ね」

違う。池上と名乗った女の声じゃない。

「お前、何者だ！」

恐怖を押し殺して睨みつける。

「白石先生の弟子よ」

「名前を訊いてるんだ」

「あら嫌だ。忘れちゃったの？」

この女とどこかで会っている？

「電話で話した時、声色《こわいろ》を使ったわ。だって、私の声を覚えていると誘き出せないと思ったから——。余計なことに首を突っ込むからこんなことになるのよ。自業自得ね」

女が闇の中で何かしたようで、うるさいほどの機械音と共に蛍光灯が灯った。発電機を作動させたのだ。ガソリン臭が鼻を衝く。

女が顔をこっちに向けた。

「思い出した？」

細身、ワンレン、きつい目だがかなりの美人だ。何処だ、何処で会った？

女はメイクで別人になる。まさか、あの時の女か？

事故の目撃者の一人で、警察と救急車を呼んだ女。あくまでも目撃者という立場だから、警察も身分証の提示まで求めたりしない。だから、秋田を歩道橋から突き落とした後、偽名を使って事情聴取を受けたとしたら？　それに気づかず、こっちが話を訊きに行ったのではないだろうか？　そういえば、自宅マンションにも表札がなかった。だが、確信が持てない。

「思い出せない？　探偵失格ね」

女が沙耶香の所に移動して口のガムテープを剝がした。

「少しは反省した？」

反省？　何のことだ？　彼女が何をした？

「私、あなたを傷つけるつもりなんてなかった……。嘘じゃない、本当よ！」

沙耶香が涙声で言う。

「でも、結果として私は深く傷ついた。だから許さない」

「もうやめて！　家に帰して！」

「無理な相談ね」と女が冷ややかに言う。「それにね、家に帰ったところで、あなたは殺人鬼として捕まるだけよ。連続猟奇殺人事件の犯人として死刑台の階段を上る方がいい？」

「私は何もしていない！」

「知ってるわよ。全部私がやったんだもの」

「おい。じゃあ、お前が真犯人《ほんボシ》か！」

「そうよ、この女をハメてやったの。この女の名前は橋爪沙耶香、ニュースで騒いでるから知ってるわよね」

「知ってるさ」

「私ね、全部で六人殺したのよ。あなたが調べていた秋田秀次朗もね。女達を殺した凶器をこの女の別荘に置いたのも私。さぁ、ギャラリーも増えたことだし、そろそろ始めましょうか」

「何をする気だ？」

「この女の処刑よ」

沙耶香が嫌々をして身体をくねらせる。

「嫌――やめて……。お願い……」

冷徹に首を横に振った女が立ち上がった。部屋を出て行く。

女はすぐに戻ってきた。左手に出刃包丁、右手に大きな斧を持って――。

沙耶香の傍らで片膝を着いた女が、沙耶香の顎を人差し指で軽く持ち上げた。

「ねぇ。西太后《せいたいごう》の逆鱗《げきりん》に触れた麗姫《れいき》って知ってる？」

麗姫といえば、両手両足を切断され、瓶《かめ》の中に入れられて何年も生き続けたという清の皇帝の寵姫《ちょうき》ではないか。

沙耶香の表情が凍りついていく。これから自分の身に起こることを察したに違いなかった。

「大丈夫よ。私は西太后ほど残酷じゃないから何年も苦しめたりしない」

女が沙耶香の背中に馬乗りになり、足のロープを包丁で切った。

「嫌、嫌、嫌ぁ！」

金切り声を上げる沙耶香を一瞥した女が、斧を握って立ち上がった。

「やめろ！　お前それでも人間か！」

枯れ果てた声で怒鳴りつけたが、悲しいかなこっちは無力。女が鼻で笑い、「大人しくしていないと同じ目に遭わすわよ。大人しくしていたら楽に殺してあげるから良い子にしていなさい」と言い捨てた。

女が、身体を転がして逃げ惑う沙耶香の腹部を踏みつける。

「さぁ、私を恨みなさい。恨みの目で私を見なさい」

何を言ってるんだこの女？

そう思った刹那、あの肖像画のことを思い出した。

あの目――。あれは慈悲を乞うかのような目だった。

まさかこの女、あの目を描くために実際に人を殺すことを思いついたのではないだろうか。

次の瞬間、女が斧を一気に振り落とした。

まるでスローモーションのように見えた。斧の刃が沙耶香の左足首に食い込み、そこから先が弾け飛んで槙野の眼前に落ちてくる。傷口から吹き出る血が畳を赤く染めていく。

沙耶香の絶叫が轟く中、槙野は「狂ってやがる」と口走った。

激痛に耐え兼ねたのか、沙耶香が痙攣《けいれん》を起こす。だが、女は眉一つ動かさずに追撃の一撃を加え、斧は沙耶香の右足首から先も奪っていた。

人間とはここまで残虐になれるのか——。

夢なら覚めてくれと願うが、これは紛れもなく現実だった。

「放っておいたら出血多量で死んじゃうわね。もう少し生きていてもらわないと」

女が別のロープを用意し、白目を剥いて泡を吹く、沙耶香の両足首をきつく縛った。

「これでしばらく生きていられるわ」

「化《ば》け物《もの》め！」

「いいえ。見ての通り普通の女よ」

こっちを見る目はまるで蛇の目だった。感情の欠片《かけら》も感じられない。刑事時代に捕まえた、広域暴力団に雇われた殺し屋の目に似ている。

「彼女が何をしたと言うんだ！」

「許されないことに決まってるでしょ。あなたには関係のないことだから黙ってて」

「そうはいくか！」

「さっきも言ったけど、良い子にしていないとこの女と同じ死に方をするわよ。この女が目を覚ましたら続きをするから楽しみにしていなさい」

女はそう言い残して部屋を出て行った。

何もできない自分が腹立たしい。沙耶香を守ってやれず、痙攣している彼女を見つめることしかできない自分に腹が立つ。今は警官ではないが、何のために苦しい訓練を受けて柔道と逮捕術を身につけたのか。

この役立たず！　間抜け！

自分を叱責《しっせき》すると同時に、今まで抱いたことのない感情が心を支配し始めた。殺意だ。それも表面的なものではない。腹の底から湧き上がってくる純粋な殺意だった。あの女を殺せるなら全てを失ってもいいと、もう一人の自分が耳元で叫んでいる。

しばらくして、カレーの匂いが漂ってきた。

まさか、飯を食っているのか？

これだけ残虐な真似をしておきながら、平然と食事をするとは――。あの女、完全にサイコパスだ。

沙耶香が意識を失ってからどれくらい経っただろう。

そんなことを考えていると、女がバケツ片手に部屋に入ってきた。沙耶香の腕のロープを解き、片腕ずつ、改めて腕の付け根あたりをロープで締め上げていく。

「何をしている？」

「出血が少なくて済むようにしてるのよ」

「またやる気か！」

「当たり前でしょ」

「もうやめてくれ。せめて楽に死なせてやってくれ！」

「できない相談ね」

女がバケツの水を沙耶香にぶちまけた。

目覚めた沙耶香が顔を歪める。苦痛のために声も出ないようだ。

痛い——。痛い——。

彼女の心の声が聞こえてくるようだった。

「痛そうね。足首から下がなくなってるんだから当然か」

女が沙耶香の右腕の付け根を踏みつけ、斧を振りかぶった。

涙で二人の姿がぼやけて見える。

またしても沙耶香の絶叫が鼓膜を衝いた。

気絶していればどれほど幸せだったか。彼女の絶叫は止むことなく槙野の心を苛み続ける。

「残るは左腕だけね」

女がそう言ってこっちを向いた瞬間だった。アングルの関係で微かながら過去の記憶が像を結び、女の顔と重なった。

まさか——。

だが、カメラマンから聞かされた白石の弟子の名前の中に、この女の名前はなかった。

「どうしたの？　私を見る目がさっきと違うわね」

「お前は！」

女がニヤリと笑う。

「ようやく思い出したようね。そう、私は——」

3

東條有紀と戸田は逗子市を出発した。槇野が書いた報告書と、彼と行動を共にした高坂という弁護士の話を総合すると、槇野が接触した人物は、秋田の事故を目撃した三人と、秋田に飛び込まれた車の運転者、秋田の娘、島根県警の刑事だった大迫と彼の息子、日本画協会の職員、グランドハイツ逗子の入居者達、日本画ジャーナルのカメラマンということが分かった。そんなわけで時系列通りに調べることにしたのだが、秋田の事故を目撃したコンビニの経営者とスタンドの従業員の顔を確認したところ、二人は白石の弟子ではなかったのである。次は警察に通報した、馬場美由紀なる女性だ。

一時間ほどで目的地に到着したが、マンションの部屋には表札がなかった。有紀がインターホンを押す。

《はい》

「警視庁捜査一課の東條と申します。馬場美由紀さんはご在宅ですか？」

《――私ですけど、警視庁ってどういうことでしょうか？》

「逗子で起きた事故のことでお話が。お時間いただけませんか」

《今ですか――。私、パックをしていて――》

女性なのだからパックをしていても何ら不思議ではないが、このタイミングでか？

「こちらは一向に構いません。お願いします」

躊躇《ちゅうちょ》しているのか、返事がない。

「お願いします」と再度申し出た。

《――分かりました》

「東條さん。パックしてるなら顔が分かりませんよね」

「ええ。顔を見せたくないのかも」

玄関のドアが開き、顔にパックを施した女性が顔を出した。

すぐさま警察手帳を提示する。

「無理を言って申しわけありません」

「いいえ。それで、お話って？」

「お話の前に――。大変失礼なんですが、お顔を拝見させていただけませんか？」

「え？　ついさっきパックしたばかりなんですけど」

「パックの代金はお支払いしますから」

「そんなこと言われても――」

「パックを剝がすと困ることでも？」

「――いいえ――」

パックが邪魔で表情は読み取れないが、明らかに困惑している声だ。ここで素顔を見せることを拒絶したらかなり怪しい。

だが、馬場美由紀は溜息を一つ残すと、おもむろにパックを剝がしにかかった。

「これでいいですか？」

目鼻立ちの整った女性だった。しかし、明らかに白石の弟子ではない。

「馬場さん。大変失礼しました」非礼を詫びた有紀は財布から五千円札を抜き取り、「これ、パック代です」と言ってそれを握らせた。

次は秋田に飛び込まれた運転者だ。槙野の報告書には石崎法華《いしざきほうか》とルビが打たれている。

目的地に到着すると、そこは安徳寺という寺だった。長い石段を上って境内に入り、本堂横の平屋の前に立った。インターホンを押す。

すぐに《はい》と返事があった。

「警視庁の東條と申します。石崎法華さんはいらっしゃいますか?」

《いいえ。娘は出かけておりますが》

「ご家族の方でも構いません。お話を――」

《お待ち下さい》の声があり、ややあって玄関の引き戸が開いた。

顔を出したのは少し腰の曲がった老婆だった。警察手帳を提示する。

「つかぬことをお伺いしますが、お嬢さんは絵を描かれてはいませんか?」

老婆が即座に頷く。

ビンゴか!

「白石圭子さんのお弟子さんでは?」

「はい」

白石の弟子に石崎法華という名の女性はいなかった。だが、この老婆は確かに『はい』と言った。

「どういうことでしょう?」と戸田が耳元で囁く。

ここは寺だ。まさか――。

有紀の脳裏に、ある特殊詐欺のことが浮かんだ。

「失礼ですが、お嬢さんはご結婚を?」

「いいえ、独身です」

「では、養女ではありませんか？」

「はい。半年ほど前にこの家に入ってもらいました」

つまり、旧姓から石崎姓に変わったということだ。問題は下の名前だが――。

「お嬢さんは得度《とくど》されたのでは？」

「ええ。確かに――」

老婆が困惑顔で有紀を見る。

疑問が氷解していく。やはり戸籍名を変えて別人になったのだ。姓は養子縁組で変えることができるが、下の名前までは変えられない。だが、たった一つだけ下の名前まで変えられる方法がある。それが得度だ。つまり、出家するのである。寺側の得度証明を付けて家庭裁判所に戸籍名変更申請をすると、正当な理由があれば法名を戸籍名とすることができる。このシステムを悪用したのが出家詐欺で、多重債務者が得度して戸籍名を変えることでブラックリストから外れ、金融機関から新たに融資を受けるのである。

「お嬢さんの旧姓は？」

「藤田薫子ですけど」

あの女か――。榎本の元恋人だ。となると、一連の事件にも絡んでいると見るべきか。

「娘が何かしたんですか？　逗子で起きた事故のことでしょうか？」

有紀は何も答えず、「お嬢さんを養女に迎えた経緯を教えて下さい」と迫った。

「あの子は元々、うちの檀家のお嬢さんでした。それが一年ほど前に得度したいと言ってきたんです。理由を尋ねてみると、いろいろと悩みを抱えているようで、『仏の道に入って悟りを得たい』と言うものですから、しばらくうちで預かることにしました。とても熱心にお勤めをしましたし、これなら得度させても大丈夫と判断したんですけど——。得度を許した理由はもう一つあります。うちに跡継ぎがいないことと、主人が病魔に冒されていたことでした。跡継ぎがいない上に主人まで病気となれば、近いうちに寺を閉めなければなりません。ですから、本山にお願いして誰か紹介してもらってこの寺を譲ろうかと考えておりましたところ、予期せず薫子が現れたものですから、どうせなら近しい人物に寺を譲ろうかと主人と相談し、薫子に養女の話をしてみたんですよ」

「その話を彼女が受けたということですね」

「はい」

偶然とは思えない。何か魂胆があってこの寺に近づいたのだろう。槙野が会ったのは藤田薫子だったのだ。完全に思い込みによる失敗だ。槙野の証言と逗子警察署の調書を鵜《う》呑《の》みにして、石崎法華のことを今日まで調べなかった。

老婆に「ちょっと失礼します」と言った有紀は、少し移動して長谷川を呼び出した。

「妙な展開になってきましたよ」

た。

《どういうことだ？》

ざっと説明すると、《全捜査員に配るから藤田薫子の顔写真を借りろ》と命令があっ
「はい」携帯を切って老婆の許に戻った。「法華さんはどちらに？」

「さあ、何も言わずに出て行きましたけど」

「彼女の写真をお借りできますか」

「いいですけど、娘は何をしたんですか？」

「殺人に関わっている可能性があります」

間違いなく関わっているが、相手は老婆だからオブラートに包んだ表現に抑えた。

「嘘でしょう――そんな――」

老婆の顔から血の気が引く。

気持ちは分かるが一刻を争う。「急いでるんです」と催促した。

中に通されて待つことしばし、法華の顔写真を受け取った有紀は、「娘さんが立ち寄りそうな場所に心当たりは？」と質問を向けた。

「この近所にアトリエ用のワンルームマンションを借りていますから、そこじゃないかしら」

槙野を拉致しているのだからそんなところには行くまい。

「他には？」

「急に言われても――」

老婆が俯く。

もっと具体的に訊かなければだめだ。法華が一連の事件に絡んでいるなら、人気のない場所で被害者達を監禁したはず。そういう場所に心当たりがないか尋ねてみることにした。

「彼女が行きそうな所で、全く人気がない場所をご存じないですか？」

老婆が顔を上げた。

「そういえば――。娘は長閑な田園風景を描いたことがあります。ここはどこ？　って訊いたら、『祖父母が暮らしていた村で、今は廃村になった』と答えました」

廃村――。

そこだ！　そこが使われたのだ。槙野もそこに連れて行かれたか？

「場所は？」

「大沢村って言ってたかしら？　群馬県にあると」

廃村になったのならカーナビに表示されないかもしれない。大沢村までの詳しいルートを本庁に問い合わせて調べてもらうことにした。

「ご協力感謝します」

放心状態の老婆を気遣いつつ外に出た有紀は、戸田に法華の写真を託し、自身は群馬県に向かった。槙野は生きている可能性があるから急がねばならない。捜査会議を要請している時間はなかった。

4

槙野は、無残にも身体から切り離された四つのパーツを見つめていた。沙耶香はというと、まるで打ち捨てられたマネキンの如く、ピクリとも動かず仰向けになっている。

おそらくはまだ生きているだろうが、彼女に一刻も早い死が訪れることを願わずにはいられない。仮に奇跡が起きて救出されたとしても、こんな身体では生ける屍《しかばね》同然だ。ただただ哀れでならなかった。

どこかに行っていた女が戻ってきた。まさかこの女が、秋田に飛び込まれた運転者だったとは——。鬘《かつら》を外して見せたことでようやく分かった。同時に、全ての疑問も氷解していった。秋田は別の場所で殺されたのだと。

では、どうやって殺した？

秋田は歩道橋から飛び降りたことになっているから、それと同じシチュエーションを用意したのだ。つまり、誰にも見られずに歩道橋と同じ高さの場所から突き落とせばいい。誰にも見られない場所というと――。

どこかの廃墟か！

真相が見えてきた。まず、どこかで秋田を気絶させて自由を奪い、彼の靴と所持品を歩道橋上に置く。それから自分の車を使い、秋田をその廃墟に運んだ。秋田を転落死させたこの女は、秋田の死体を乗せて歩道橋のそばまで移動。そして走る車から放り出した。通常なら、運転しながら人間を車外に放り出すのは難しいが、電動スライド式ドアの車を使えば簡単だ。運転席から開閉できる。助手席の後ろの電動ドアに遺体を凭《もた》れさせておき、歩道橋の手前で電動ドアを開ければ遺体は勝手に転がり落ちる。当時は雨で時間は深夜の二時過ぎ、歩道には誰も歩いていなかっただろうし、交通量も極端に減る時間帯で他の車も少なかっただろう。仮に対向車がいたとしても、反対車線側からはこっちの左側ドアは見えないから放り出すところを目撃されることはない。

調書では『運転席の後ろ辺りの天井が大きく凹んでいた』と書かれていた。ということは、秋田がそこに落下したと思わせるために、車の上に乗って重くて硬い物を毛布か何かに包んで運転席の後ろ辺りに叩きつけたのだろう。多分、ボウリングの球を使ったのではないだろうか。女でも簡単に持ち上げられるし硬いときている。毛布で包んだのは人体以外の物がぶつかったと疑われないようにだ。ボウリングの球を直接ぶつけると塗装が不自然に剝がれてしまう。そんな単純な方法で偽装できたのも、全ては車が走っていたからだ。

通常、止まっている車の天井に人間が落下すると、垂直方向の力がまともにかかるために天井が大きく凹む結果となる。時にはフロントガラスやテールガラスまで砕けることがあると聞く。しかし、走行中の車の天井に人間が落下した場合は話が違う。車が前進しているために人体と天井の接触時間が極端に短くなり、垂直方向にかかる力も前進する力によって緩和されるため、車は然程《さほど》損傷しないのだ。川に石を投げて遊ぶ『水切り』の原理と同じである。この方法なら、車載カメラに人影が映っていないことの説明もつく。どんなに高性能な車載カメラでも、真上から落ちてきたものは映せないと警官も思う。

事故が起き、現場検証で車を運転していた当事者の方が事故に巻き込まれたと判断された場合、その当事者は被害者となるわけだから警察は好意的に事情聴取をする。当然、勾留されることはないし、秋田も死んでいて裁判だって開かれない。事情聴取が終われば『はいさようなら』という寸法だ。だが、秋田を転落死させた時点で出血するだろう。車に乗せれば当然、血痕が残る。事故を調べた警官も、一応は車内を見たはずだが――。

そうか！　現場検証に使われるビニールシートを後部座席に敷いておけば済むことだ。電信柱に車をぶつけて事故を教え、真っ先に駆けつけてくることが分かっていたコンビニの店員に放心状態であることをアピール。コンビニの店員が道路上の秋田に気づいて向こうに行っている間、運転席を倒して後部座席に移動し、ビニールシートをスポーツバッグか何かに入れたのだろう。事故を検証した警官達も、この女の持ち物検査までするはずがない。残虐性だけでなく、恐ろしく悪知恵も働く女ではないか。

「お前が石崎法華だったとはな」

「今はね。元々は藤田薫子よ。石崎家に養女に入り、得度して下の名前も法華に変えたの。あなたが秋田のことで話を訊きにきたから、何を探っているか知りたくなった。だから、秋田のことを調べているなら幽霊画のことも知っているんじゃないかと考えて、霊能者を装ってこっちから近づくことにしたわけ。幸い、私は僧職に就いているから、霊のことを話しても不自然じゃないしね。普段は他人の秘密を覗いているあなたが、まさか自分が探られているとは思わなかったでしょ。間抜けもいいところだわ」

「弁護士の高坂を利用したな」

「ええ、オカルト好きみたいだったから——。彼、いろいろと教えてくれたわ」

「ふざけやがって！」

「私の忠告を聞いて、肖像画の作者なんか探さなきゃこんなことにはならなかったのに——」

「あの最後の忠告は、肖像画の秘密に触れさせないようにするためめか」

「正解。念のために一芝居打ったのよ。でもまさか、本当に肖像画のことを探るとは思わなかった。昨日はたまたま白石先生のアトリエにいたんだけど、それが幸いしたわ。あなたからの電話を受けることができたんですもの――。あなたの声と槙野という名前を聞いて、探偵の槙野康平だとすぐに分かった。馬鹿よねぇ。話している相手が私だと気づかずに、『肖像画を買いたい』って言うんだから。それでピンときた。あなたがあの絵の秘密に気付いたって――。もし、白石先生や別の弟子があなたの電話を受けていたら、私はあなたの行動を摑めないまま調査対象になっていたでしょう。そして間違いなく、最悪の状況に追い込まれていたと思う。考えただけでもゾッとするわ。やっぱり私って、強運の持ち主なのかもね。それに引き換え、あなたってつくづく運のない男。良い線まで行ったのに詰めが甘かった。同情してあげる」

この女の首を絞めてやりたい。

「さぁ、仕上げにかかるとしましょうか」

法華が沙耶香の頰を何度も張り、沙耶香が薄らと目を開けた。

「苦痛から解放してあげる」

法華が沙耶香に馬乗りになるが、槙野は止めなかった。彼女に死を与えてやって欲しいと切に願っているからだった。

「さぁ、私を恨みながら死んで行きなさい。憎むのよ！」

法華が沙耶香の顔を凝視する。だが何故か、悲しげな顔で首を左右に振った。

「その目じゃないのよ。私が見たいのはその目じゃない！」

出刃包丁が、怪しげな光を反射しながら振り下ろされて行った。

もはや声もなかった。法華が立ち上がり、沙耶香の顔面には出刃包丁が突き刺さっていた。

法華が部屋を出て、別の包丁を持って戻ってきた。

「次はあなたよ」

もうダメか――。

麻子の顔が浮かぶ。最後に彼女のエビフライをたらふく食べられたことがせめてもの救いか。

「だけど、何も知らずに死んでいくのは可哀想な気もするわね。いいわ、時間はたっぷりあるし、あなたの質問に答えてあげる。何でも訊いていいわよ」

ありがたい。これで少しは寿命が伸びる。何でもいいから質問だ。

「どうして猟奇殺人事件なんか起こした？」

法華が沙耶香を一瞥する。

「全てはこの女が悪いのよ。恋人の榎本を盗んだだけじゃなく、才能の差まで私に見せつけた。いいえ、何もかもが腹立たしいわ！　恵まれた経済力もね！」

「お前、榎本の恋人だったのか」

「驚いた？」法華が不敵に笑う。「事の発端は、榎本から切り出された別れ話だった。青天の霹靂《へきれき》で、私は我が耳を疑ったわ。いつか榎本からプロポーズされると思っていたからよ。私は彼を支え続けた。帝都芸大勤務とはいえ、所詮は助教という職階にいるから給料は安い。だから、私が彼の生活を助けていたの。姉妹弟子の広瀬純子さんが経営する、銀座の高級クラブでホステスをしてね。

昼間は絵の勉強をして夜は銀座で働いたわ。それもこれも、榎本の生活を助けるためだった。あの男に幾ら貢いだか——。それなのに、いきなり『沙耶香と結婚する』って言われたのよ。冗談でしょうって思ったわ。呆れたことに榎本は、『でも、君との関係も続けたい』って。だから横っ面を張り飛ばして、こっちから別れてやったの。

私は先輩弟子として、この女にはいろんなことを教えてあげたのよ。本当に親切にしてあげたわ。その礼が私の男を寝取ることだったなんて——。榎本が私の男であることを知っていながら付き合っていたのよ、どういう神経してたのかしら？　そして、私が榎本と別れたら婚約よ。だから二人を恨んだわ。でもね、時間が解決してくれた。榎本とは縁がなかったと思えるようになって絵に専念することにしたの。

それから三ヶ月かけて全日本日本画コンテストに出品する絵を描き上げて白石先生に見てもらった。自分でもよく描けたという自負もあって自信満々だったんだけど、結果は信じられない評価だったわ。『今までの絵よりは進歩しているけど、これではダメだ。

橋爪さんの絵を見てみなさい』と言われたの。この女も全日本日本画コンテストに出品する絵を描いていたのよ。その絵は確かに素晴らしくて、正直負けたと思った。でもね、話はそれで終わらなかったの。白石先生はこう付け加えた。『日本画に関しては橋爪さんの方が遥かに素質がある。この先描き続けても、あなたは彼女に絶対勝てない。日本画にこだわらず、他の道を選んではどうか』と。

愕然としたわ。他の画家に言われたのなら気にもしなかっただろうけど、師匠の口から引導を渡されたんだから——。でも、ずっと日本画にこだわってきたし、そう簡単に諦められず、もう一度描きますからそれを見て下さいと言って白石先生のアトリエを後にした。自宅に戻るまでの道すがら、この女の顔が目に浮かんだわ。私から恋人を奪っておきながら、今度は才能の差まで見せつけた。この女さえいなければ私は榎本と結婚していただろうし、白石先生も私を見捨てなかった。そう思うと、憎悪が滾って抑えきれなくなってしまったの」

「それで殺意が芽生えたんだな」

法華が頷く。

「この女に抱いた殺意は榎本にも向いた。私を捨て、私をどん底に突き落とした女を選んだからよ。だから二人とも殺してしまおうと考えた。でも、芽生えたのは殺意だけじゃなかった。秋田の描いた幽霊画のことを思い出したの」

「秋田とは面識があったのか？」

「ええ、初めて会ったのは去年の七月だったわ。秋田の存在を教えてくれたのはこの女だった。『島根県に凄い画家がいる。幽霊画を描かせたら白石先生も及ばないだろう』って言うもんだから詳しい話を訊いてみると、『画商の江口さんが見つけてきた画家で、自分もその画家に会った。それで石見銀山の龍源神社まで行って彼の絵を見てきた』って答えたわ。だから私も龍源神社に足を運んだ。秋田の幽霊画を見た途端、あまりの不気味さに絶句してしまった。それで、これほど悍ましい目を描ける人物に教えを請《こ》えば、私の技量も上がるんじゃないかって思ったの。そしてこの女に頼んで秋田の住所を教えてもらって訪ねたのよ。私は、全精力を傾けて描いた幽霊画を持参して彼に懇願したわ。『どうか、あの幽霊画の目の描き方を教えて下さい。私の絵の悪いところを教えて下さい』と。でも秋田は首を縦には振らなかった」

「秋田はお前の絵を見て何と言った？」

「一瞥しただけだったわ。だから、企業秘密で教えないんだろうと思ったんだけど違った。秋田は、教えてやりたくても教える術がないと説明したのよ。でも、『わざわざ東京から訪ねてきてくれたのに申しわけない。お詫びに食事でもご馳走しよう』と言ってくれて、二人で松江市内の小料理屋に足を運んだ。酒が進むにつれて秋田は饒舌《じょうぜつ》になり、酔った勢いもあってこんなことを言い出した。『君は幽霊を信じるか？』と。

勿論、信じないと答えたわ。あんなものは幻覚だと思っていたし、その幻覚ですら見たことがなかったんですもの——。そうしたら秋田は真顔になって、『それは間違いだ。自分には幽霊が可視《み》える』と言ったのよ。そして教えられない理由を話し始めた。『君が見た絵は妻の亡霊を描いたものだ。私は妻を殺したんだよ。妻は私を恨んで死に、枕元に立っては「いつか地獄に引きずり込んでやる」と言った。だから彼女の供養のためにあの幽霊画を描いた。これで分かっただろう。幽霊を可視たことのない君に、あの目の描き方を指導しても無駄なんだ』って。にわかには信じられなくて『からかわないで下さい』って言ったら怒り出しちゃってね」法華がタバコを咥えて火を点けた。煙を吐き出す。「そんなこんなで秋田とはその店で別れたんだけど、幽霊がいるなんてどうしても信じられなかった。だから、秋田は妻を殺した罪悪感から幻覚を見ただけだと結論した。そして秋田は、『妻は自分を恨んで死んでいった』とも言ったから、秋田の妻は死ぬ間際に幽霊画と同じ目で秋田を見たんじゃないか。秋田はその目を描いたんじゃないかと思い、私も誰かを殺せば秋田のような幽霊画が、いえ、あれ以上の幽霊画が描けるかもしれないと考えた」

「じゃあ、そのために大勢の人間を殺したってのか？」

「そうよ」と法華が平然と言う。「でも、最初はそんなつもりじゃなくて、榎本と沙耶香だけを殺すつもりだった——」

「続けろ」

「二人を殺すにしても私の関与が疑われてはいけないから、自殺に見せかけることにしたの。まず起こした行動は、身体を鍛えることだった。人を殺すんだから相手と揉み合うことになるかもしれないし、遺体を運ぶ必要も出てくるんじゃないかと考えたからよ。フィットネスクラブで徹底的に身体を苛《いじ》め抜き、並行して榎本と沙耶香の殺害方法を考えた。そして榎本を自室から突き落として飛び降り自殺に見せかけ、沙耶香が榎本の後を追って歩道橋から飛び降りるというシナリオを組み立てた」

「もともと考えていたトリックを秋田殺しに使ったということか」

「ええ。秋田の出現は全くのイレギュラーだった。対応に困って仕方なく――」

「秋田殺しについては後で訊く。続きを話せ」

「いざ計画を実行に移そうとした時、さっきも言ったように、『私も誰かを殺せば、秋田の幽霊画以上のものが描けるかもしれない』という考えが頭を擡げた。だけど、私の立てた計画だと、殺される間際の相手の顔を見ることができない。私を恨みながら死んでいく顔を見ることができない。だから計画を変更することにして、もう一人犠牲になってもらうことにしたの。それから計画を練り直し、榎本を強姦殺人犯に仕立て上げることにした。そうすれば彼の名誉も傷つけることができるし、沙耶香だって、婚約者が殺人犯と知りショックで自殺したと誰もが思うわ。そして私は次の行動に移った。榎本の精子の採取よ。適当な理由をつけて彼に会い、ホテルに誘ってコンドームをつけさせた。彼は女好きだし、私との関係も続けたいと言ってたから平気で抱くと思ったらその通りだった。あとは簡単、情事が終わってゴミ箱のコンドームを回収して自宅に持ち帰り、牛の精子の冷凍保存に使われる特殊なストローに榎本の精子を移し替えて液体窒素で保存した。最初は冷蔵庫の冷凍庫で保存しようと考えたんだけど、調べていくと、それでは精液が劣化してしまうことが分かったのよ。被害者の解剖で精液の存在が明らかになっても、劣化したものだと判明すれば警察に不信を抱かれる恐れがあった。だから液体窒素を用意した。誰でも簡単に手に入れることができるし、ストローだって一万円も出せば通販で買えるわ。次に殺人事件の犠牲者になってもらう人物を探し、白羽の矢を立てたのが峯村聖子だった」

「最初の被害者か。どうして彼女を選んだ？」

「榎本と寝たからよ。榎本は峯村聖子にもちょっかいを出していたの。まだ榎本と付き合ってる頃だったから彼女に会って、私の男に手を出すなって釘を刺したわけ。そうしたらあの女、逆ギレしちゃってね。そこで大喧嘩よ。その時の腹立たしさが心に残っていたから彼女を選んだ」

「どうやって拉致した？」

「簡単よ。待ち伏せして、帰宅途中の彼女に話があると言って車に誘き寄せた。それから隙を見て、スタンガンを押し当てて気絶させた。勿論、人通りが少なくて防犯カメラもない場所でね。前もって調べていたの」

「だが、彼女がその日その時間にそこを通るとどうして分かった？」

「人を拉致するのよ、下調べしたに決まってるでしょ。彼女ね、毎週月曜日に町田市の一軒家に出かけて行ったのよ。啓明女子大学ってレベルの高い女子大で通っているし、その家には中学生ぐらいの女の子もいるから家庭教師をしていたんだと思う。いずれにしてもあの日、彼女は私の思惑通りあそこを通りがかった」

「それから車に押し込めたってことか。だが、喧嘩した相手にすんなりとついてきたのか？」

「そうよ。榎本も車にいるからって言ったら信じちゃってね。でも、計画が大きく狂う事態が持ち上がった。榎本のアリバイが成立してしまったのよ」

「どういうことだ？」

「あの日は榎本のアリバイを消すために会う約束をしていたんだけど、『教授のお供で急遽大阪に行くことになったから今日は会えない。明日も東京に戻るのが夜になりそうだから、会うのは明後日にしてくれ』って電話が入ったのよ。焦ったわ。峯村聖子はもう拉致してしまったし、計画は後戻りできない状況にあったから――。そこで計画を変更して、峯村聖子を猟奇殺人事件の被害者に、犯人は複数の男性という設定にしたの。

そうすれば、榎本のアリバイがあっても共犯者が拉致できたということになるでしょ。そして犯人の一人が榎本であることが明らかになり、沙耶香がショックのあまり自殺するというシナリオにした」

嘘を正当化するために新たな嘘をつく。犯罪者がよく陥るパターンだ。

「そこで下平を巻き込んだのか。どうして彼だった?」

「榎本と別れてしばらくした頃、下平から求愛されたの。タイプじゃないから断ったんだけど、しつこく付き合って欲しいと言われ続けていてね。彼の精液なら簡単に手に入ると思ったから利用させてもらったわ。気絶している峯村聖子を横目にしながら電話して、話があるから会いたいと言うと、向こうはすぐに承諾した。それから都内のホテルのバーで待ち合わせして、淋しいと切り出した。酔ったふりをして肩を寄せたら、下平はすぐにその気になってくれたわ」

「ベッドに誘ったというわけか」

「ええ。同じホテルの部屋を取って情事に及び、コンドームをつけさせて彼の精液を手に入れた。眠っている下平をホテルに残した私は、ホテルの地下駐車場に止めていた車に乗って一旦自宅に戻り、下平の精液も液体窒素で保存した。それから峯村聖子をこの家で監禁したの。彼女を殺したのは翌々日だった。遺体をナイフで何度も刺したわ。最後に、保存してあった榎本と下平の精子を解凍して、スポイトを使って彼女の膣に注入した」

「精子ストローはどうやって運んだ？」

「ステンレス製の保温水筒に液体窒素を入れて、それに漬けて運んだ」

「その後、遺体を遺棄したってことか」

法華がまた頷く。

「男二人による猟奇事件に見せかけることに成功したけど、私の思惑は外れた。首を絞められている峯村聖子の目が、秋田の幽霊画のような、恨みに満ちた悍ましい目じゃなかったのよ。慈悲を乞う哀れな目だった。だから、秋田の話を思い起こしてみたの。『妻は私を恨んで死んでいった』と話していたから、これは恨みの買い方が弱いんじゃないかと考えて、また計画を変更することにした。猟奇殺人事件を連続猟奇殺人事件にしようと」

「新たな獲物を探し、関口千春と佐伯理香を選んだんだな」

「ええ。でも、峯村聖子が死ぬ寸前に見せた目はそれなりに印象的で、あれはあれで絵の題材になると思った。だから肖像画を描き上げて白石先生に見てもらうと、予想外に評価を受けた。いえ、大絶賛だったわ。『この悲しげで哀れを誘う目は自分にも描けないかもしれない。私はあなたの才能を見誤っていたようだ。次の個展にこの絵を展示しよう』と言って下さったの。白石先生に初めて褒められ有頂天になり、もっともっと褒めて欲しくなった。だからどうしても秋田の幽霊画の目を凌《しの》ぐ絵を描かなければならないと誓ったの。次の獲物を関口千春に定めた私は、彼女を拉致して撲殺した。金属バットで全身をメッタ打ちにしてね」

「恨みを買うためか」

「そうよ。あの女は『助けて』と懇願しながら死んでいった」

「どうやって拉致した?」

「あの時も車を使った。関口千春の通勤路を調べ、人通りが少なくて防犯カメラもない場所を見つけ出した。そしてそこで拉致する機会を窺ったの。勿論、一度で上手くいくわけもなく、何日も、誰にも目撃されることなく拉致できる機会を待ち続けた。そして遂にその時が訪れ、道を尋ねるふりをして彼女に近づき、隙を見てスタンガンを押し当てた。でも、いろいろと苦労したのよ。下平が拉致したことにしないといけなかったから、新しいカーナビを買って彼の家から所沢までの航跡を残したり、所沢から小鹿野までの航跡を残したり、遺体遺棄現場までの航跡を残したりもした。だけど、関口千春も峯村聖子と同じ目をして死んだから、もっと酷い殺し方をしないといけないんだと結論して今度は佐伯理香を狙ったわけ。綺麗でスタイルの良い女だったから、顔と身体を醜くしてやれば今度こそ、秋田の幽霊画のような目をして死んでいくと思った。彼女も、関口千春の時と同じ方法で拉致した」

「だが、どうして関口千春と佐伯理香を選んだ？」

「以前、この女が話していたことを思い出したからよ。『私は中学高校と酷いイジメに遭っていた。ひとりは関口千春、もう一人は佐伯理香。あの時のことは一生忘れない』って。そこでもっと良いシナリオが閃《ひらめ》いた。沙耶香が昔の恨みを晴らすために二人を殺す計画を立て、連続猟奇殺人事件を演出したっていうストーリーよ。あらすじはこう。『浮気性の婚約者に辟易《へきえき》していた沙耶香は、ある日、その婚約者に殺意を抱く。しかし、どうせ殺すなら役に立ってもらおうと考え、婚約者の浮気相手と、過去に自分をイジメた恨み骨髄の女二人の計三人を殺す犯人役に仕立て上げることにした。その後、警察の捜査を攪乱するために犯人役を二人に変更して、婚約者の友人も巻き込んでしまう。そして三人の女を殺した沙耶香は、まんまと犯人に仕立て上げた婚約者とその友人をも殺す。だけど、僅かな綻《ほころ》びから計画が露呈して、最後は人知れず山の中で自殺する』」

「お前はそのシナリオ通りに行動したってわけか」

「中々良くできたシナリオでしょ。この女を真犯人にするために、敢《あ》えて榎本と下平のアリバイは消さなかった。関口千春と佐伯理香の住所は、この女の自宅に行って手に入れたのよ。適当な理由をつけて部屋に上がり込み、目を盗んで本棚にあった卒業生名簿を見た」

「シナリオの中に、僅かな綻びっていうのがあったよな。何のことだ？」

「あなたは知らないでしょうけど、榎本を殺した時、私はヨットパーカーを着て彼の部屋に行ったのよ。でね、そのヨットパーカーに沙耶香の髪の毛をつけて下平の部屋の押し入れに隠しておいたから、いずれ警察は彼女にも捜査の手を伸ばして、過去に関口千春と佐伯理香から酷いイジメを受けていたことを摑むと思った。そうなれば当然、この女は連続猟奇殺人事件の重要参考人に指定されるだろうし、榎本も下平も死んでいることから、最終的に警察は、この女が真犯人だと結論すると思った。髪の毛は、この女の部屋に行った時に拾っておいた。そんなわけで、この女をハメる準備が整ったから次の行動に移ろうと思った矢先、予想外に早く警察が動いてこの女に任意同行を求めた」

沙耶香が警察にマークされた経緯を知らないようだ。そのことを教えると、法華が納得顔で頷いた。

「幽霊画か——そういうことだったのね。だから予想よりも早く警察が動いたってことね」

「彼女が任意同行されたことをどうして知った？　報道はされていなかったぞ」

「榎本が死んでから、毎日この女に電話していたもん。『元気出してね』って。他人の不幸は蜜の味って言うでしょ。この女の嘆きを聞いていると可笑しくって——。任意同行を求められた日も電話をかけたわ。そうしたらこの女が、不安げな声で『刑事さんに警察に連れて行かれてあれこれ訊かれた。だから弁護士を呼んだ』って言うじゃない。

任意で引っ張られたら逮捕は時間の問題。だから、逮捕される前に拉致しなきゃならなかった。そうしないと余計なことを喋るかもしれないし、恨みだって晴らせないもの。拉致したところで、警察はこの女が逃走したと考えるでしょうしね」

「彼女をどうやって拉致した？」

「車を使ったのよ。警察が見張ってることは分かっていたけど私はノーマーク。堂々とあのマンションの地下駐車場に車を乗り入れて沙耶香の部屋に行き、隙を見てスタンガンで気絶させた。それから部屋にあった大型のスーツケースに放り込んで車に運び込んだのよ。この女は小柄だから簡単に入れられたし、スーツケースがあることも事前に知っていたからね。警察は、この女が拉致されたことも知らずに監視を続けていたってわけよ。あなたと同じで大間抜け」

警察もいい面の皮だ。

法華が、沙耶香の顔に煙草を押し付けて消した。

「死者を鞭打つような真似はやめろ」

「死んだらただのゴミ屑《くず》よ。この女を車に乗せた私は、奪ったキーでこの女の車のトランクを開け、女達の髪と血を撒いた。それからこの女の別荘に寄って凶器を置いた」

「一つ疑問がある」

「何かしら？」

「峯村聖子、関口千春、佐伯理香を拉致した時の沙耶香のアリバイは？　三人の死亡推定時刻のアリバイもだ。それだけじゃないぞ、榎本と下平を殺した時もだ。誰かが沙耶香のアリバイを証明したらどうするつもりだった？」

「ああ、そのことね。勿論考えたわよ。この女、裕福なくせに週に二回、金曜と土曜に画廊でアルバイトをしてるんだけど、それ以外は殆ど家にいて絵を描いてるのよ。それに一人暮らしだし、家にいれば誰もアリバイを証明しない。峯村聖子を拉致した時は、まだこの女を殺人鬼に仕立て上げる前だったからアリバイのことは頭になかったんだけど、次の日に白石先生のアトリエで会った時、『作品の制作に没頭していて、昨日は一度も外出しなかった。拓哉さんも大阪に行っていて、食事も一人でした』って話していたの。一生懸命、下手な幽霊画を描いていたようよ。そのことを知っていたからこそ、猟奇殺人事件を連続猟奇殺人事件にしても問題ないと判断した。関口千春と佐伯理香を待ち伏せしている時も、この女の携帯に電話して在宅中かどうか、一人でいるかどうかを確認した」

「お前、関口千春を拉致するのに苦労したと言ってたな、何回拉致を試みた？」

「七回よ。佐伯理香の時は十二回」

「その都度《つど》、沙耶香に電話したのか？」

「当たり前でしょ。そしてようやく、『待ち伏せした場所に目撃者がいないこと。沙耶香が一人で家にいること』この二つの条件が整って拉致を実行した」

「ご苦労なこった。だが、彼女が一人で家にいたのを確認しても、その後に外出することや、誰かが訪ねてくることは考えなかったのか？　もし、電話を切った直後に外出したら、どこかの防犯カメラに映ってしまうこともあるだろうし、知人が訪ねてきたら、その人物がアリバイを証明するぞ」

「話の中でさりげなく尋ねたわよ。この女、『出掛けないし、誰もこない』って教えてくれた」

「用意周到ってわけか。三人を殺した時は？」

「同じよ。この女が一日中、一人で家にいた日に殺した。というか、峯村聖子を殺した時は偶然この女が家にいてくれたんだけど、もし誰かと一緒だったら別の方法を考えたでしょうね」

「しかし、沙耶香が家にいるということは、どこの防犯カメラにも映らないってことになる。それはそれでアリバイが成立するぞ」

「女なんだから、防犯カメラを気にしないで外出する方法は幾らでもあるわ。私みたいに、変装してメイクを変えれば別人になれるしね。何と言っても、沙耶香の別荘には証拠品の凶器があったんだから、警察だって『変装して外出した』と結論するはずよ」

「確かにな――。榎本と下平を殺した時も、彼女が一人で家にいるのを確認したのか」

「その通り」

「秋田の時は？」

「事故死に見せかけるつもりだったから、この女を巻き込む気は最初からなかった」法華が長い溜息を吐き出す。「まあ、良くできたシナリオだったんだけど、順調にいったわけじゃなかった。佐伯理香を殺す前に予期せぬ事態が持ち上がったの。秋田の出現よ。だからさっきも言ったように、この女を殺すために考えた歩道橋のトリックを秋田に使わざるを得なくなった」

槙野がトリックのからくりを話すと、法華はすんなりと頷いた。

「土地勘があったからあの歩道橋を選んだ。おまけに、あそこで二人も自殺していたから秋田の死はすんなりと自殺で片がついた。計画を立てた時に電動スライドドアの車にも買い換えたのよ」

「どこで殺した？」

「歩道橋から十五分ほど走った所に廃病院があって、そこの四階から突き落として殺した。走行中の車に落下して地面に叩きつけられたら全身を強打するから、それと同じ状態にするには高い所から落下させるのが一番だと思ったの。それから車を県道三一一号線の脇道まで進めた私は、秋田の靴と鞄と傘を歩道橋の上に置いて車に戻り、三一一号線から車がいなくなるのを待った。どんなに交通量が多い道路でも、一瞬、車が走らない時間がある。そして歩道にも人がいないのを確認してトリックを仕掛けた」

「それからの行動は？」

「当初の計画に戻って佐伯理香を殺し、榎本も殺した。榎本を殺したんだから、共犯者役にも生きていてもらっては困る。だから下平も殺した」

「榎本はどうやって殺した」

「身体にサラシを巻いて男に変装し、彼の部屋を訪ねてスタンガンで気絶させた。それから、スタンガンの電流痕を爪で削り取ってベランダから投げ落としたのよ。下は植え込みで遺体は傷だらけになるから、電流痕を削り取った傷なんか誰も不審には思わない。事実、最初は自殺で片がついたしね」

「下平はどうやって殺した？」

「あなたの車でドライブに行きましょうと誘って、休憩した時に睡眠薬入りの缶コーヒーを飲ませたの。下平はすぐに眠ったわ。それから私が車を運転して埼玉県の山中まで行き、排ガスを車内に引き込んだのよ。勿論、私の指紋が残らないよう念入りに拭き取った」

法華が顔色一つ変えずに話す。

「秩父の廃屋をどうやって見つけた？」

「この女が会員になってるゴルフ場を調べているうちに偶然見つけたのよ」

「被害者達の血が残されていたと報道されたが？」

「女達を殺した時に出た血を集め、それをあの廃屋でぶちまけた」

信じられない女だ。常軌を逸しているという言葉では物足りない残虐さではないか。

「次の質問は？　質問が無くなった時点であなたは死ぬのよ。頭を絞って考えなきゃ」

「分かってるよ！　秋田を殺した理由は？」

「白石先生の個展に現れたからよ。そして私の絵を見て不審を抱いたの。秋田は個展の関係者に作者を尋ねて私が描いたことを知ったんだけど、問題はその後だった、秋田は雑用をしていた私を険しい顔でじっと見据え、『個展が終わったら話がある』って言ったの。私は絵の話でもしてくれるのかと思っていたんだけど、それは大きな間違いだった。片付けを終えて秋田を車に乗せ、予約した小料理屋に向かうと、秋田はいきなり『どうして殺した！』と怒鳴ったのよ。ぞっとしつつも『何のことですか？』と恍《とぼ》けると、『人を殺さないとあの目は描けない』と秋田は続けた」

絵心がある人殺しだからこそ、あの肖像画の秘密に気付いたということか――。

法華が額に手を当ててかぶりを振る。

「勿論、否定したわよ。『誰がそんな馬鹿げた話を信じるんですか？』って。そうしたら秋田はね、『私の知人に元刑事がいる。彼に話せばきっと何とかしてくれる』と言い出して――」

秋田を取り調べた大迫のことだろう。秋田はあの老人に相談するつもりでいたようだ。

「だから秋田を殺したのか?」

「そうよ、怖くなってね——。揉み合いながらも護身用に持っていたスタンガンを彼に押し当てた。でも、急なことでどうやって殺そうかと悩んだわ」

「そこで急遽、かねてから考えていた歩道橋のトリックを使うことにしたのか。だが、どうして名前まで変えた?」

「必要だったからに決まってるでしょ。沙耶香を歩道橋のトリックで殺すにしても、彼女には絶対に会わないといけないわけだから誰かに見られることも有り得る。その人物がたまたまニュースを見て、沙耶香の自殺と、彼女に飛び込まれた被害者が私であることを知ることにでもなれば厄介だと思った。そうなればトリックが破綻する可能性があるから、被害者は私以外の人間でなければならなかった。それに薫子って珍しい名前でしょ。もし誰かが沙耶香の自殺に疑問を持って彼女のことと事故のことを調べれば、被害者の名前と彼女の姉妹弟子の名前が薫子という珍しい名前であることに疑問を持つかもしれなかった。だから姓を変えるだけでは安心できなくて下の名前も変えることにしたのよ。でも、簡単に戸籍名なんて変えられない。だからどうしたものかと思案しているうちに、実家の菩提寺のことを思い出したの。法要の時に住職が実家にきて、『後継者がいなくて困っている、自分も病気がちだからいつまで寺を維持できるか分からない』って零してた」

「それで安徳寺の石崎家に潜り込んで得度までしたのか」

「人を殺すんだもの、徹底的に不安要素を取り除かないと完全犯罪は成立しないわ。ひと月近くかけて練った計画だったのよ」

「呆れた女だ」

「あの日、秋田を車に乗せるところを姉妹弟子の田村さんに見られてしまったんだけど慌てなかった。白石先生にも弟子仲間にも、養女になって得度したことは黙っていたし、普段は鬘もつけていたからね。でも翌々日、またイレギュラーな事態が起こった。あなたが私を訪ねてきたのよ」

「たかが絵のために人を大勢殺すとは――」

法華が槙野を睨みつける。

「聞き捨てならないわね。たかが絵ってどういうことよ！　あなた達凡人には分からないでしょうけど、私にとって絵は人生そのものなのよ！」

法華が吠《ほ》える。

「お前、秋田の幽霊画以上のものが描けるまで人を殺し続けるつもりか？」

「いいえ、もうその必要はない。佐伯理香が私の欲望を満たしてくれた。死んでいく彼女は、秋田の幽霊画以上の恨みの目を見せてくれた。さあ、おしゃべりはもう終わりよ」

槙野の頬を脂汗が伝い、法華が馬乗りになった。

女性の肖像画の、あの悲しげな目が脳裏を掠めていく。今の自分は、あの目と同じ目をしているに違いない。慈悲を乞う絶望の目を――。

槙野はかぶりを振った。嫌だ。殺されようとも、この女に屈するわけにはいかない。この女は許さない。死んだら絶対に化けて出てやる！

その思いの籠った恨みの視線を藤田薫子にぶつけた。

「いいわ。あなた、いい目してる。その目よ。佐伯理香と同じ目だわ。これでまた素晴らしい絵が描ける！」

法華が頭上で包丁を振りかぶり、槙野は確かに見た――。

「おい。大事なことを見落としたな」

出刃包丁の切っ先が、槙野の首の数センチ手前で止まった。

「大事なことって何よ？」

「今のお前の顔を鏡に映してみろ。その悪鬼の形相を鏡に映してみろ。誰にも描けない悍ましい顔が描けるぞ」

世界中探しても、今のこの女の顔より悍ましいものは見つかるまい。秋田の描いた幽霊画など足元にも及ばなかった。

「口の減らない男」

次の瞬間、槙野の右胸に焼け火箸を突き刺されたような激痛が走った。喉を何かが逆流してくる。それは瞬く間に口の中を満たしていく。吐き出したのは真紅の液体だった。

これが死ぬということか――。

そう覚悟した刹那、槙野は懐かしい音を聞いた――。

法華も包丁を振りかぶったまま窓を見る。

その音は次第に大きくなっていく。紛れもなく、警察車両のサイレンだった。

「神様はいるようだ。悪魔は許さないとさ」

法華が槙野から離れて窓の外を見る。その横顔には、明らかに怯えの色が浮かんでいた。

「分かるはずがない。ここが分かるはずがない」

法華が譫言《うわごと》のように言う。

「早く逃げないと警官が踏み込んでくるぞ」

血を吐きながらも恐怖心を煽《あお》り、『頼む、このまま逃げてくれ』と心で願う。だが、槙野の目論見《もくろみ》は外れた。

「逃げるわよ。でも、あなたを殺してから」

助かる可能性が出てきたのだから時間を稼がなければならない。死力を振り絞って転げ回り、法華の追撃を喰らわないように努めた。ここが正念場。次の一撃を急所に喰らえば間違いなくあの世行きだ。

だが、包丁の攻撃を幾度も躱《かわ》し続けることはできず、遂に背中に二度目の激痛が走った。それでも身体を転がし続けるうち、法華は諦めたのか、舌打ちを残すと発電機を切ってその場を去った。

身体の力が抜けていくのは血液量の減少を意味していた。意識が遠退いていく。大きくなる警察車両のサイレンを聞きながら、槙野は迫りくる混沌に必死で抗った。このまま死ぬわけにはいかないのだ。何としてでも、藤田薫子の証言を誰かに伝えなければならなかった。

5

カーナビが「一〇〇メートル先を左折です」と告げたのは午後十一時過ぎだった。曲がった先は林道だから街灯もないだろう。協力要請した群馬県警の連中はどの辺りか？長谷川の話では、二班のメンバーと五班のメンバーもこっちに向かっているとのことだが――。

左折すると、予想通り闇が大きな口を開けていた。道は狭く、両脇には杉林が迫っている。

走り続けるうちに雲が晴れ、月明かりを受けた木々の梢が幽鬼《ゆうき》の如き影を地面に落とす。それにしても不気味ではないか。もし、石崎法華が一連の事件に関与しているとするなら、こんな道を通い続けたことになる。

やがて勾配《こうばい》がきつくなり、それにつれて道も蛇行し始める。左側はガードレールのない崖で、無意識のうちに車を右に寄せてしまう。これでは昼間でも走るのが恐ろしいに違いない。

勾配が緩み始め、道幅も幾分広くなった。そうこうしていると朽ちかけた看板が目に入り、東條有紀は車を止めた。『大沢村まで二〇キロ』と書かれている。

ようやくここまで辿り着いた。もう一息と自分に言い聞かせてアクセルを踏んだ矢先、ヘリのローター音が聞こえてきた。車を降りて夜空を見上げると、パイロットライトを点滅させるヘリが頭上を駆け抜けて行った。大沢村の方角に向かっているということは群馬県警のヘリか。あるいは誰か怪我人が出て救急ヘリが出動したか。

それから十分も走っただろうか。再びヘリのローター音が聞こえた。運転席の窓を開けて空を見る。大沢村の方から飛んできたからさっきのヘリだ。折り返したということは、恐らく怪我人を乗せているのだろう。

尚も三十分近く走ると、月明かりの下にポツリポツリと民家が見えてきた。それから間もなく、赤い点滅が複数目に飛び込んできた。群馬県警の警察車両に違いなかった。

警察車両は全部で六台止まっていた。その周りに制服警官が二十人以上いて、無線のやり取りが聞こえてくる。警察車両の向こうにはヘッドライトに照らされた乗用車があった。法華が使った車かもしれない。

有紀は車を止め、一番近くにいる警官に警察手帳を提示して自己紹介した。

警官が敬礼を返し、少し先にある民家を指差した。

「あの家から助けを求める声が聞こえて踏み込んだんですが、中は酷いありさまでしたよ。発電機も持ち込まれていて」

暗いながらも月明かりがあり、民家の外観は把握できる。石垣の上に建つ二階屋で、崩れたような形跡は見当たらなかった。

「ヘリがきましたよね」

「はい。怪我人がいたので救急ヘリを要請しました。免許証から、氏名が槇野康平ということは分かったんですが」

やはり槇野はここにいた！

「右胸と左の腰の上を刺されていて重傷です。かなりの出血ですから助かるかどうか――。それなのに、犯人について喋り続けていました。傷に障るから止めろと言っても聞き入れず」

「槙野さんは何と？」

「石崎法華という尼さんが連続猟奇殺人事件の真犯人で、彼女の旧姓は藤田薫子だと」

槙野は警察を裏切ったことの負い目を払拭《ふっしょく》しようとしたのではないだろうか。だからこそ、瀕死の状態でありながら事件の真相を伝えようとした。気力を振り絞った。

槙野に対する悪感情が多少和らいでいたとはいえ、あの男を好きになったわけではなかった。だが、今は違う。槙野という一人の人間が好きになった。助かって欲しいと願わずにはいられない。

「中は酷いありさまと仰いましたが、どう酷いんです？」

「ご自分で確かめて下さい」

唾を飲み下して家の中に入ると私服刑事が二人いた。一人は丸顔でもう一人は馬面、前者は額が大きく後退している。どちらも中年だ。

お互いに自己紹介を終えると、丸顔の捜査員が「東條さん。こっちにきて下さい」と言った。

言われるまま後に続き、発電機の音を聞きながら奥の部屋に入った瞬間、思わず息を飲んだ。

そこにいたのは、血の海に横たわる、両腕と両足首から先がない女性だった。顔面には出刃包丁が突き刺さったままだ。外部に出ている刃は数センチ、力任せに突き刺したとみえる。

「その遺体、橋爪沙耶香だそうです。ここにいた槙野という男が証言しました」

槙野はこう言ったという。『石崎法華という尼さんが連続猟奇殺人事件の真犯人』だと。

橋爪沙耶香は一連の事件と無関係だったということか。その証拠がこの無残な姿だ。ならば、別荘の地下室にあった凶器と血痕も、彼女を犯人に仕立て上げるための演出。そして秋田も偶然、法華の計画に巻き込まれてしまったか――。

まずは法華の身柄を確保することが先決だ。

「ここに踏み込んだ時、遺体はまだ温かかったんですよ。もう少し早く到着していれば、この女性を救えたかもしれません」

丸顔の捜査員が唇を噛む。

遺体が温かかったというし、車も乗り捨てているから法華はそれほど遠くには行っていないだろう。しかし、周りは山だらけで隠れる場所はごまんとある。おまけにあの女は土地勘まで持っているから炙《あぶ》り出すのは厄介だ。

「山狩りですね」

丸顔の捜査員が言い、有紀は強く頷いて橋爪沙耶香の遺体に目を転じた。哀れでならない。

生きていようが死んでいようが、あの女は必ず自分が見つけ出す。

それから間もなく続々と警察車両が集まり、有紀は二班のメンバーと合流した。

※

夜が明けて村の全貌が明らかになった。

棚田はどこも雑草が生い茂って耕作放棄地そのもので、石垣がなければ棚田とは分からないほどの荒れようだ。民家の多くも廃屋の様相を呈しているが、そんな中でも法華の祖父母の家の状態はまだ良い方だった。住もうと思えば住める状態にある。とはいえ、一階はどこもかしこも大きなルミノール反応があり、惨劇の凄まじさを物語っていた。

槙野のことだが、命は取り留めたそうだ。しかし、意識は戻っていないらしい。

群馬県警からの応援は百人を超え、午前八時をもって一斉捜索が始まった。捜索隊は二手に分かれ、一方が民家、もう一方が山中を担当。二班と五班は民家捜索に加わり、一軒一軒虱潰しに当たっていった。

「ねぇ先輩」と元木が言った。「日本にはこんな廃村が幾つもあるんでしょうね」

「過疎化が深刻化しているからね。ここもそうだけど、日本の耕作放棄地の多くは、農地の名目のまま原野化や森林化の道を辿っているんだって。耕作放棄地の全面積は滋賀県の面積に匹敵するそうだけど」

「そんなに！　何とかなんないんすかね。食糧自給率は下がりっ放しなんだから、耕作放棄地を有効活用すりゃいいのに」

「農地法の問題とかいろいろあるんじゃないの？　何よりも人口減少が著しいから、そっちの対策も同時に進行しないと事態は悪化するばかり。何なら、あんたが刑事を辞めて農家になったら？」

元木が口を尖らせる。

「遠慮しときます」

それから二軒の捜索を終えて次の廃屋に足を踏み入れた矢先、遠くで「待て！」と声がした。

急いで廃屋から出て首を巡らせると、眼下の道を走る人影があった。その数十メートル後ろには人影を追う男が二人いる。五班の連中だ。

法華だ！

「元木、私達も追うわよ！」と指示を出し、一気に坂を駆け下りた。

さすがに元木は男性だ。あっという間に有紀を抜き去って行く。しかし、それでも法華との差はそれほど縮まっていないようだ。彼女は陸上競技でもやっていたのだろうか。

しばらく走って振り返ると、五班の連中の姿が小さくなっていた。体格と走力は別物というとか。前を行く元木もペースが落ちたようで、こっちとの差が縮まっている。法華はその遥か先を逃走し続けている。やはり陸上競技をやっていたのだろう。でなければとっくに捕まっているはずだ。こっちの足には乳酸が溜まり始めたようで、一歩一歩が重くなっていく。

そうこうするうちに坂に差しかかり、法華の後ろ姿が視界から消えた。坂の天辺を越えたのだろう。続いて元木の姿も消えた。

見失うわけにはいかない。大きく呼吸をして身体に酸素を供給し、力を振り絞って二人を追う。

坂の頂上に辿り着くと、眼下には大きな木造の建物があった。その建物の前には広い空き地もあるから学校のようだ。元木が校舎に入って行く。

有紀も息を整えて再び走り出し、校舎の前で立ち止まった。

「元木！」

「中にいます！」と声が返ってくる。

こんなことはしていられない。校舎に入ろうとしたところで、「お〜い！」と後方から声がかかった。ようやく五班の連中が追いついてきた。

「石崎法華は？」と一人が訊いてくる。

「この中に。裏から逃げられないようにして下さい」

「了解」の声を残して二人が校舎の裏に向かう。

校舎に踏み入った有紀は首を左右に巡らせた。

「元木、どこ!」

「ここです」

元木が廊下の一番東奥にある部屋から頭を出した。職員室と書かれた薄汚れたパネルが見える。

「見失ってしまって」

「二階を見てくる」

すぐ左にある階段に足をかけた矢先に嫌な音がした。踏み板が軋《きし》んで大きく撓《たわ》む。腐りかけているようだ。慎重に一段一段を確かめながら上って行く。

二階の廊下に出て再び左右を見た。教室の数は二つずつ、全部で四つだ。忘れ去られたこの村にも、かつては大勢の子供達がいたようである。

通路を左に進み、奥から順に捜索することにした。床板は所々割れて穴になっている箇所もある。相当前に廃校になったのだろう。

一番奥まで進んで割れた窓から教室内を覗き、用心して足を踏み出した。幾つもの木製の机と椅子が埃《ほこり》を被っている。黒板の右端には『昭和六十年三月三日』と白いチョークで書かれていた。かれこれ三十年も前だ。

奥には木製のロッカーがあり、女一人なら入れそうだった。一気に扉を開いたが、朽ちた箒《ほうき》やモップが入っているだけだ。

隣の教室に移動する。

ここも同じような光景だった。机と椅子の数が少し多いような気がするだけで、どこにも隠れる場所はない。ロッカーさえもここにはなかった。

そして、階段の向こう側の教室に入った刹那、人の気配を感じて右を向いた。

そこには鉄パイプを振りかぶる、狂気そのものの目をした法華がいた。

訓練の賜物か、考えるより先に身体が反応して咄嗟《とっさ》に右腕で頭を防御した。だが、振り下ろされた鉄パイプの威力は想像以上で、鈍い音とともに床に叩きつけられてしまった。

もし今の一撃をまともに喰らっていたら、頭が熟れた柘榴《ざくろ》のようになっていただろう。

勝機と見たか、法華が尚も追撃を仕掛けてきた。その攻撃も紙一重で躱したが、鉄パイプが顔の横で床を抉る。

尚も追撃は止まず、次々と頭めがけて浴びせられる鉄パイプの攻撃を、有紀は床を転がって躱し続けていった。

自分が窮地にいることは十分承知だが、元木を呼ぶ気は更々ない。女だから男に応援を頼んだなどと思われたくないし、自分は男だという自負もある。この女を半殺しにしてやりたいとの思いもあって、何としてでも一人で取り押さえたかった。

次の一撃を躱した勢いで立ち上がったが、脳天を突き抜けるような、かつて経験したことのない激痛に見舞われて一瞬気を失いそうになった。右腕を見ると、ジャケットの袖口から血が滴っているではないか。この状況なのだからアドレナリンは全開で、少々の怪我なら痛みは感じないはずだ。それなのに、これほどの痛みに見舞われるということは――。ジャケットのせいで患部は見えないものの、前腕が折れ、折れた骨が皮膚を突き破っているに違いなかった。手が握れない……。

焼け火箸《ひばし》を突っ込まれたような痛みに脂汗が頬を伝い、顎の先から滴り落ちていく。自分のミスとはいえ、これほど追い込まれた状況は初めてだ。心臓がこれ以上ないほどに激しく鼓動を刻む。拳銃を抜こうにもホルスターは右の腰にある。右腕が使えないから左手を使うしかないが、左手で反対側の腰にあるホルスターのストッパーを外し、なおかつ身体を捻って拳銃を抜き、おまけにグリップまで握り直さねばならないとなるとかなりの時間がかかる。そんな悠長《ゆうちょう》なことをしている間に鉄パイプの追撃を浴びることは明らかだ。

こっちが怯《ひる》んだのを悟ったか、法華がニヤリと笑ってにじり寄ってきた。

この血色の良い顔色はどういうことか？　人を六人も殺せばまともな精神状態でいられるわけがない。悪夢に魘《うな》されることもあるだろうから、もっと窶れた顔をしていて然るべきなのだが——。この女には人並みの感情というものが欠落しているのか？

有紀は左手で、左の腰にある振り出し式の警棒を摑んだ。それを振り下ろして伸ばす。

「てめぇ——。足腰立たないようにしてやるから覚悟しろ」

法華がせせら笑う。

「あら、随分とガラの悪い女ね。それより、怪我をしたあなたにそんなことができるのかしら？　右腕、痛そうじゃないの」

「やかましい」藤田が言うように、今の自分にそれができるかどうかは分からないが、ここはハッタリをかますしかなかった。「こんな腕にされたんだ。倍にして、お前の両腕を叩き折ってやる」

「その前にあなたは死んでるわよ。そして私は逃げる」

瞬く間に彼女の表情が悪鬼のそれに変わり、また鉄パイプを振り落としてきた。

その攻撃も躱した有紀は、離れざまに法華の右脛に蹴りを入れてやった。革靴の踵は硬い。彼女が顔を歪めて距離を取る。

尚もギリギリの状況が続き、動かない右腕をぶら下げたまま防戦し続ける有紀は、体力の限界が近づいていることを悟った。出血が酷くて貧血を起こしそうだ。想像以上に右腕のダメージは深刻のようだった。次の攻防で決着をつけないと危ない。

そう結論し、わざと攻撃させて、その時にできるだろう僅かな隙を衝く作戦に打って出た。警棒を少し下げて体をぐらりと揺らし、大きく息をついて弱ったように見せる。

藤田薫子の表情が明らかに変わった。

くる——。

直感した通りだった。鉄パイプが袈裟《けさ》懸《が》けに振り落とされる。

これを待っていたのだ。僅かに左足を左斜め前に運んだ有紀は、身体を半身にして唸りを上げる鉄パイプを躱すと、捨て身でもぎ取った法華の左側面の空間に回り込み、がら空きになった鳩尾目がけて渾身の膝蹴りを打ち当てた。何とも言えない感触が右膝に伝わってくる。

法華はというと、蛙を踏み潰した時のような声を洩らして膝をついた。大きく歪む唇と呻き声が苦痛の大きさを物語っている。だが安心するのは禁物だ。まだ握っている鉄パイプを蹴り飛ばし、彼女の顎に追撃の膝蹴りを叩き込んだ。唇が裂けて白い塊が飛び出す。

前歯が折れたか。

藤田薫子が口から血を吐いて仰臥《ぎょうが》し、有紀はトドメとばかり、彼女の脇腹にもう一発蹴りをお見舞いしてやった。完全に戦意が喪失したようで、藤田薫子が身体を海老のように折り曲げる。

「足腰立たないようにしてやるって言っただろ！」

これでようやく終わった――。

安堵した途端に身体から力が抜ける。だが、痛みで気が遠くなる中で誰かの囁きが聞こえた。

『この状況を見ろ。ここにはお前とこの女だけしかいないのだ』と――。

そう、二人しかいない。しかも、こっちは腕に重傷を負わされている。

再び誰かの声がした。『この女に裁判など必要ない。被害者達の仇《かたき》を討ってやれ』とも――。

この女の手にかかって死んだ女性達の、無残な姿が目に浮かんだ。同時に、姉の恵の頬に刻まれた涙の跡も脳裏を掠めていく。

恵を殺した犯人に対する憎悪が法華にも向き、抗えない殺意が湧き上がって何も聞こえなくなった。この女と恵は無関係だと分かっていても、殺意はどうしようもなく膨らむばかり。気がつくと、自由になる左手で拳銃を握っていた。

老女達を惨殺した犯人を射殺した時と同じだ。今なら、この女を殺しても正当防衛でケリがつく。左手の先に握られた拳銃をじっと見る。

殺《や》ろう――殺ってしまおう……。

やめろ、お前それでも刑事なのか――。

微かに顔を出した理性というものが決断に水を差したが、荒れ狂う憎悪の前では無力以外の何物でもなかった。

お前は黙っていろ。私はこの女を殺す！

躊躇《ためら》うことも言い澱むこともなく、もう一人の自分にそう吐き捨てた有紀は、卒倒しそうなほどの右腕の痛みに耐えて拳銃の安全装置《セーフティー》を解除した。

だが次の瞬間、「先輩！」の声と共に床が踏み鳴らされた。

元木の声だった。

急いで拳銃をホルスターに戻し、法華を一瞥した。悪運の強い女だ。

「こっち！」

すぐに元木が駆け込んできたが、唖然として有紀を見る。

「大丈夫ですか！」

「何とかね」

「どうして呼んでくれなかったんですか！」

「そんな暇なかったのよ」と返した有紀は、「元木。ありがとう」と囁いた。法華を射殺していたら、間違いなく刑事生命を絶たれていただろう。内山も言っていたが、上層部が二度も容疑者を射殺するような刑事をそのままにしておくはずがない。

「班長に連絡します」

6

翌々日——

目覚めて最初に見たものは、白い空間に浮かぶ点滴と輸血のパックだった。心電図の機械音が複数聞こえるし、イソジンの匂いもするからここは病院のようだが、意識が朦《もう》朧《ろう》としていてどうして自分がここにいるのか理解できない。

何が起きた？

身体を少し動かした途端に右胸と背中に痛みが走り、記憶が断片的に甦《よみがえ》ってきた。やがてバラバラだったピースが繋がり始め、ようやく槙野は自分が殺されかけたことを思い出した。

そうだった！

警察車両のサイレンを聞きながら必死であの女から逃げ回ったのだ。そしてここにいるということは、助かったということか——。

それにしても、警察はよくあの場所を見つけたものだ。誰が嗅《か》ぎつけたのだろう？

足音が聞こえたかと思うと、白いキャップと白衣姿の麻子がこっちの顔を覗き込んできた。

「気がついたのね！　私よ、分かる？」

二度頷いて見せた。途端に麻子の目に涙が溢れ、それは彼女の顎を伝って槙野の顔にポトリと落ちた。

「先生を呼ぶからね」

麻子がナースコールのボタンに手を伸ばすと、中年の医師と年配の看護師が駆けつけてきた。

医師のチェックと質問を受け、次いで、右肺と左腎臓損傷で全治四ヶ月の診断結果を教えられ、当分はＩＣＵで過ごさなければならないことを悟った。もう少し傷が深ければ、どちらも摘出することになっていただろうと医師は言う。運動不足が幸いしたようだ。身体にこびりついた分厚い脂肪が内臓を守ってくれたに違いない。

「お大事に」の声で再び麻子と二人きりになり、ようやく命があった幸せを実感した。これでまた彼女と一緒に暮らせるし、あの美味いエビフライもたらふく食える。

「所長さん、さっきまでいらしたのよ。もう少し早く気がつけば良かったのにね」

「目覚めていきなりあの面《つら》見たら、間違いなくショック死してたところだった。運が良かった」

「またそんなこと言って——。罰《ばち》が当たるわよ」

「冗談だよ。所長には『ご心配かけてすみませんでした』って伝えといてくれ」

「それと、あんたのお母さんもいらしていて――。今、待合室で休んでらっしゃる」

母にも心配をかけてしまった。それはいいが、母には麻子を紹介していないのだ。

「お袋と何か話したか？」

「うん。あんたと一緒に暮らしているって。驚いてるみたいだったけど」

麻子と結婚すると決めたのだ。母には全て話して納得してもらう。

「ところで、どうして警察が俺を見つけたか知ってるか？」

「東條さんっていう女の刑事さんが、犯人の正体を突き止めたことがきっかけだって」

あの女か――。

麻子の説明を聞き、槙野は思わず唸った。

「肖像画の写真から、よくぞあの殺人鬼に辿り着いたもんだ」

「怖かったでしょ？」

「もうダメかと思った――」

東條が気づかなければ、今頃はあの世で先祖の霊達に挨拶しているところだ。大きな借りができてしまった。

「家に帰って着替えとか取ってくるけど、大人しく寝てないとダメよ」

「動きたくても痛くて動けねぇよ。心配すんな。今何時だ？」

麻子が腕時計を見る。

「午後二時過ぎ。じゃあね」

麻子が去って間もなく、母がやってきた。麻子同様、目にいっぱい涙を溜めている。

「ほんっとに心配したんだから」

見れば分かる。化粧もしていないし髪もほつれたままだ。知らせを聞いて、取るものも取りあえず駆けつけてきたのだろう。

「悪かった。まさかあんなことになるとは思わなかったよ。そんなことより、麻子のこと訊かないのか?」

「一緒に暮らしているんだってね。優しそうな女性じゃないの」

「ああ――。ああ見えて、結構苦労してるんだ。結婚しようと思ってる。――母さん、実はな」

言い澱んだことを見逃さなかったらしい。母が「無理して言わなくてもいいわ。あんたを大事にしてくれる女性ならそれでいいから」と言ってくれた。やはり母親だ。こっちの心の内を見抜いている。

「さぁ。もう寝なさい」

再び目覚めたのは夕刻だった。

天井をぼうっと見上げているだけだから退屈なことこの上ない。しかし、主治医と一緒に中年男性がやってきて退屈から解放してくれた。

本庁捜一の長谷川と名乗った男は、東條の直属の上司であることを槙野に告げた。医師が「今日は十五分だけですよ」と条件をつけてＩＣＵを去り、長谷川の空咳で事情聴取が始まった。

「大変な目に遭いましたね」

「日頃の行いが悪いからでしょう。ところで、藤田薫子、いや、石崎法華は？」

「重傷を負わされながらも東條が拘束しましたよ」

「彼女が怪我を？」

「ええ、腕にね。全治二ヶ月とのことです」

命が無事ならそれでいい。それにしても、刑事に重傷まで負わせるとは――。とことんイカれた女だ。

「石崎法華は完全黙秘中です」

「でしょうね。でも、俺が全部知ってます。あの女が教えてくれましたから」

「じゃあ、質問させていただきます」

長谷川が帰ってからも法華のことで頭が一杯だった。包丁を振りかぶった時の、あの悍ましい顔が眼前に彷彿《ほうふつ》としてくる。

化け物め――。

エピローグ

十一月中旬——

槙野は一般病棟の個室に移された。

窓外に視線を向けると、ここから見える広葉樹はすっかり葉を落としていた。ずっとＩＣＵのベッドで唸っていたから外の景色を見るのは何日ぶりか。麻子はというと、仕事を休んで付き添ってくれており、今も柿の皮を剝いている。

「剝けたわよ」

麻子が、四つに切った一切れを口に運んでくれた。

すると病室のドアがノックされ、麻子が「どうぞ」と返事をした。

「失礼します」

入ってきたのは東條だった。

麻子が立ち上がって深く腰を折る。

麻子に会釈した東條が槙野に目を向けた。

「お加減は？」

「まぁまぁだ。病室も個室で周りに気を遣わなくていいからな。だけどタバコを吸えねぇのが辛い。いっそのこと止めちまうかな」槙野は麻子に目を向けた。「缶コーヒーでも買ってきてくれ」

東條が「お構いなく」と言ったが、麻子は病室を出て行った。

「そっちこそ、腕の方はどうだ？」

槙野は三角巾で吊られた右腕に視線を向けた。

「順調に回復しています」

それから逮捕劇の一部始終を聞き、思わず苦笑が漏れた。

「あのイカれ女をボコボコにするとは――。たいしたもんだ。それで、また事情聴取か？」

「いいえ。お見舞いにきただけです」

槙野は上体を起こした。

「大丈夫ですか？」

「もう平気だよ。それよりどういう風の吹き回しだ？　見舞いだなんて――。俺のことは嫌いなんだろ？」

「今はそうでもありませんよ。何よりも、あなたは捜査に協力してくれました。見舞いぐらいしないと罰が当たります」

「そいつは嬉しいね。それにしても俺は間抜けだよな。真犯人だとも知らずに石崎法華を訪ねて行ったんだから」

「あの状況なら騙されても仕方がないですよ。彼女が石崎家に入った挙句、得度までして別人になったなんて誰が想像します？　ちょっとこれを見て下さい」東條がショルダーバッグから写真を出す。「病人にはちょっと刺激が強過ぎるかもしれませんが、法華が描いた幽霊画です」

槙野は写真を受け取った。秋田の幽霊画を凌ぐ悍ましさだ。法華は『佐伯理香のお陰で秋田の幽霊画以上の作品が描けた』と言っていたから、絵のモデルは佐伯理香に違いない。

「これは佐伯理香だ」

「その絵のせいでよく眠れません。法華の部屋から押収したんですけど、見た時は絶句しました。秋田の幽霊画どころじゃありませんからね。今にも飛び出してきそうな臨場感と背筋が凍りつくような目に畏怖《いふ》してしまったというか――。それと、彼女の部屋には拷問関係の本が山と積まれていました。それを参考にして被害者達をいたぶったと思われます」

東條が顔を覗き込んできた。

「あら、平気なんですか？」

「そういうわけじゃねぇ。この幽霊画は秋田が描いた幽霊画よりもずっと不気味だよ。だけどな、俺はもっと悍ましいものを見た」

「何です？」

「あの女、俺に馬乗りになって包丁を振りかぶったんだが、下から見上げた顔は言葉では表せねぇほどの悍ましさだった。正に悪鬼の形相で、今にも口が裂けて角が伸びるんじゃねぇかと思うほどでな。だから言ってやったんだ。『お前の今の顔を鏡に映してみろ。秋田の幽霊画以上の悍ましい絵が描けるぞ』って」

「私も見てみたかったです」

「あんなもんは見ねぇほうが幸せさ、一生魘される。それよか秋田の幽霊画だ。あれを初めて見た時、何とも言えねぇ嫌な予感がしたんだよ。だけど、うちの所長が依頼を受けちまったもんだから引くに引けなくてな。結局、こんな目に遭っちまった」

　槙野は苦笑してみせた。

「ねぇ槙野さん。秋田は妻の幽霊を可視《み》たと思います？」

「俺は可視たと思ってる。幽霊や亡霊の類は信じなかったが、今回の事件でその考えを改めた。というのも、秋田が法華に『あの肖像画の目は人を殺した者にしか描けない』と言ったからだ」

「秋田がそんなことを――」

「うん。それはつまり、秋田が妻を殺した時、妻は秋田に肖像画の目と同じ目を向けていたってことになるよな。だからこそ秋田は、法華が描いた肖像画の秘密に気づいた。じゃあ、あの幽霊画の目をどうやって描いたか？　ということにならねぇか？」

東條が頷く。

「確かにそうですね」

「だろ？　だから俺は、秋田は亡霊として現れた妻を可視たと思う。でなきゃ、あんな悍ましい幽霊画は描けねぇよ」

「どうでしょうね？　潜在意識に刷り込まれた罪悪感が幻視させたのか、それとも本物だったのか」

「まあ、幽霊がいるいないは別にして、幽霊より恐ろしい存在がいるってことは今回の調査で嫌というほど骨身に染みた」

「人間ですね」

「ああ。俺に絵心がありゃ、この幽霊画より気味の悪いものが描けるかもしれねぇな。法華のあの形相を目の当たりにしたんだから——。正直言って、あの女を殺してやりたいと思ったよ。生きたまま四肢を切断されていく橋爪沙耶香が哀れで」

「法華の残虐性ですけど、子供の頃からそうだったと両親は証言しました。特に虫や小動物をいたぶるのが好きで、小鳥の足をハサミで切り落としたり、昆虫の足なんかも二本だけ残して放したり——。他にも、何か都合の悪いことが起きると全部他人のせいにしていたと。典型的なサイコパスの症状です。サイコパスは、自分が殺した人間の横で平然と食事をしたり、遺体の横で眠ったりもするそうですよ」

「あの女もそうだった。橋爪沙耶香の両足首を切り落とした後、平気でカレー食ってやがったからな。サイコパスと知らずにあの化物と付き合った榎本も、彼女に求愛した下平も哀れだよ。それで?」

「両親が将来を案じ、情操教育のために絵を習わせたそうなんですよ。それが幸いして性格は改善を見せたんですが、一方で絵に対する執着が尋常ではなくなって、一度描き出すと朝まで描き続けたといいます」

「だがまさか、人を殺すために僧職にまで就くとは——罰当たりな女だぜ。で、今はどうしてるんだ?」

「少しずつ自供を——」

「そいつは何よりだ。それと、今回のことでもう一つ痛感したことがある。祟りってやつさ」

　東条が眉を持ち上げた。

「まさか、信じてるんですか?」

槙野は強く頷いた。

「信じざるを得なくてな」

「あなたには似つかわしくない発言ですね」

槙野は東條に顔を近づけた。

「いいか、全ては秋田の幽霊画から始まったんだぞ」

「確かにそうですけど」

「そして、あの絵のモデルは非業の死を遂げた秋田の女房だ。その女房の怨念が悲劇を招き寄せたとしか思えねぇ。画商の江口さんも、『自分が幽霊画の作者を探したからこんなことになった。あの幽霊画はそっとしておかなきゃならなかったんだ』って、見舞いにきてくれた時に嘆いていたよ。それはそうと、そっちには大きな借りができちまったな。命を助けてもらった」

「私は何もしていませんよ」

「そんなことはねぇさ。そっちが安徳寺を訪ねなかったら法華の正体は掴めなかったし、群馬県警が動くこともなかった。つまりは俺も助からなかったってことだ。礼と言っちゃなんだが、困ったことがあったら言ってくれ。組関係の情報なら少しは回せる。元組対だしな」

「それは大いに助かります。私にもお伝えしなければならないことが」

「何だ？」

「以前あなたに言った『三つ子の魂云々《うんぬん》』のことですけど、訂正します。人は変われるんだと今は思っていますから」

「あっそ――。じゃあ、俺も訂正しなきゃな。色気のねぇ女と言ったのは嘘だ。あん時は腹が立ったからそう言ったがな。ちゃんと化粧をすればもっと輝くだろうに――」

「メイクには興味がないもので」

「お、初めてニコリとしたな。笑わない女かと思っていたが、その方が可愛げがある」

「私だってたまには笑いますよ」

そこへ、麻子が戻ってきた。

了

『可視《み》える』（南雲堂、二〇一五年刊行）を改題・改稿しました。

実業之日本社文庫　最新刊

阿川大樹
終電の神様　始発のアフターファイブ
ベストセラー『終電の神様』待望の書き下ろし続編！終電が去り始発を待つ街に訪れる5つの奇跡を、温かな筆致で描くハートウォーミング・ストーリー。
あ132

鯨統一郎
戦国武将殺人紀行　歴女美人探偵アルキメデス
毛利元就、上杉謙信、伊達政宗ゆかりの地を旅行中の歴女三人組〈アルキ女デス〉がまたも事件に遭遇！「三本の矢」のごとく力合わせて難事件を解決!?
く15

こにし桂奈
おいしいお店の作り方　飲食店舗デザイナー羽田器子
新人デザイナーの羽田器子は、容姿端麗なスーパー上司・向崎と共に依頼人たちの「夢のお店」をプロデュースするが……!?　あったかお仕事キャラミス！
こ51

沢里裕二
極道刑事　東京ノワール
渋谷百軒店で関西極道の事務所が爆破された。カチコミをかけたのは関東舞闘会。奴らはただの極道ではなかった…。「処女刑事」著者の新シリーズ第二弾！
さ37

椙本孝思
読んではいけない殺人事件
人の心を読む「読心スマホ」の力を持った美島冬華。後輩のストーカー被害から、思わぬ殺人事件の「記憶」に辿りついてしまい——!?　傑作サイコミステリー！
す12

田中啓文
力士探偵シャーロック山
相撲界で屈指のミステリー好き力士・斜麓山の周辺でなぜかシャーロック・ホームズの名作ばりの事件が続発。はじめて本物の事件を解決しようと勇み足連発!?
た64

鳥羽亮
剣客旗本春秋譚　武士にあらず
両替屋に夜盗が押し入り、手代が斬られ、千両箱ふたつが奪われた。奴らは何者で、何が狙いなのか。市之介が必殺の剣・霞袈裟に挑む。人気シリーズ第二弾!!
と214

吉田恭教
凶眼の魔女
幽霊画の作者が謎の自殺。疑問を持った探偵の槙野康平は調査に乗り出すが、連続猟奇殺人事件に巻き込まれてしまう。恐怖の本格ミステリー！
よ61

実業之日本社文庫　好評既刊

有栖川有栖
幻想運河
水の都、大阪とアムステルダム。遠き運河の彼方から静かな謎が流れ来る――。バラバラ死体と狂気の幻想が織りなす傑作長編ミステリー。（解説・関根亨）
あ15 1

有栖川有栖
ジュリエットの悲鳴
密室、アリバイ、どんでん返し……。有栖川有栖から読者諸君へ、12の挑戦状をおくる！　驚愕と哂い溢れる傑作&異色ミステリ短編集。（解説・井上雅彦）
あ15 2

池井戸 潤
空飛ぶタイヤ
正義は我にありだ――名門巨大企業に立ち向かう弱小会社社長の熱き闘い。『下町ロケット』の原点といえる感動巨編！（解説・村上貴史）
い11 1

池井戸 潤
不祥事
痛快すぎる女子銀行員・花咲舞が様々なトラブルを解決に導き、腐った銀行を叩き直す！　テレビドラマ「花咲舞が黙ってない」原作。（解説・加藤正俊）
い11 2

池井戸 潤
仇敵
不祥事を追及して職を追われた元エリート銀行員・恋窪商太郎。彼の前に退職のきっかけとなった仇敵が現れた時、人生のリベンジが始まる！（解説・霜月 蒼）
い11 3

伊坂幸太郎
砂漠
この一冊で世界が変わる、かもしれない。一瞬で過ぎる学生時代の瑞々しさと切なさを描いた一生モノの傑作長編！　小社文庫限定の書き下ろしあとがき収録。
い12 1

実業之日本社文庫 よ61

凶眼《きょうがん》の魔女《まじょ》

2018年10月15日　初版第1刷発行

著　者　吉田恭教《よしだやすのり》

発行者　岩野裕一
発行所　株式会社実業之日本社
〒107-0062　東京都港区南青山5-4-30
CoSTUME NATIONAL Aoyama Complex 2F
電話［編集］03(6809)0473［販売］03(6809)0495
ホームページ　http://www.j-n.co.jp/
DTP　ラッシュ
印刷所　大日本印刷株式会社
製本所　大日本印刷株式会社

フォーマットデザイン　鈴木正道(Suzuki Design)

ISBN978-4-408-55444-0（第二文芸）